4천 3백여 년 만의 외출

4천 3백여 년 만의 외출

고승우 장편소설

실천문학

차례

1
호 낭자 지구별로 가다

검은 우주 속에 떠 있는 보석처럼 아름다운 별 지구! 그 지구별 속의 한반도에 어서 빨리 당도하고 싶은 마음이 앞서 몸이 더디게 느껴진다.

'더 빨리 가 봐야지. 더 빨리. 그곳에서 무슨 일이 어떻게 벌어지는지 빨리 가서 보아야지.'

머나먼 우주, 하늘나라에서 빛처럼 빠른 속도로 날아오는 존재가 있었다. 그 존재는 기원전 2333년 단군신화에서 곰과 함께 인간이 되려고 몸부림치다가 실패한 호랑이였다. 쑥과 마늘을 먹으며 동굴 속에서 지내는 시험을 견디지 못하고 인간이 되지 못해 호랑이로 지내야 했던 낭자가 한반도를 다시 찾아가고 있었다. 인간세계인 한반도의 상공 높은 곳에 있는 중간세계의 한반도다. 비록 인간들이 사는 한반도는 아니라 해도 그것은 문제가 되지 않는다. 두 세계는 거울로 서로를 비추듯이 동일했기 때문이다. 영혼들이 사는 중간세계와 인간들이 사는 인간세계는 동일 운명체와 흡사했다. 둘은 같이 움직이고 같이 변했다. 서로가 영향을 주고받는 것이다. 호 낭자가 중간세계의 한반도를 가면서도 가슴이 뛰고 흥분되는 것은 당연했다. 인간들이 부러웠고 좋았기 때문이다. 아득한 옛날, 동물의 왕으로 뛰어놀던 시절 가장 정다웠던 친구 웅녀가 인간이 되어 귀하신 몸이 되면서부터 호 낭자의 인간에 대한 흠모는 날이 갈수록 뜨거워졌다. 그것은 진정한 사랑 그 이상이었다. 호 낭자는 인간이 되지 못한 것을 슬퍼하고 인간이 되고 싶은 욕망에 시달리면서 인간에 대한 동경과 사랑의 감정은 더욱 강해지기만 했다. 그래서 인간세계가 지근거리인 중간세계 한반도를 가는 것은 한없이 기쁘고 흥분되는 일이었다. 호 낭자가 인간세계 위에 있는 중간세계를 향해 외출하는 것은 인간의 세월로 따져 4천 3백여 년 만이다.

'아아, 이렇게 기쁠 수가 있나!'

호 낭자는 오랫동안 보지 못한 인간들이 한반도에서 어떻게 살고 있는지 궁금했다. 중간세계의 한반도 영혼들을 보는 것은 인간세계의 한반도 인간들을 보는 것과 마찬가지다. 직접 인간세계에 가는 것이 훨씬 좋을지 모르지만 그것은 허락되지 않았다. 그래도 좋았다. 중간세계에서 인간세계가 훤히 보인다는 사실을 알고 있기 때문이었다. 호 낭자는 휙휙 눈앞을 스쳐 지나가는 우주 속의 다양한 볼거리들에 금세 정신을 빼앗겼으나, 빛보다 더 빠르게 날고 있을 몸에 더욱 힘을 넣어본다.

'얏호.'

중간세계에서 멀리 떨어진 하늘나라에서 호 낭자라 불리던 호랑이가 한반도가 있는 지구를 향해 날아오게 된 것은 순전히 신들이 사는 천상계, 즉 하늘나라에서 사는 환웅천왕의 배려 덕분이었다. 환웅천왕은 호 낭자에게 중간세계의 한반도를 돌아보게 함으로서 인간이 될 수 있는지 시험하는 두 번째 기회를 허용한 것이다. 호 낭자가 인간이 되지 못해 낙심해서 깊은 산속 외딴 동굴 속에서 혼자 지낸다는 것을 환웅천왕이 아시고 외출을 허락하는 은혜를 베풀어 주었다. 전혀 생각하지도, 기대하지도 않았는데 환웅천왕이 자신에게 엄청난 배려를 해주신 거다. 호 낭자는 너무 기뻤다. 한반도 중간세계에 가서 잘만 하면 인간이 될 수 있는 꿈을 이루게 된다. 더욱이 웅녀가 인간이 된 뒤로 그토록 정겹게 느껴지는 인간도 가까이에서 보게 된다니 얼마나 기쁜 일인가.

'아, 꿈에도 그리던 한반도로 간다!'

동무들과 함께 뛰어놀았던 아름다운 산과 들녘, 계절이 바뀌면 물 색깔도 따라 바뀌던 크고 작은 강들이 눈앞에 선하다. 그토록 정겹던 산하를 찾아 호 낭자는 빛처럼 날아간다.

'그동안 금수강산은 얼마나 변했을까?'

호 낭자는 지구가 가까워진다는 느낌을 받으며 그곳이 많이 변했을 거란 생각이 들었다. 세월의 흐름 속에서는 뽕밭이 바다로 변한다는 옛말도 있지 않은가 말이다. 그 강과 그 들판은 얼마나 변했을까. 웅녀의 후손들인 한민족은 어떻게 살고 있을까. 이런저런 생각들이 뒤범벅이 되어 머리를 스쳐간다. 그러다가 문뜩 먼 옛날 웅녀 등과 뛰어놀던 시절이 생각나면서 가슴이 저려 오는 것을 느낀다. 자신의 쓰라린 과거가 눈앞에 주마등처럼 스쳐 지나갔다. 그것은 기억 속에서 지워버리고 싶은 아픈 추억이기도 했다.

'며칠 만 더 견뎠으면 내가 이겼을지 모르는데.'

호 낭자는 4천3백여 년 전 웅녀와 함께 굴속에서 인간이 되기를 기원하며 마늘과 쑥을 먹어야 했을 때 더 참고 견뎠어야 했다. 호랑이와 곰 둘 중에 누가 더 참을성이 강한가 하는 시합이 아니었던가. 고기만 먹고 살았던 호 낭자에게 그 시합은 사실 견디기 힘들었다. 하지만 웅녀도 괴롭기는 마찬가지였다. 며칠 더 고기를 못 먹는다고 죽을 것은 아니었다. 그런데도 그것을 참지 못했다. 순간적으로 욱해서 굴 밖으로 뛰어나간 것은 정말 바보 같은 행동이었다. 절대 그렇게 해서는 안 될 멍청한 짓이었다. 호 낭자는 그 생각을 떨쳐버리려는 듯 머리를 절레절레 흔든다. 기분 좋게 떠나야 할 여행길에서 떠올릴 상념은 아니었다. 과거야 어쨌든 다시 기회를 맞았으니 즐거운 마음으로 그리고 환웅천왕한테 감사하는 마음으로 한반도를 찾아가야 한다.

'그때는 정말 제 정신이 아니었지.'

호 낭자는 배고픈 것이 그렇게 괴로운 것인 줄은 그때 처음 알았다. 평생 별로 눈길도 주지 않았던 쑥과 마늘만 먹으면서 열흘, 스무날이 지나자 눈앞에서 헛것이 보였다. 정신이 혼미해졌다. 마늘이 고깃덩어리로 보였다. 그러나 그것을 한 입 깨무는 순간 구토가 나면서 눈앞이 노래졌다. 죽을 것만 같았다. 더 이상 견딜 수가 없었다. 곁에 죽은 듯이 엎드려 있는 웅녀를 보았지만 아무 생각도 나지 않았다. 시합에 이기고 진다는 것은 아무 의미가 없어 보였다. 지금 당하고 있는 끔찍한 고통에서 벗어나고만 싶었다. 호 낭자는 눈앞이 캄캄해지면서 머릿속이 하얘졌다. 정신이 가물가물해지면서 무슨 일을 어떻게 했는지 기억이 나지 않았다. 정신을 차리고 보니 굴 밖이었다. 그리고 자신이 정신없이 토끼 고기를 먹고 있었다. 갑자기 입속에서 피비린내가 느껴지며 살 것 같았다.

"어흐흥!"

호 낭자는 하늘을 향해 고함을 질렀다. 주변의 온 산이 쩌렁쩌렁 하도록 포효하며 껑쭝껑쭝 뛰었다. 그것은 생기를 되찾은 육체의 환호성이었다. 한참 동안 뛰놀던 호 낭자는 힘에 겨워 벌렁 눕다가 자신의 배를 보니 불룩했다. 오래 굶어서 홀쭉했던 배가 동산처럼 솟아 올라와 있고 뱃속이 가득 찬 것 같은 포만감을 느꼈다. 그러면서 호 낭자는 문득 깨달았다. 굴 밖으로 나와 산과 계곡을 헤매면서 미친 듯이 짐승들을 잡아먹었던 기억이 되살아나고 그 장면들이 머릿속에 떠올랐다. 거의 같은 순간 굴속의 웅녀가 떠올랐다. 호 낭자는 전기에 감전된 듯 화들짝 놀란다. 동시에 목구멍에 넘어가던 고기를 뱉어냈다. 그리고 정신없이 굴 쪽으로 뛰어갔다. 굴이 저만치 보이는 곳까지 갔을 때 호 낭자는 걸음을 멈췄다. 그리고 옆에 있는 큰 바위 뒤로 몸을 숨겼다. 그래야 한다는 생각을 하지 않았지만 몸이 저절로 그렇게 했다. 굴 앞에 웬 아리따운 여인이 서 있고 환웅천왕이 그 곁에서 지켜보고 있었다. 그 광경에 호 낭자는 눈을 감았다. 천지가 무너지는 것 같았다. 땅 밑이 꺼지는 듯했다. 호 낭자는 입속에서 터져 나오는 신음을 감추기 위에 두 앞발로 입을 틀어막았다.

'으흐흑, 내가 졌어. 곰에게 지고 말았어.'

호 낭자는 바위 밑에 엎드려 피눈물을 흘리며 후회했다. 땅을 치며 뉘우쳤다. 웅녀가 인간이 된 것을 축하해야 하는데 도저히 그렇게 할 수가 없었다. 가슴 속이 너무 아파 그렇게 할 엄두를 내지 못했다. 한참 동안 그렇게 괴로워하다가 호 낭자는 고개를 들었다. 그리고 주변을 살폈다. 웅녀와 환웅천왕은 어디론가 가버리고 굴 밖에는 아무도 없었다.

"어흐흥!!"

호 낭자는 외마디 소리를 지른 뒤 무작정 달리기 시작했다. 높은 산을 뛰어넘고 깊은 강을 건넜다. 앞에 장애물이 있으면 그것을 들이받았다. 호 낭자는 자신의 몸이 상처투성이가 되었지만 계속 달리면서 울부짖었다. 그것은 바로 한 마리 미친 호랑이였다.

인간이 된 웅녀가 환웅천왕과 결혼해서 국모가 되었다는 소식이 온 하늘나라에 퍼졌다. 나라가 큰 잔치를 벌이고 온통 축제 분위기였다. 그러나 호 낭자만은 그 분위기를 외면하고 있었다. 깊은 산골짜기를 골라 헤매면서 눈물을 흘리고 고통스러워했다. 가슴을 치며 인내심이 부족했던 자신을 원망하고 있었다. 자신에게 화를 내다가 머리를 바위에 꽝꽝 부딪치며 길길이 날뛰었다. 기진맥진해 늘어질 때까지 그렇게 했다. 그러던 어느 날 호 낭자가 홀연히 사라졌다. 어디에도 보이지 않았다. 어디로 갔는지 종적이 묘연했다. 동무들은 다들 궁금해 했으나 호 낭자가 어디로 갔는지 아무도 알지 못했다. 긴 시간이 지났다. 곰이 웅녀가 되어 떠났던 동굴에 어느 날부터인가 호 낭자가 돌아와 남의 눈을 피하면서 살고 있다는 이야기가 떠돌았다. 사실이 그랬다. 호 낭자는 쑥과 마늘만을 먹다 참지 못하고 뛰쳐나갔던 그 동굴 속으로 돌아와 그곳에서 처박혀 지내고 있었다. 바깥출입을 안 하는 것은 물론 누구도 만나지 않았다. 어쩌다 옛 동무가 찾아와도 피하기 일쑤였다.

'아이고, 급한 성깔 때문에 그걸 못 참고.'

호 낭자가 시험에서 실패한 뒤 굴속에 처박혀 지낸다는 소식은 하늘나라에 널리 퍼졌다. 웅녀가 환웅천왕과 결혼하고 모두가 부러워하는 왕비가 되면서 소문은 더 크게 퍼졌다. 그러면서 주위에선 호 낭자를 비웃으며 손가락질하기 시작했다. 웅녀가 아들딸 낳고 행복하게 지내는 이야기가 풍성한 만큼 호 낭자를 비아냥거리는 소리가 커졌다. 그러나 몇몇 동무들은 그렇지 않았다. 호 낭자를 찾아와 동정하고 같이 안타까워했다. 동무들은 피골이 상접한 호 낭자를 위로하면서 환웅천왕을 은근히 비난하는 귓속말을 들려주기도 했다.

"호랑이 자네와 곰에게 쑥과 마늘을 먹이면서 굴속에 들어앉아 있으라고 한 것은 불공평한 것이었네. 환웅천왕이 그런 조건을 걸은 것 자체가 공평치 않았다니까. 호랑이 자네는 육식만을 해왔지 어디 쑥, 마늘 같은 풀을 먹어나 봤나? 곰은 잡식성이라서 쑥, 마늘을 먹고 지내기가 수월하지 않았겠나."

"..."

"그리고 환웅천왕이 처음에는 1백일 동안 굴속에 들어앉아 있으라고 했다가 호 낭자 자네가 뛰쳐나가 버린 뒤에 삼칠일,

그러니까 21일 만에 곰을 사람이 되게 해버렸지. 이건 곰을 봐준 것이라고."

"그래?"

"에이, 멍텅구리 호랑이야, 어디 그뿐인가? 곰이 웅녀가 된 뒤로 환웅천왕과 혼인을 한 것은 어떻고? 그건 처음부터 환웅천왕이 자네가 아닌 곰을 인간이 되게 하려 했던 꿍꿍이속이 있어서 그랬던 게지. 알아듣겠나?"

"글쎄."

"아이구, 이 답답한 호랑이를 보았나."

호 낭자는 동무들이 속닥거리는 말을 들으면서 가슴 아파했다. 지난날 참을성 있게 버티지 못하고 시험에서 웅녀에게 저버렸던 일을 후회한다. 가슴이 찢어지는 듯해 으르렁거리며 한숨만 쉬었다. 그런 날들이 계속되었다. 세월이 화살처럼 흘러갔다. 환웅천왕과 웅녀의 아들 단군왕검이 나라를 세웠다는 소식이 나돌았다. 호 낭자는 굴속에서 지내면서 웅녀를 더욱 부러워했다. 그러다가 환웅천왕과 웅녀의 후손들이 한반도에서 인간들을 널리 이롭게 하고 있다는 소문이 돌아다녔다. 호 낭자는 그 소식을 들으면서 가슴속이 착잡했다. 친구가 시험에 성공해서 국모가 되더니 그 아들, 그리고 그 후손들이 대대손손 잘 된 것이 기뻤다. 하지만 그것이 전부는 아니었다. 자신의 한심한 처지를 되돌아볼 때 가슴이 너무 아프고 그렇게 아픈 만큼 웅녀가 부러웠다. 호 낭자의 눈에서 눈물이 뚝뚝 떨어져 내렸고 땅이 꺼질 듯한 한숨이 그치지 않았다. 동굴 속에서 4천여 년 동안 회한의 나날을 보내는 호 낭자에게서 예전의 사납고 급했던 성미를 찾아볼 수 없었다. 과거 만주벌판과 한반도를 누비던 용맹스럽던 그 모습은 찾아볼 수 없었다.

'호랑이에게 기회를 한 번 더 주어야 한다.'

하늘나라 민심이 묘했다. 수천 년 동안 호 낭자에게 아무도 관심이 없다가 어느 날부터 갑자기 호 낭자가 관심과 동정의 대상이 되었다. 호 낭자가 너무 불쌍하니 구제할 기회를 주어야 하지 않느냐 하는 것이었다. 한번 실수한 뒤로 너무 오랜 세월 아픈 세월을 보내는 것은 하늘 나라에서 더 이상 외면해서는 안 된다고도 했다. 왜 그런 소문이 나돌게 되었는지는 아무도 몰랐다. 시간이 지나면서 호 낭자를 불쌍하게 여기는 여론은 자꾸 커졌다. 환웅천왕이 호 낭자에게 인간이 될 수 있는지를 가리기 위한 공정한 기회를 주어야 한다는 이야기도 공공연히 나돌았다. 그러면서 호 낭자가 처박혀 사는 동굴에 많은 동무들이 찾아왔다. 그들은 호 낭자에게 환웅천왕이 어떤 좋은 조치를 취할지 모른다고 말해주어 호 낭자의 마음을 들뜨게 했다. 그러나 환웅천왕 쪽에서는 아무 움직임이 없었다. 시간은 쉼 없이 흘러갔고, 하늘나라에서는 호 낭자에 대한 여론이 가라앉았다. 여론이란 묘한 것이어서 어느 날 홀연히 등장했다가 그런 모습으로 사라지는

데 호 낭자의 경우도 그랬다.

어느 날부터 호 낭자의 존재가 점차 관심의 대상에서 멀어져갔다. 시간이 더 흐르자 아무도 호 낭자 얘기를 입 밖에 꺼내지도 않게 되었다. 호 낭자가 굴에 다시 돌아와 지낸 지도 벌써 40여 일이 지났다. 하늘나라에서 40여 일이니 인간세계에서는 4천여 년이 지난 셈이다. 하늘나라의 하루가 인간에게는 백 년에 해당되니까 말이다.

'후유, 그때 조금만 더 참았더라면 나도 사람이 되었을 텐데.'

호 낭자는 이날도 곰과 함께 쑥과 마늘을 씹어 먹으면서 지냈던 그때를 생각한다. 언제나 그랬던 것처럼 서글펐다. 가슴이 미어지도록 저려왔다. 호 낭자는 곰이 웅녀로 변하기 전 생활했던 굴 안쪽의 장소를 새삼 살펴보았다. 예나 지금이나 변한 것이라곤 없었다. 자신의 모습을 돌아보니 웅녀와 같이 지내던 때와 같지 않았다. 긴 세월이 흐르는 동안 털의 색이나 윤기가 생기를 잃었다. 한때는 하늘나라가 부러워하던 호랑이의 자태를 지녔고 모두가 부러워했었다. 그러나 세월이 그것을 앗아가 버렸다. 몸은 노쇠해지고 마음은 서글펐다.

"후유~"

호 낭자가 깊은 한숨을 쉰다. 웅녀는 하늘나라 국모가 되고 그 후손이 인간 세상으로 내려가 큰일을 했지만 자신은 볼품없는 늙은 호랑이 신세일 뿐이다. 호 낭자는 옛날 웅녀와 함께 지냈던 그 굴에서 어둡고 서글픈 나날을 살고 있는 것이다. 그러나 깊은 후회와 슬픔 속에서도 한 때는 큰 기대를 갖기도 했었다. 환웅천왕이 호 낭자에게 인간이 될 수 있는 시험의 기회를 다시 주어야 한다는 여론이 떠돌 때였다. 혹시나 하는 기대로 밤잠을 설치기도 했다. 그러나 그런 바람은 물거품처럼 사라졌다. 그리고 기나긴 세월이 흘렀다. 하지만 호 낭자는 실낱같은 희망을 버리지는 않았다. 환웅천왕이 언젠가는 자신에게 기회를 주지 않을까 하는 바람을 지워버릴 수가 없었다. 그래서 하루하루 정성스러운 마음으로 지내려 애를 쓰고 있다. 희미한 햇빛만이 스며드는 굴에서 지낸 세월이 길었지만 희망을 잃지 않았기 때문에 이날까지 버틸 수 있다는 생각도 들었다.

'오랜 시간이 흘렀구나.'

호 낭자는 이날도 이런저런 생각에 잠겨 시간을 보낸다. 자신의 노쇠해져 가는 몸뚱이를 물끄러미 바라보다가 어느 틈엔가 잠이 들었다. 그런데 갑자기 눈앞이 환해지는 것을 느껴 잠에서 깨어났다. 웬 일인가 하는 생각이 들어 몸을 일으키며 앞을 보다 깜짝 놀란다. 너무 엄청난 일이라 호 낭자는 놀라 숨이 턱 막혔다.

"흐흑."

환웅천왕이었다. 그가 눈앞에 있었다. 그토록 고대하던 환웅천왕이 보였다. 화려한 복색을 한 환웅천왕이 천천히 호 낭자 앞으로 걸어 오는게 아닌가. 오랜 세월이 지났지만 환웅천왕의 모습은 예나 똑같았다. 호 낭자는 눈을 얼른 감았다. 눈이 부셔 도저히 눈을 뜨고 있을 수가 없었다. 그리고 급히 몸을 숙여 환웅천왕에게 인사를 한다. 호 낭자는 온몸이 사시나무 떨리듯하고 입이 얼어붙어 아무 소리도 할 수가 없었다. 그저 엎드려 환웅천왕을 맞을 뿐이었다. 환웅천왕은 조용한 눈빛으로 호 낭자를 바라보더니 입을 열었다.

"호 낭자, 잘 있었느냐. 진즉 왔어야 하는데 오늘에야 너를 보게 되었구나. 네가 옛일을 후회하면서 나를 기다린 갸륵한 마음을 잘 알고 있었다. 그러나 그 동안 하늘의 계율 때문에 나도 어쩔 도리가 없었다."

그의 말을 듣는 순간 호 낭자는 그만 설움이 한꺼번에 복받쳐 목이 메었다.

"아닙니다. 이렇게 찾아주신 것만 해도...."

말을 미처 맺지 못하는 호 낭자의 어깨를 환웅천왕은 가볍게 어루만지면서 말했다.

"호 낭자, 알겠다. 내가 왜 네 심정을 모르겠느냐?"

"어흐흥."

호 낭자가 꺽꺽 울음을 터뜨린다. 그것은 과거에 대한 깊은 후회와 눈앞에서 환웅천왕을 만나고 있다는 기쁨이 뒤섞인 눈물이었다. 호 낭자는 전신을 부들부들 떨면서 오열했다. 이 순간 하늘나라 40여 일 동안 쌓인 모든 슬픔과 고통이 한순간에 씻겨 내려가는 듯 했다. 환웅천왕은 흐느끼는 호 낭자를 부드럽게 위로하면서 말했다.

"울음을 그치거라. 네가 인간이 되기를 그토록 원했지 않느냐? 그렇지?"

"예, 그렇긴 합니다만, 이제는 잊었습니다."

"그래? 그래도 단념하면 안 되지. 내가 너에게 기회를 한 번 더 주겠노라."

"예, 옛?"

"그래, 너는 기회를 한 번 더 갖는 것이 합당하다고 나는 생각한다. 그래서 이번에 내게 기회를 주겠다. 웅녀도 특별히 그것을 원하고 있단다."

"네엣? 웅녀가요?"

"그래. 웅녀는 네게 미안한 마음을 잊지 않고 있다. 항상 너를 안타깝게 여기고 있단다."

"흐흑."

호 낭자는 마음속으로 웅녀에게 고맙다는 말을 수도 없이 외친다. 인자한 웅녀의 얼굴이 생각나면서 격하게 흐느낀다. 환웅천왕은 물끄러미 호 낭자를 바라본다. 그러다가 호 낭자가 조금 진정되자 입을 열었다.

"이번 시험은 네가 중간세계의 한반도에 가서 하는 방식이다. 중간세계 한반도에는 나와 웅녀 후손들의 영혼이 사는 곳이다. 중간세계는 인간세계가 거울에 비치는 것처럼 동일한 곳이라는 것을 너도 잘 알고 있지 않느냐?"

"예, 잘 알고 있습니다. 그런데 제가 그곳에서 무슨 일을 해야 시험에 합격할 수가 있나요?"

호 낭자가 놀라서 눈을 동그랗게 뜨고 질문하자 환웅천왕이 부드러운 음성으로 말했다.

"지금 인간세계 한반도에서는 남북통일을 위한 노력을 하고 있고 그런 모습은 중간세계도 마찬가지다. 네가 중간세계에 가서 그곳의 통일 작업이 순조롭게 잘되도록 노력을 해 보거라. 그것은 인간 세상에도 도움을 주는 것과 같으니라. 그러나 너는 인간세계에는 개입하지 마라. 중간세계 영혼들의 세계에서만 보고 듣고 행동하도록 해라. 알겠느냐?"

"중간세계 한반도의 영혼들만을 상대로 해야 한다고요?"

"그래, 그렇다. 인간들이 말하는 영혼들의 세계지. 인간이 죽으면 그 영혼이 가는 곳이 중간세계이니 두 세계는 동일하게 돌아가고 있다. 두 세계가 서로 영향을 주고받기도 하지. 중간세계가 잘 되면 인간세계가 잘 되고 그 반대의 경우도 마찬가지이니라. 그건 너도 알고 있지?"

"예, 예."

“내가 너에게 신통력을 줄 터이니 그것을 중간세계 한반도에서 잘 활용해서 시험에 들도록 해라. 그러나 신통력을 쓸 때는 매우 신중해야 한다. 함부로 쓰면 안 된다. 내 말을 명심하거라. 이를 어기면 너는 또 시험에 실패하게 되는 것이다. 네가 잘 해서 중간세계나 인간세계 한반도가 잘 된다면 웅녀도 자신의 후손들 일이니 매우 기뻐할 것이다. 네가 옛 친구를 돕는다고 생각하고 열심히 해주기 바란다. 네가 시험에 성공했는지 여부는 네가 여행을 마치고 돌아온 이후 결정하겠노라.”

환웅천왕은 잠시 말을 멈추더니 호 낭자의 몸에 손을 가볍게 얹는다. 순간 호 낭자는 온몸에 형용키 어려운 충격을 느꼈다. 강력한 번갯불과 같은 충격이었다. 호 낭자는 몸을 부들부들 떨다가 전신을 뒤튼다. 환웅천왕이 자신의 몸에 신통력을 강화시키는 기를 주입하는 것을 어렴풋이 느꼈다. 그러다가 정신이 몽롱해졌다. 무슨 굉장한 꿈을 꾸었던 것 같은 기분이었다. 잠시 후 호 낭자는 전신에서 상쾌한 기분과 함께 엄청난 기운이 솟는 느낌을 받았다. 몸이 전 같지 않다는 생각이 들었다. 그 모습을 지켜보던 환웅천왕이 부드러운 미소를 지으며 “너는 이제 강력한 신통력을 지니게 되었다. 네가 한반도 중간세계의 탐사를 마칠 때까지 신통력이 유지될 것이다.”라고 말했다. 호 낭자가 감격해서 “고맙습니다.”를 연발하자 환웅천왕이 빨간 복주머니를 호 낭자에게 건네주며 말했다.

"받아라. 이 주머니 안에는 한반도에 내려가 어떻게 해야 할지 자세히 알려줄 지침이 들어 있다. 이를 잘 지켜라. 이는 네가 인간이 될 수 있는지를 시험하는 것이니라. 명심해라."

"감사합니다. 환웅천왕님!"

엉겁결에 복주머니를 받아든 호 낭자는 넙죽 큰절을 올리며 감사하다는 말을 수없이 되뇌었다. 그런데 어찌나 몸이 떨리는지 입에서 감사하다는 말이 제대로 나오지 않았다. 호 낭자의 그런 모습을 따뜻한 눈으로 바라보던 환웅천왕은 "잘해 보아라."라고 말하면서 몸을 돌렸다 싶더니 순식간에 사라져 버렸다.

"환웅천왕님!"

좀 더 말씀을 듣고 싶었던 호 낭자는 환웅천왕이 사라지자 너무 섭섭했다. 혹시 굴 밖에 가면 만날 수 있을 것 같아 급히 뛰어나가려다 앞발이 돌에 걸려 나뒹굴고 말았다. 이 바람에 호 낭자는 번쩍 눈을 떴다. 그러면서 잠에서 깨어났다는 느낌을 받았다.

"아앗. 꿈이었나?"

호 낭자는 섭섭한 마음에 가슴 속이 덜컹 내려앉았다. 꿈이라면 너무 허망했다. 너무 생생했기 때문이다. 환웅천왕의 숨결까지 느낄 수 있었는데 꿈이라니. 그래서는 안 될 것 같았다. 호 낭자는 "안돼."하고 고함을 지르면서 벌떡 일어나 굴 안을 살피다가 밖으로 뛰어 나가보았다. 하지만 아무도 보이지 않았다.

낙심천만이었다. 꿈이 아닌 것 같은데 꿈으로 받아들여야 한다는 것이 너무 안타까웠다.

"아아."

호 낭자는 깊은 한숨을 쉬면서 굴 안팎을 수도 없이 왔다 갔다 하기를 반복했다. 그래도 쓰라린 가슴을 진정시킬 수가 없었다. 어깨가 축 처진 호 낭자 먼 곳을 이곳저곳 자세히 눈여겨보면서 혹시 환웅천왕의 모습이 보일까 살핀다. 그러다가 깊은 한숨을 쉬면서 굴 안으로 터벅터벅 걸어 들어간다. 40일, 인간세상에서 치면 4천여 년을 기다려온 호 낭자는 안타까운 마음을 달랠 길이 없었다. 그래도 꿈에서라도 환웅천왕을 본 것은 그때 이후 이번이 처음이었다. 호 낭자는 누워있던 자리로 돌아와 몸을 눕히려다가 땅에 떨어져 있는 것을 발견하고 용수철처럼 튀어 일어났다. 빨간 복주머니였다. 환웅천왕이 건네준 그 주머니였다.

'꿈이 아니었구나!'

호 낭자는 꿈속에서 환웅천왕이 건네준 복주머니가 눈앞에 있는 것을 보면서 가슴이 쾅쾅 뛰었다. 날아갈 듯한 기쁨이 온몸으로 퍼져나가는 것을 느꼈다. 호 낭자는 환웅천왕이 사라진 쪽을 향해 넙죽 절을 했다. 복주머니를 두 손으로 집어 들면서 감사하다는 말을 수없이 되풀이했다.

그때였다. 굴 아래 까마득히 먼 중간세계와 인간세계의 한반도 모습이 호 낭자의 눈에 들어왔다. 그동안 두 세계가 이렇게 환하게 눈에 들어온 적이 없었다. 아니, 굴 밖을 살펴보고 싶지 않아서 보이지 않았는지도 몰랐다. 웅녀가 사람이 된 뒤 아이를 가지게 해달라고 기원한 신단수만이 언제나 호 낭자의 눈앞에서 어른거렸을 뿐이다. 그동안 호 낭자는 굴 밖을 자주 내다보지도 않았고 어쩌다 시선이 밖으로 향하면 신단수만을 보곤 했었다. 신단수 주변에는 언제나 은하수만이 짙게 펼쳐져 있었다. 아니, 그것은 은하수가 아니고 어쩌면 호 낭자가 흘린 눈물이었는지도 몰랐다. 어쨌든 호 낭자는 신단수 저 아래 중간세계 등을 의식한 적이 거의 없었다. 그런데 신단수와 함께 두 세계의 한반도가 뚜렷이 보인 것이다.

'환웅천왕님이 신통력으로 내 눈을 맑게 해주셨는지도 몰라.'

호 낭자는 눈을 비비면서 기뻐한다. 그런데 중간세계와 인간세계 한반도의 모습만이 환히 보이는 게 아니었다. 그 두 세계의 소리도 또렷이 들려왔다. 난생처음 듣는 소리였다. 호 낭자가 인간이 되는 시험에 실패하고 낙담해 굴에 처박힌 뒤 아무 소리도 들은 적이 없었다. 그런데 중간세계의 영혼과 인간세계의 인간들이 내는 소리가 쾅쾅 들린다. 두 세계의 한반도 방방곡곡에서 남녀노소가 살아가는 번잡한 일상의 소리가 귀가 아플 만큼 크게 들렸다.

"빵빵빠방!"

"부릉, 부르릉."

호 낭자는 두 세계의 한반도를 눈을 동그랗게 뜨고 바라보았지만 복잡하게 돌아가는 모습이 이해가 되지 않았다. 웅녀가 단군을 낳은 뒤 얼마 안 된 한반도에는 숲과 강, 그리고 크고 작은 새와 짐승들이 뛰어노는 평화로운 곳이었다. 그런 모습만을 가슴속에 간직한 채 오랜 세월 동안 굴속에 처박혀 있던 호 낭자에게는 눈앞에 펼쳐지는 한반도의 모든 모습이 낯설었다. 영혼과 인간의 크고 작은 도시와 자동차, 기차, 비행기, 산더미처럼 큰 배 등은 낯설기만 했다. 호 낭자는 한반도를 지그시 바라보다 고개를 설레설레 흔든다.

'환웅천왕님은 왜 저토록 혼란스럽고 낯선 세상에 내려보내 날 시험하시는 것일까?'

호 낭자는 걱정이 앞선다. 그러다가 다시 눈길을 천상계로 돌리자 또 처음 보는 광경이 눈앞에 펼쳐졌다. 그곳에 사는 천신 등 고귀한 영혼들의 모습이 어지럽게 눈에 들어왔다. 환웅천왕과 웅녀가 살고 있는 궁전도 보였다. 더 자세히 보니 웅녀와 같은 모습이 얼핏 보이는 것 같았으나 확실치는 않았다. 호 낭자는 놀란 눈으로 처음 보는 천상계, 하늘나라의 모습을 보느라 정신이 없다. 이런 모습도 전에는 보이지 않았고 물론 신경도 쓰지 않았었다. 그런데 지금은 한눈에 보인다. 호순이는 가슴이 뛴다. 환웅천왕이 선물하신 신통력으로 커다란 능력을 지니게 된 것을 깨달으면서 기뻤다. 그러면서 이번에는 인간이 되는 시험에 꼭 합격해야 하겠다고 다짐한다.

호 낭자는 까마득히 먼 어느 날 우주가 처음 모습을 드러낸 뒤 세 가지 차원의 세상이 펼쳐졌다는 사실은 익히 알고 있었다. 단지 관심이 없었을 뿐이다. 왜 세 차원의 세계가 만들어졌는지 아무도 몰랐지만 그중 하나는 인간들에게 하늘나라로 알려져 있는 천상계이다. 고급 영혼이 영원한 안식을 취하는 곳이다. 두 번째는 인간이 죽어서 가는 세상, 중간세계이다. 그리고 인간이 동식물과 함께 생을 이어가는 지상의 인간세상이 세 번째다. 세 가지 차원의 세상은 영향을 주고받는 관계였다. 호 낭자는 중간세계에 속했고 환웅천왕은 천상계의 존재였다. 웅녀도 원래 중간세계에 속했지만 환웅천왕의 시험에 통과하면서 천상계로 신분상승을 한 것이다. 환웅천왕이 호 낭자에게 내린 지시는 한반도 상공에 있는 중간세계의 영혼과 잡귀들을 살피고 한반도 평화통일을 위해 영향력을 행사하라는 것이었다. 한 번도 해보지 않은 것은 물론 생각조차 못한 것이었다.

'그걸 어떻게 하지?'

호 낭자는 감이 잡히지 않아 한참을 망설인다. 그러다가 망치에 얻어맞은 듯 전신을 부르르 떨면서 자세를 가다듬는다.

'아니, 내가 왜 이러지?'

환웅천왕님의 말씀에 의문을 품는 생각을 한 것에 스스로 깜짝 놀란 것이다. 어찌할 바를 모르고 황당해하는 것 자체가 불경스런 일 같았다. 환웅천왕님이 특별히 지시한 것이니 그것을 성공적으로 완수하겠다는 생각만 해야 마땅할 것처럼 느껴졌다.

'이번에는 꼭 말씀대로 잘 따라서 해야지. 그래서 인간이 되려는 내 소원을 이뤄야지.'

호 낭자는 최선을 다하겠다고 맘을 굳게 먹고 나니 자신감이 생기면서 정신도 맑아졌다. 중간세계 한반도까지 가려면 한참을 여행해야 한다. 먼 거리다. 호 낭자는 오랫동안 머물렀던 정든 동굴을 떠나는 것이 섭섭했다. 따스한 시선으로 동굴 안 이곳저곳을 살피고 속으로 작별 인사를 한다.

'잘 있어라. 동굴아. 그동안 네 덕에 잘 보냈다. 내가 성공하도록 너도 빌어다오.'

호 낭자는 동굴을 떠나는 것이 친구나 친척과 이별하는 것처럼 아쉬운 듯 쉽게 돌아서지 못한다. 그러다가 결심한 듯 동굴을 나서면서 출발 준비를 한다. 먼 길을 떠나니 신경 쓸 것이 한둘이 아니었다. 호 낭자는 이것저것 챙기다가 환웅천왕이 남겨 놓고 간 빨간 복주머니를 이리저리 살펴본다. 그것은 천상계의 고귀한 영혼들이 흔히 허리춤에 지니고 다니는 멋진 장식용 복주머니였다. 주머니 표면에는 여러 가지 무늬가 화려하게 새겨져 있다. 주머니 윗부분은 실로 조여져 있어 호 낭자는 그것을 푼다. 그리고 주머니 안을 들여다보니 예쁜 실로 묶여 있는 종이뭉치가 들어있다.

'이게 무얼까?'

호 낭자는 종이 뭉치를 꺼내 살핀다. 종이 뭉치를 풀자 흰 서류 하나와 노랑 봉투 한 개가 나온다. 그 서류 위에는 '행동지침'이라는 네 글자가 선명하게 보인다. 호 낭자는 그 서류를 정성스럽게 펴보았다. 거기에는 깨알 같은 글씨로 다음과 같이 적혀 있었다.

- 호 낭자 네가 조금 전 내려다 본 중간세계와 인간세계 한반도는 남북한이 통일국가를 향해 노력하고 있는 중이니라. 네게는 반나절쯤이었다만 인간 세상에서는 몇십 년간의 분단상태에서 피 흘리는 전쟁 등을 치르며 서로 반목하다가 다시 하나가 되려 하고 있다. 웅녀의 후손들이 통일을 잘해서 값지고 보람 있게 금수강산을 꾸려나갔으면 좋겠다. 너는 두 세계에서 한반도의 분단국가가 어떻게 통일이 되려는지 알려고 할 필요는 없다. 그것은 웅녀의 후손들의 몫이니 너는 차라리 모르는 게 좋을 게다. 그러나 중간세계의 영혼들은 무엇을 어떻게 하는지 잘 살펴라. 중간세계는 인간세계에 직간접적인 영향을 미친다는 점에서 매우 중요하다는 점을 너도 알고 있을

것이다. 그러니 네가 그곳을 열심히 살피면서 잘못된 것을 발견할 경우 신통력을 발휘해서 바로 잡도록 해라. 내가 너에게 넣어준 신통력으로 네가 맘만 먹으면 중간세계 영혼과 잡귀 등의 말과 행동을 꿰뚫어볼 수 있는 것은 물론 네가 생각해 잘못됐다고 판단되면 그것을 바로잡을 수 있을 것이다. 그 신통력은 한반도가 진정한 통일이 이뤄지게 하는 데에만 쓰는 게 좋겠다. 특히 신통력은 무소불위의 것이 아니니라. 대상을 잘 고르지 않으면 안 되느니라. 명심하거라. 만약 경거망동하면 너는 이번 시험에 실패하는 것이 된다. 즉 너는 인간이 될 수 없게 된다. 너는 지난번 마늘과 쑥만 먹고 지내는 고통도 견디지 못하고 결국 실패했다. 이번에 각별히 신경 써 열심히 하도록 해라. 많은 영혼과 잡귀들은 때로는 추하고 경멸스런 꼴까지 보일 때가 있다는 것을 명심해라. 너는 그런 모습에 꿋꿋하게 항상 정의의 편에서 보고 판단해라. 너는 인정 많고 마음이 약해 네 초능력으로 비뚤어진 중간세계를 모두 바로잡고 싶겠지만 참아라. 그것을 명심해라. 시험이 끝나는 시기는 별도로 통보하겠다. -

환웅천왕의 행동지침은 이렇게 끝을 맺었다. 호 낭자는 다시 한 번 읽어보면서 고개를 갸우뚱하지 않을 수 없었다.

'환웅천왕님은 왜 내가 신통력을 자제해야 하고 대상을 잘 골라야 한다고 강조하실까? 그리고 경거망동하지 말라고 하셨는데 그것은 어떻게 해야 그렇게 되는 걸까? 나의 신통력은 한반도의 진정한 통일이 이뤄지는 데에만 쓰라고 하셨는데 그것은 어떤 경우에 해당하는 것인가?'

호 낭자가 지침을 읽고 나서 여러 가지 의문이 떠올라 고개를 갸우뚱한다. 그도 그럴 것이 호 낭자는 중간세계나 인간세계의 한반도가 얼마나 복잡하게 얽히고설킨 곳인지를 잘 모르기 때문이었다. 호 낭자는 순박한 중간세계의 한 동물로써 살아왔기 때문이었다. 중간세계 한반도의 영혼, 잡귀에게 자신의 초능력을 억제하는 것이 얼마나 어려운 것인지를 조금도 이해하지 못하는 것이 당연했다. 그러나 호 낭자는 엉뚱한 생각을 할 뿐이었다. 웅녀의 후손들이 사는 두 세계의 한반도에서 통일 작업이 순조롭게 잘 진행될 것 같았다. 만약 그렇다면 호 낭자는 환웅천왕이 자신에 특별히 부여한 초능력을 한 번도 써먹지 않을지도 모른다는 생각에 웃음까지 나왔다.

'잘 될 거야. 난 이번에는 틀림없이 사람이 되고 말테다. 그래서 늦기는 했지만 웅녀가 걸은 길을 나도 밟아 나가야겠다.'

호 낭자는 준비가 다 끝났다는 생각이 들면서 기대에 부풀어 동굴에게 다시 한 번 더 작별 인사를 한다. 만약 인간이 된다면 동굴에 다시 못 돌아올지도 모를 판이니 크게 아쉬운 맘이 들기도 했다.

"자, 출발이다."

호 낭자는 굴 문을 나서자마자 맘을 굳게 먹고 하늘로 치솟아 오른다. 이어 한 걸음에 신단수를 지나쳤다. 은하수 사이를 빛처럼 빨리 날아 중간세계 한반도를 향해 줄달음쳤다. 호 낭자는 바람처럼 우주 공간을 날았다. 휘파람을 불면서 지구를향해 달려간다. 얼마나 갔을까. 저 멀리 검은 우주 공간 속에서 보석처럼 아름다운 별 지구가 나타났다. 지구는 영롱한 색으로 그 자태를 뽐내고 있다. 그곳에 점차 다가갈수록 그 아름다움에 눈길을 뗄 수가 없다. 구름과 대륙, 바다가 어우러져 신비한 느낌을 준다. 호 낭자는 오랜만에 보는 지구가 예나 다름없다고 생각하면서 속도를 더 빨리한다. 지구가 손바닥 안의 작은 구슬처럼 보이다가 점차 커지면서 섬세한 아름다움이 드러나기 시작한다. 하나의 거대한 생명체 같은 지구 속으로 빠져 들어간다는 느낌을 받을 때 쯤 호 낭자는 급히 걸음을 멈춰야 했다. 맨 먼저 방문해야 할 곳을 확인치 않았기 때문이다 급히 빨간 복주머니 속에서, 접혀있는 노랑 종이를 펼쳐보았다. 거기엔 '한반도 군사분계선'이라고 적혀 있었다.

'거기가 어디지?'

호 낭자는 난생처음 들어보는 군사분계선이 궁금했지만 우선 지구 속의 한반도를 찾기 시작했다. 지구를 향해 달려가면서 보니 한반도가 있는 곳은 지구 시간으로 밤인 듯 했다. 그곳은 짙은 어둠 속에 잠겨 있다. 호 낭자는 눈을 크게 떠 열심히 살핀다. 그러자 어둠에 싸인 지구 극동 지역이 눈에 들어왔다. 이어 낯익은 곳이 눈에 띄었다. 호 낭자는 한눈에 그것을 알아보았다. 한반도다. 위로는 광대한 대륙과 이어지고 밑으로는 광활한 대양을 향해 기세를 뻗치고 있는 한반도다. 호 낭자는 한반도가 얼핏 토끼 모습과 비슷하다고 느꼈다가 자신과 같은 호랑이 모양으로 보이자 기분이 좋아졌다. 호 낭자는 한반도를 향해 커다란 독수리처럼 날아간다. 한반도가 가까워지면서 도시의 불빛이 보였다. 그것은 밤하늘의 별처럼 반짝거린다. 원색으로 빛나는 인공불빛은 사실 별빛보다 더 아름다운 것 같았다. 한반도가 가까워져 그 산하가 시야에 가득 채워지자 호 낭자는 목적지를 찾기 시작했다.

'어디가 군사분계선인가?'

호 낭자는 눈을 크게 뜨고 두리번거리면서 목적지를 찾는다. 그러나 어디가 어딘지 분간이 되지 않는다.

'아직 멀었나?'

호 낭자는 될수록 빨리 도착하고 싶어 힘껏 더 속력을 냈다. 한참 더 날았는데도 역시 군사분계선 같은 곳은 눈에 띄지 않았다. 호 낭자는 속으로 안 되겠다 싶어 지상 가까이 내려가기로 했다. 얼마쯤 내려가 보니 눈앞에 큰 산이 검은 하늘을 배경으로 다가왔다. 첫눈에도 그 산은 보통 산이 아니었다. 높기도 했지만 자태가 빼어나 호 낭자는 저절로 마음이 경건해졌다. 호 낭자가 그 산에 좀 더 다가가자 산꼭대기에 병풍처럼 솟아 있는 크고 작은 봉우리들로 둘러싸인 넓은 호수가 나타났다. 신비한 빛을 내뿜는 호수 위에도 밤하늘의 검은 천이 드리워져 있었고, 대륙을 가로질러온 바람은 상쾌하기 그지없었다. 한없이 깊을 것 같은 호수는 하늘 아래 가장 높은 곳에 있는 자연 호수처럼 느껴졌다. 짙은 먹물처럼 보이는 밤하늘 속의 호수는 거대한 수정처럼 빛났다. 호수 둘레의 봉우리들은 이 검은 호수를 보호하는 수호신 같기도 했다. 밤바람이 봉우리 사이를 윙윙거리면서 지나갔다. 그것은 수호신들의 뱃속 깊이에서 용솟음치는 포효처럼 들렸다. 호 낭자는 그 봉우리 가운데 제일 높은 봉우리 위에 사뿐 내려앉으며 생각했다.

'이 산은 보통 산이 아닌 것 같은데, 그렇다면 나는 도대체 어디에 있는 걸까?'

호 낭자가 이런 생각을 하며 주위를 살피고 있는데 갑자기 벽력같은 고함이 들려와 깜짝 놀랐다 그 거대한 소리는 마치 천둥소리 같았다.

"네 이놈, 호랑이야. 감히 내 새벽잠을 깨우다니, 무엄하구나!"

호통 소리에 호 낭자는 선 자리에서 땅바닥에 납작 엎드린 채 고개도 들지 못하고 벌벌 떨고 있다. 그 목소리는 호 낭자보다 훨씬 등급이 높은 고귀한 영혼의 그것이었다. 감히 옆에 서 있기도 벅찬 그런 존재라는 것을 깨달은 호 낭자는 죽은 듯 엎드려 있다. 그랬더니 그 목소리가 호 낭자에게 질문을 던진다.

"네 놈은 왜 이곳에서 어슬렁거리느냐?"

"예, 저는 한반도 군사분계선을 가고 있는 중입니다."

호 낭자가 기어가는 소리로 더듬거리자 커다란 목소리가 또 호통을 친다.

"어리석은 호랑이로구나. 한반도 군사분계선 지역이 어디라고 여기서 찾고 있더란 말이냐? 길을 찾을 때는 위만 보지 말고 밑을 보아야 하느니라. 그래야 길을 잃지 않는다. 네 놈이 와 있는 곳은 백두산이니라."

호 낭자는 그 말에 놀라지 않을 수 없었다. 환웅천왕님의 지시에 따라 군사분계선에 가야 하는데 엉뚱한 곳에 왔다니 이 일을 어쩔 것인가. 조금 전 지구에 접근했을 때 구름이 잔뜩 끼어있었던 것을 조심했어야 했다. 깜박하다가 길을 착각한 것이 틀림없었다. 그런데 지금 호통을 치고 있는 목소리의 주인공이 누구란 말인가. 호 낭자는 궁금하기 짝이 없었지만 그 강한 기세에 눌려 감히 누군지를 물을 수가 없었다. 하지만 누군지 확인을 해야 했다. 호 낭자는 슬쩍 눈을 들어 목소리의 주인공이 있는 쪽을 살핀다. 그는 엄청난 크기의 바위 위에 우뚝 서 있다.

백발이 성성한 산신령이었다. 호 낭자는 순간 그가 누구인지를 알아보고 머리를 조아리면서 공손한 태도로 말했다.

"아. 백두산 산신령이시군요."

"그렇다. 제대로 보았구나. 나는 네 할아버지의 먼 할아버지까지 데리고 노닐었느니라. 네 가문하고는 인연이 깊었다는 말이다. 네 할아버지가 언젠가 손녀를 보았는데 범상치 않은 것 같아 기쁘다고 했었는데 그게 바로 너였구나. 그런데 어쩌다가 길까지 잃고 헤매고 있느냐?"

"아이쿠, 몰라봬서 죄송하게 되었습니다."

호 낭자도 할아버지에게서 백두산 호랑이를 모셨다는 말을 언젠가 들었던 기억이 났다. 그러면서 반가운 마음과 함께 친근감이 생겼다. 호 낭자는 "이렇게 뵙게 되어 기쁩니다."라고 말하면서 백두산 산신령을 경외심이 가득한 정다운 눈초리로 바라보았다. 그러자 백두산 산신령이 장난기 어린 표정으로 말했다.

"네가 오늘 이곳에 잘 왔느니라. 네가 오랜만에 이곳을 찾았으니 몇 가지 묻겠다. 이 산이 세계에서 몇 번째로 얼마나 높은지, 봉우리가 몇 개인지 알고 있느냐?"

호 낭자는 질문을 받자 당황한다. 그런 것을 궁금해한 적도 없었고 누가 알려주지도 않았었다. 그러나 모른다고 할 수는 없는 노릇이었다. 호 낭자는 신통력을 써야 하겠다고 생각하니 백두산에 대한 모든 지식이 머릿속에서 떠올랐다. 호 낭자는 그래도 조심스럽게 입을 열어 답을 말씀드린다.

"예, 세계에서 37,473번째로 높은 산이고 높이는 2,744m인데 이런 높이의 산 가운데 그 정상에 천지처럼 큰 호수를 가진 산은 오로지 백두산뿐입니다. 그리고 봉우리는 모두 16개입니다."

"호오라, 어찌 그리 잘 아느냐? 그럼 그 16개 산봉우리의 이름을 알고 있느냐? 이건 모르겠지?"

백두산 산신령은 눈을 동그랗게 뜨면서 기특해하다가 다시 질문을 하신다. 호 낭자는 '신통력으로 알아보았습니다'라고 말하기는 뭐해서 시침을 뚝 떼면서 대답했다.

"예, 그것은 장군봉으로도 불리는 병사봉, 삼기봉, 고준봉, 자하봉, 화개봉, 철벽봉, 천활봉, 용문봉, 관일봉, 금병봉, 지반봉, 백운봉, 옥주봉, 제운봉, 와호봉, 관면봉 등 입니다."

"어허? 그럼 천지에 대해 알고 있느냐?"

"네, 천지는 맨 위쪽 직경이 5km, 깊이 3백여 m이고 전체 물의 양은 약 20억400만㎥로 알려져 있습니다."

호 낭자가 대답하자 백두산 산신령이 벽력처럼 고함을 친다.

"네 이놈, 너 신통력으로 내 질문에 답하는 거지?"

"예, 그렇습니다만."

"하긴, 환웅천왕이 네게 준 신통력을 써먹는 것을 탓할 수는 없구나. 알았다. 하여튼 네가 매우 똑똑해진 것을 보니 기분이 좋구나."

"감사합니다."

"그래, 너를 보니 환웅천왕이 하늘에서 3천 명을 거느리고 내려오던 날이 생각나는구나. 그날 모두 나가 환영하였는데 나도 그때 현장에 있었느니라. 나도 먼 발치에서 네가 웅녀와 같이 서 있는 모습도 보았다. 너는 나를 보지 못했을 터이지만 말이다."

"아. 그러셨어요?"

호 낭자는 백두산 산신령의 말을 들으며 아주 오래 전 웅녀와 함께 환웅천왕이 하늘에서 오시는 것을 구경했던 일이 생생하게 떠올랐다. 환웅천왕은 하늘나라에서 살면서 언제나 지상에 내려가서 인간 세상을 다스려 보자고 하는 생각을 하고 지냈다. 그러다가 천제이신 아버지의 허락을 받아 신단수로 내려오는 날은 천지가 온통 환호와 만세 소리로 가득 찼었다. 환웅천왕은 손에 청동단검·청동거울·옥 등 천부인 세 개를 쥐고 있었다. 환웅천왕은 화려한 금관을 쓰고 오색찬란한 옷을 입고 인자한 미소를 짓고 있었다. 그 모습에 호 낭자는 숨이 멎을 것 같은 충격을 느꼈다. 그것이 존경심인지, 아니면 사랑의 감정인지 알 수가 없었다. 어쨌든 숨을 쉴 수 없을 만큼 가슴이 쿵쾅거리고 얼굴이 화끈거렸다. 호 낭자가 환웅천왕 행렬이 눈앞을 지나 저 멀리 안 보일 때까지 까치발을 하고 바라보느라 정신이 없었다.

'아, 멋진 분이다.'

호 낭자가 감탄하면서 곁에 있는 웅녀를 보고 가슴이 덜컹 내려앉았다. 웅녀의 표정에서 환웅천왕에게 홀딱 반한 것이 한눈에 느껴졌다. 웅녀는 호 낭자를 보자 "어머, 어쩜 저렇게 멋진 분이 하늘에서 오셨을까? 나를 위해 오셨을까?"라고 떨리는 목소리로 말했다. 호 낭자는 갑자기 가슴 속에서 웅녀가 미운 생각이 들어 고개를 돌리고 말았다. 환웅천왕은 곡식과 생명, 질병과 형벌, 선과 악 등을 다스리는 풍백, 우사, 운사 등의 부하를 거느리고 세상을 잘 다스려 태평성대가 되었다. 호 낭자와 웅녀는 같이 살고 있던 동굴로 돌아와 아침저녁으로 환웅천왕이 살고 있는 궁궐을 향해 기도했다.

'인간이 되어서 환웅천왕님을 곁에서 모실 수 있게 해주소서.'

둘은 침묵 속에 기도해서 서로 무슨 기도를 하는지 알지 못했다. 하지만 둘 모두 환웅천왕에게 인간이 되고 싶다는 동일한 소원을 뜨겁고 간절한 마음으로 기원하고 있었다. 둘은 그러나 그것을 한동안 알아채지 못했다. 둘이 마음속에 간직한 비밀은 환웅천왕이 어느 날 동굴을 찾아오면서 서로 알게 되었다. 환웅천왕이 호 낭자와 웅녀가 간절히 기도하는 것에 감동해 동굴을 찾아왔고 둘은 너무 황송해 바닥에 엎드려 숨도 크게 쉬지 못했다. 그때 환웅천왕이 부드러운 목소리로 말했다.

"너희가 진정 인간이 되고 싶어 그리도 간절히 기도하고 있느냐?"

"네."

"네."

호 낭자와 웅녀는 동시에 큰 소리로 대답하면서 서로를 바라보고 내심 크게 놀랐다. 둘이 환웅천왕에게 같은 내용의 기도를 하고 있었다는 것을 처음 알았기 때문이다. 그러나 둘은 곧 서로 눈길을 피하면서 환웅천왕의 다음 말을 기다렸다.

"그럼 내가 신성한 쑥 한 타래와 마늘 20개씩을 줄 터이니 너희들이 이것을 먹고 햇빛을 백일 동안 보지 않으면 사람이 될 수 있느니라."

"감사합니다. 그리하겠습니다."

"감사합니다. 말씀대로 하겠습니다."

호 낭자와 웅녀는 그날부터 굴속에 들어가 쑥과 마늘만 먹으며 인간이 되기를 빌기 시작했다.그러나 호 낭자는 갑갑함을 이기지 못하여 밖으로 뛰쳐나와 시험에 실패했지만 웅녀는 여자의 몸으로 변해 환웅천왕과 함께 행복하게 살고 있는 것이다.

"휴-."

호 낭자는 옛일을 생각하면서 가만히 한숨을 쉰다. 그 모습을 흘낏 바라본 백두산 산신령이 짓궂은 표정으로 말했다.

"네가 백두산에 대해 많이 파악한 모양인데 더 물어보자. 백두산 이름이 몇 개나 되는지 아느냐?"

"예, 중국에서는 백두산을 타이빠이산(태백산), 탄탄따링(단단대령), 푸현산(불함산), 장빠이산(장백산), 타이황산(태황산), 투타이산(도태산), 라이빠이산(노백산)이라고 부르고 만주족은 백두산을 과느민산연아림이라고도 부릅니다."

"그럼 왜 이렇게 여러 이름이 있다고 생각하느냐?"

"예, 그것은 한민족이 백두산을 민족의 발상지로 여기고 있는 것처럼, 중국의 만주족도 백두산을 민족의 발상지이자 성지로 받들고 있기 때문입니다. 중국 한족들도 백두산을 중국 내 많은 명산들과 함께 훌륭한 산으로 손꼽고 있습니다."

"그렇지. 그래 정확한 말이야. 예로부터 백두산 지역은 고조선, 부여, 고구려, 발해의 관할권 속에 있었지만, 그 후에는 요나라, 고려, 금나라, 이씨조선, 청나라의 관할권이나 국경에 접해 있었단다. 그리고 지금도 조선민주주의인민공화국과 중화인민공화국의 국경에 걸쳐 있지."

"그래서 한민족에게 백두산 신화와 설화가 있었듯이, 중국의 거란족과 여진족도 백두산에 관한 신화와 전설을 갖고 있다 합니다."

호 낭자가 공손히 말씀을 드리다가 백두산 산신령의 옷차림을 얼핏 보고 조금 놀랐다. 백두산 산신령의 겉옷은 여러 가지

빛깔의 천을 연결하여 만든 옷으로 한민족의 색동옷처럼 보였다. 호 낭자는 신선이나 큰 영혼 등은 옷차림이 엄숙해서 백두산 산신령과 같은 색동옷을 입지 않는 것으로 알고 있었다. 그래서 백두산 산신령의 옷차림을 유심히 살핀다.

'어떻게 이런 옷을?'

호 낭자는 백두산 산신령의 옷은 쳐다볼수록 우스꽝스러운 느낌을 금할 수 없었다. 그것은 천상계에서 보기 힘든 해괴한 옷차림이었다. 호 낭자가 자세히 살피니 백두산 산신령이 겉옷 속에 입은 윗도리는 허옇게 늘어진 백발 수염을 중심으로 오른쪽에는 한복, 왼쪽에는 중국 옷 모양이었다. 전체 옷의 절반이 각각 다른 모양이어서 전혀 어울리지 않았다. 아랫도리도 부분부분이 색과 모양이 달라 산신령 모습을 우스꽝스럽게 만들고 있었다.

"아니, 어떻게 이런 옷을 입으셨나요?"

호 낭자는 놀란 눈을 동그랗게 뜨고 백두산 산신령을 올려다보며 조심스럽게 물었다. 백두산 산신령은 호 낭자의 모습을 바라보더니 바위 위에 털썩 걸터앉으며 말했다.

"호순아, 내 옷이 네 눈에 이상하게 보이지? 하지만 어떻게 하겠느냐? 백두산을 여러 민족이 영산으로 여기거나 다양한 전설의 대상으로 삼고 있으니 이렇게 되고 말았구나."

"..."

"백두산은 그러나 오늘날에는 그 소유권이 북한과 중국으로 되어 있단다. 천지를 경계로 국경선이 만들어졌지. 좀 자세히 말하면 6.25 전쟁이 끝난 후 북한과 중국이 1962년에 맺은 국경조약에 따라 북한이 백두산 천지의 54.5%를, 중국이 백두산의 나머지 45.5%를 차지했단다. 정확하게는 백두산 봉우리 16개 중 9개가 북한령, 7개가 중국 영토이지."

백두산 산신령은 담담히 말하면서 휴 하고 한숨을 내쉬었다. 마침 휙 불어오는 바람에 휘날리는 백발이 쓸쓸해 보였다.

"백두산이 정신적인 면이 아닌 영토라는 측면에서 보면 한민족과 연이 제일 많다고 볼 수 있지. 백두산은 고구려, 발해의 영토 안에 있었던 것은 물론 삼국유사에도 한민족의 발상지로 기록되어 있는데, 조선과 청나라가 백두산 부근 영토문제로 다투게 되면서 1712년 정계비를 세웠지만 분쟁이 끊이지 않았단다. 그러다가 조선의 국운이 쇠퇴하고 일제가 금수강산을 유린하면서 간도 땅도 중국에게 넘어가면서 결국 이 모양이 되고 말았구나."

"…"

"백두산이 한민족과 중국의 우호와 협력의 출발점이 되고, 동아시아의 평화와 번영을 앞당기는 본보기가 되면 좋지. 그러나 중국이 동북아 역사를 중국 것으로 둔갑시키는 동북공정을 하면서 백두산에 과도할 정도로 심혈을 기울이는 것은 심상치 않

아. 간도문제를 원천 봉쇄하고 백두산을 매개로 한 한민족의 만주에 대한 영향력을 차단하려는 속셈이 있는 것 같아."

"…"

"중국이 백두산 반쪽의 영유권을 활용하면서 자자손손 한민족의 기백을 꺾으려는 대국주의가 발동되면 곤란하지. 안 그래, 호랑이야?"

"예, 옛. 그렇습니다. 안 되고말고요."

호 낭자는 백두산 산신령의 말에 동조하면서 머릿속이 복잡해졌다. 중간세계는 물론 인간세계의 반쪽 난 백두산을 앞으로 어떻게 해야 하나. 더욱이 호 낭자 할아버지가 모셨던 백두산 산신령이 이토록 우스꽝스런 모습으로 계속 지내셔야 하나. 이를 해결할 수가 없단 말인가. 호 낭자는 고민 끝에 한 가지 묘안이 떠올라 산신령에게 조심스럽게 물었다.

"혹시 저의 신통력으로 백두산 영유권을 되찾아 오면 어떻겠습니까?"

호 낭자의 말이 끝나자 백두산 산신령이 쓴웃음을 짓더니 조용히 말했다.

"환웅천왕이 네게 주신 신통력은 함부로 휘두르는 게 아냐. 넌 그것도 몰랐느냐?"

백두산 산신령은 호 낭자에게 그 이유를 설명해 준다.

"하늘나라에 있는 많은 신들은 지배영역이 크고 작게 나뉘어져 있고, 그 신들이 지닌 신통력은 각자의 지배영역 안에서만 위력을 보일 뿐이야. 그 영역을 벗어나거나 다른 신의 지배 아래에 있는 영혼 등에게는 아무 힘도 없단다."

호 낭자는 백두산 산신령의 말을 듣고 더욱 가슴이 저려와 시선을 땅 밑으로 떨어뜨린 채 침묵했다. 바위 위에 걸터앉아 있던 백두산 산신령은 저 멀리 동쪽 지평선이 점차 밝아오자 호 낭자에게 부드럽게 말했다.

"이제 가 보거라. 한반도 부근은 이제 아침이다. 날이 밝고 있으니 출발하거라. 환웅천왕의 영을 잘 받들어 부디 소원을 성취해라."

"예, 고맙습니다. 산신령님, 군사분계선은 어느 쪽으로 가야 합니까?"

"남북 군사분계선? 너 그게 뭔지 아느냐?"

"잘 모릅니다. 환웅천왕께 미처 여쭤보지 못했습니다."

"그건 말이다. 한반도를 위아래로 갈라놓은 장벽과 같은 것이란다."

"장벽이요?"

"그래. 분단의 상징과 같은 것이지. 가 보면 안다."

"그게 어디에 있습니까?"

"그것은 이쪽으로 쭉 내려가면 된다."

호 낭자는 새벽바람에 흰 수염이 갈라져 휘날리는 백두산 산신령에게 정중히 절을 했다. 뭐라고 위로를 하고 싶은데 할 말이 생각나지 않았다. 그래서 주춤주춤 물러서 백두산 산신령에게 작별 인사를 드린 뒤 가르쳐준 방향으로 달려가기 시작했다. 조금 가다가 되돌아보니 백두산 산신령이 손을 흔들어주고 있었다. 호 낭자는 목청껏 "고맙습니다. 안녕히 계세요."라고 외친 뒤 속도를 내 달려간다.

2

남북 군사분계선을 가다

동녘이 밝아온다. 하루가 시작되고 있다. 호 낭자가 산과 강, 들녘 위를 나르는데 구름이 끼어 있어 시야를 가린다. 호 낭자는 공중으로 수욱 치솟아 구름 위로 올라간 뒤 군사분계선 쪽으로 힘껏 날아오른다. 구름이 밑에서 볼 때는 회색 빛이었는데 위에서 보니 솜사탕처럼 하얗다. 아침 햇빛을 받은 흰 구름이 파란 하늘을 배경으로 아름답게 펼쳐져 있다. 너무 아름다운 광경이다. 구름은 갖가지 모양을 하고 있어 회색의 커다란 산, 나무, 동물 형상들처럼 보인다. 그것들은 너무 아름다워 호 낭자는 그냥 지나치기가 아까웠다. 그래도 빨리 가야하겠다는 생각에 속도를 낸다. 얼마쯤 갔을까, 군사분계선 근방에 다다른 것 같은 느낌을 받는다.

'여기인가?'

호 낭자가 구름 사이를 뚫고 지상 쪽으로 내려가려는데 갑자기 타다다당, 쿵쾅 하는 총과 대포가 터지는 소리가 고막이 아플 만큼 크게 들린다. 그러면서 총알처럼 보이는 것들이 핑핑 소리를 내면서 호 낭자에게 날아온다.

"아앗, 이게 뭐냐?"

호 낭자는 깜짝 놀라 구름 사이에 몸을 감추고 주위를 살핀다. 그러나 흰 구름 뭉치만 보일 뿐 아무 것도 보이지 않는다. 가만 귀를 기울여보니 총포 소리는 지상 쪽에서 들리고 대포알, 총알과 같은 것도 같은 방향에서 올라오는 것 같았다. 호 낭자는 가만히 있다가는 대포알과 총알에 맞을 것 같아 움직이기로 한다. 그래서 살금살금 조심스럽게 구름 아래로 내려간다. 그때다. 누군가 호 낭자의 어깻죽지를 강타하면서 "네 이놈."하고 크게 외친다. 호 낭자는 깜짝 놀라 도망치려 했다. 그러나 소용없었다. 커다란 손아귀가 호 낭자의 발목을 잡아 낚아챈다.

"여기가 어디라고 감히 모습을 드러내려 하느냐? 이 덜떨어진 호랑이야!"

호 낭자는 구름 속에 내동댕이쳐진 채 지상 쪽으로 떨어져 내린다. 목소리의 주인공이 호 낭자의 발목을 잡아 쥐었는데 그 힘이 엄청나 호 낭자는 꼼짝없이 구름 아래로 끌려내려 간다. 그 때였다. 또 다른 억센 손아귀가 호 낭자의 다른 발목을 꽉 잡는다. 두 손아귀의 힘은 상상할 수도 없이 강해서 호 낭자는 이러다 죽는 것이 아닌가 하고 더럭 겁이 난다.

"호랑이 살려주."

호 낭자가 힘껏 고함을 지르자 두 손아귀의 주인공들이 "우왓왓왓"하고 웃음을 터뜨린다. 그러면서 "네 놈이 겁이 많구나." 라고 큰 소리로 말했다. 두 주인공의 모습은 구름 속에 가려서인지 보이지 않았다. 호 낭자는 그들이 자신을 해칠 것 같지는 않다는 생각이 들면서 부아가 치밀었다.

"네놈들은 누구냐? 나는 환웅천왕님의 명을 받들어..."

"알고 있다. 더 말 안 해도 잘 알고 있어."

"내 발목을 풀어놓고 정체를 밝혀라."

호 낭자의 고함 소리가 커서일까, 두 발목을 잡고 있던 손아귀가 풀리면서 호 낭자는 자유롭게 되었다. 그런데 두 손아귀의 주인공의 모습은 어디에도 보이지 않았다.

'으응, 어디로 간 거야?'

호 낭자는 자유롭게 된 몸에 속도를 내어 구름을 헤치면서 지상 쪽으로 급히 내려갔다. 조금 내려가자 지상의 모습이 한눈에 들어왔다. 아침 햇빛 속에 빛나는 산과 강, 건물 등이 보였다. 그 산과 들판에 쳐진 몇 겹의 긴 철조망이 보였다. 그 철조망들이 양쪽을 갈라놓고 있는 것이 백두산 산신령이 말했던 장벽처럼 느껴졌다.

'저것이 군사분계선인가 보다.'

호 낭자가 더 밑으로 내려가자 지상에 설치된 철조망과 여러 군사시설이 눈에 들어왔다. 하늘에는 경계선이 없건만 남북은 한반도 땅덩어리에 철책을 치고 대치하고 있다. 두 진영은 각종 대포와 미사일, 기관총 등으로 무장한 군인들이 서로를 향해 총구를 겨눈 채 노려보고 있었다. 휴전서 부근에는 살기 어린 냉기가 안개처럼 서려 있다. 호 낭자가 처음 보는 군사분계선과 남북한 군인들의 대치상태를 보면서 긴장하고 있는데 옆에 누군가 다가오는 기척이 느껴졌다. 호 낭자는 조금 전 제 발목을 잡았던 주인공들이라는 생각이 들어 즉각 경계태세를 취하면서 외쳤다.

“웬 놈들이냐? 다가오지 마라.”

호 낭자가 펄쩍 뛰어 물러나면서 살피니 인간의 모습을 한 두 사내가 서 있었다. 호 낭자가 사나운 모습을 보이자 한 사내가 입을 열었다.

“허허. 호랑이 주제에 큰소리 치고 있네. 중간세계 한반도에 왔으면 인사부터 드려야지. 건방지게 고함을 치고 있어.”

그 말소리에는 호 낭자를 해치려는 적의는 없어 보였다. 호 낭자는 그러나 경계심을 풀지 않으면서 그들의 모습을 살폈다. 하나는 꽃과 나뭇잎으로 된 옷을 입고 있고 다른 하나는 철갑옷을 입고 총칼을 허리에 찬 장군과 같은 모습이었다. 둘의 모습을 본 호 낭자가 경계심을 풀면서 물었다.

“뉘시오? 난 환웅천왕님의 명을 받고 온 호 낭자라 하오.”

"알고 있다. 네가 두 번째 시험을 치르고 있다는 소식은 들었다. 우리 둘은 중간세계 한반도에서 평화와 전쟁을 관장하는 영혼들이다. 내 이름은 평화 영혼이고 이 장수의 이름은 전쟁 영혼이다."

"평화와 전쟁 영혼이요?"

"그래. 우리는 우주의 평화와 전쟁을 관장하는 영혼이지. 한반도 평화와 전쟁에도 관여하지만 말이야."

"아, 그렇습니까?"

"그래. 우리 모습만 보아도 무슨 일을 하는지 대강 짐작이 갈 것이다. 우리는 한반도 인간세계의 전쟁과 평화에도 영향을 일부 미치고 있는 중요한 존재란다. 너는 이곳에서 무엇을 하려느냐?"

"예예? 그게 꼭 정해진 것이 아니라 제가 판단해서 좋은 일을 많이 하고 오라는 명을 받았을 뿐이라서 잘 모릅니다."

"그래? 그거 애매하구나. 우리는 평생 전쟁과 평화라는 두 역할을 하고 있어. 이름도 전쟁과 평화란다. 우리는 이 두 가지 말고 다른 것은 잘 모른다. 너는 전쟁과 평화 어느 쪽을 더 좋아하느냐?"

"평화이지요."

"평화가 더 좋아? 얘가 아직 철이 안 들어서 우주의 섭리를 모르고 있구만. 평화가 전쟁이고 전쟁이 평화인 측면이 있는 거야. 우리가 생긴 모습은 다르지만 우주를 위해 하는 역할은 비슷해. 누가 더 중요하고 덜 중요한지 가리기는 어려워."

"아무렴, 그렇지. 그렇고말고. 우리 둘은 다 중요한 역할을 하고 있는 거야. 누가 잘하고 못하고가 없어."

평화 영혼의 말에 전쟁 영혼도 맞장구를 친다. 그러면서 둘은 서로 마주보면서 씨익 웃는다.

"...."

호 낭자는 말문이 막혔다. 둘이 하는 말은 자신이 평소 알고 있던 상식과는 너무 달라서 어안이 벙벙했다. 호 낭자는 평화는 좋은 것이지만 전쟁은 나쁜 것이라는 것을 철칙으로 알고 살아왔다. 그것은 세 살 먹은 어린이도 알고 있는 진리라고 여겨왔다. 평화가 전쟁보다 좋다고 하는 것은 우주의 법칙이라고 여기고 살아왔다. 그런데 중간세계 한반도의 전쟁과 평화를 관장하는 두 영혼이 평화와 전쟁은 둘 다 중요하다고 입을 모으니 호 낭자는 헷갈려서 할 말을 잃는다. 평화 영혼과 전쟁 영혼을 대면했을 때 당연히 평화 편을 들어서 전쟁을 골탕 먹이거나 신통력으로 응징하리라 생각했었다. 그러나 그런 생각과는 거리가 먼 이야기를 두 영혼이 하고 있는 것이다. 호 낭자는 둘 가운데 하나를 선택을 해야 했다. 웅녀의 후손인 한반도 인간들에게 평화통일을 잘할 수 있는 일을 자신이 해야 환웅천왕한테서 좋은 평가를 받아 인간이 될 수 있는 것이다. 그런데 전쟁과 평화를 관장하는 두 영혼이 전쟁과 평화가 다 중요하다고 하니 호 낭자는 머릿속이 멍해져서 어떻게 해야 할 것인가 생각나지 않았다. 호 낭자가 눈을 껌벅이면서 곤혹스런 표정을 짓자 전쟁 영혼이 말했다.

"호 낭자 자네, 고민하고 있구만. 우리 둘 중에 어느 편을 들거나 챙겨서 한반도 인간들에게 도움을 줘야 하는데 어떻게 해야 할지 혼란스러워서 그렇지?"

"예, 그게."

"말 안 해도 잘 알고 있어. 너는 중간세계 한반도를 여행하면서 평화 통일에 도움을 주는 역할을 해야 하지 않아? 그래야 점수 많이 따서 인간이 되는 거지, 안 그래?"

"그게, 그러니까."

"솔직히 말해. 전쟁과 평화 가운데 어느 쪽 편을 들거나 도와야 하는데 헷갈린다고 말이지."

"그렇습니다."

호 낭자는 평화와 전쟁은 지구상에서 인간만이 아니라 동물의 세계에서도 존재한다는 것을 알고 있었다. 동물의 세계는 생존경쟁이 일상적으로 벌어지는 전쟁터다. 약육강식이 기본 법칙이다. 약한 동물이 강한 동물에게 잡아먹힌다. 전쟁이 자연에서도 항상 일어나고 있는 것이다. 강한 동물은 배가 부르면 약한 동물을 노리지 않는다. 그때가 평화다. 그것은 불안한 평화다. 하지만 잠시라 해도 평화는 평화다. 초원의 한쪽에 맹수 무리가 배가 불러 졸거나 자기들끼리 장난치고 있고 가깝고 먼 곳에서 초식 동물들이 풀을 뜯는 장면이 흔하다. 거기에는 매복이나 공격, 공포나 단발마의 비명, 죽음이 없다. 대자연에는 전쟁과 평화가 뒤섞여 있다. 얼핏 보면 그렇지만 자연 속에서의 평화는 잠시뿐인, 그래서 불안한 평화에 불과했다. 호 낭자가 생각에 잠겨 있자 전쟁과 평화 영혼이 그 모습을 보면서 번갈아 말했다.

"그래 좋아. 그러면 우리 둘이서 전쟁과 평화, 평화와 전쟁이 인간 세상, 아니 전 우주에서 어떤 역할을 하는지 말해 주지."

"어느 쪽이 옳고 그른지 자네가 판단하라고."

"알았습니다."

호 낭자가 진지한 표정으로 말하자 전쟁과 평화 영혼이 눈짓을 하더니 대화를 시작했다. 그것은 마치 호 낭자가 잘 듣고 전쟁과 평화 어느 쪽을 편들거나 신통력을 발휘할지를 결정하라는 의미 같았다. 평화 영혼이 먼저 말을 시작했다.

"평화가 먼저고 그 이후 전쟁이 오는 거야."

"아니야 전쟁이 먼저고 그 다음에 평화가 오는 거라니까."

평화와 전쟁 영혼이 시작한 첫 대화를 들은 호 낭자는 머릿속이 혼란스러워진다. 둘 다 옳은 이야기를 하는 것 같았다. 그도 그럴 것이 인간의 역사는 평화 아니면 전쟁이었고 전쟁 아니면 평화였기 때문이다. 호 낭자가 갈피를 못 잡고 있는데도 전쟁과 평화 영혼은 닭이 먼저냐, 달걀이 먼저냐 같은 말싸움을 벌이면서 침을 튀긴다.

"인간세계의 역사를 봐. 평화를 누린 때가 전쟁이 벌어진 때보다 더 오래라니까. 그러니 평화인 내가 어른이고 더 큰 존재야."

"웃기는 소리 하질 마. 평화는 전쟁을 준비하는 기간이라니까. 겉만 평화스럽지 속으로는 서로 으르렁대거나 몰래 칼을 갈고 있는 거라고."

"아니야. 지구촌을 봐. 인간은 전쟁을 싫어하고 평화를 더 좋아해. 전쟁은 안 된다고 다들 그러잖아."

"그게 위선이라는 거야. 인간이란 존재는 유비무환을 언제나 강조하면서 살아. 평화 시에도 군비를 튼튼히 해야 한다면서 막대한 돈을 쏟아 붓잖아. 배가 굶주려도 무기를 사들여 쌓아 놓잖아."

"하지만 인간은 전쟁을 찬양하는 노래나 그림을 그리지는 않아. 평화와 안전, 행복을 추구하는 노력을 끊임없이 하고 있잖아."

"그것이 위선이라니까. 자기 내면에서 들끓는 전쟁과 침략, 살육의 본능, 감정을 억누르려고 평화와 안전, 행복을 외치는 거라고."

"인간은 체질적으로 싸움이나 전쟁만을 하지 못해. 평화를 사랑하는 체질이 강하기 때문이야. 전쟁은 언젠가 영원히 추방될 거야."

"아니야. 전쟁은 한순간에 모든 것을 변화시킬 수 있지. 평화가 오래 지속되면서 만들어진 필요 없는 것, 그것들을 전쟁은 단숨에 정리할 수 있는 거야. 이것은 무엇을 의미하겠어? 변덕이 죽 끓듯 하는 인간이 세상을 바꾸는데 전쟁이 가장 쓸모가 있기 때문이야. 인간은 평화가 지겨우면 전쟁을 하는 거야. 인간은 평화를 누릴 존재가 되지 못해."

"아니야. 인류의 역사는 평화가 전쟁을 극복한 과정이야. 평화가 선이면 전쟁은 악이야. 악은 일시적으로 선을 이길 수 있지. 하지만 영원히 그렇게는 못해. 그러나 평화는 악을 영원히 이길 수 있는 거야. 난 그걸 믿어."

"인간의 피 속에는 침략과 약탈, 폭력 행사의 유전자가 존재하지. 그건 의지로 극복할 수 없어. 그래서 인간은 자기를 속이면서 살아간다니까. 평화를 얻기 위해 전쟁이 필요하다고 말이야. 자기만이 평화를 정착시킬 수 있다고 하면서 전쟁을 준비하고 있다니까. 상대방도 똑같은 이야기를 하면서 싸움터로 나가는 거야. 둘 중 하나는 사기꾼이야. 둘 다 그럴 수도 있고."

평화와 전쟁 영혼의 입씨름에 귀를 기울이던 호 낭자는 둘의 이야기를 들을수록 머리가 어지러워졌다. 말만 들으면 둘이 다

맞는 것 같았다. 전쟁과 평화, 두 가지 가운에 어느 것이 나쁘다는 것에 대해 의심한 바가 없었는데 두 영혼의 말을 들을수록 헷갈리는 것이었다. 호 낭자가 갈피를 잡지 못하고 있는데도 둘의 대화는 계속됐다.

"야. 전쟁, 너 말이야. 평화를 앞세워서 전쟁을 시작하거나 끝내는 일을 하지 마. 전쟁은 전쟁답게 죽고 죽이는 일만 하란 말이야."

"웃기네. 평화 너는 어떻고? 넌 겉으로는 평화를 강조하면서, 비밀스럽게 지하실에 끌어다가 몰래 죽이거나 고문하고 폭력을 행사하잖아. 평화 너는 아주 가증스러운 때가 많다니까. 인간 세상의 독재정치를 보면 대게 평화 속에 독재자의 범죄가 벌어지잖아."

"…"

"전쟁은 사랑하는 사이에도 벌어지는 거라고. 안 그래? 사랑하는 연인들이 하루아침에 원수가 되는 것은 흔한 일이야. 그걸 어떻게 설명할래? 너 아니면 죽고 못 산다고 하다가도 뭔가 틀어지면 사생결단하는 식으로 미워하고 증오하는 거야. 때로는 살인도 하지. 그것도 아주 잔인하게. 이게 왜 이럴까?"

"…"

"솔직해지라고. 사랑 속에 미움과 증오가 숨어 있는 거야. 사랑과 평화 속에 전쟁이라는 폭력의 씨앗이 숨어 있거나 엎드려 있는 거라고. 영어에는 fremy라는 단어가 있는데, 친구를 뜻하는 friend와 적을 뜻하는 enemy가 결합하여 생긴 신조어잖아. 친하지만 적대적인 감정을 동시에 느낀다는 의미야. 이처럼 인간의 경우를 보면 전쟁과 평화의 감정이 뒤섞여 있다니까. 내 말이 틀렸어?"

"…"

"입 다물고 있는 것을 보니 할 말이 없는 모양이군."

평화 영혼이 침묵하자 전쟁 영혼이 또 입을 열었다.

"동물만 싸우는 게 아니야. 식물들도 서로 경쟁을 하잖아. 뿌리를 땅에 박고 살지만 다른 종류의 식물이 주변에 자리지 못하게 하거나 씨앗을 멀리 많이 보내 광범위한 지역에서 자라고 번식하도록 하잖아. 나무나 풀에 눈과 귀나, 두개골이 있는 것도 아닌데 신기하지. 왜 이런 일이 일어날까?"

"…"

"식물도 동물처럼 전쟁을 예비하는 대자연의 비밀 속에 갇혀 있어서 그런 거야. 식물의 생존경쟁이 평화스런 분위기 속에 이뤄지지만 그것도 일종의 전쟁이야."

"그런가?"

평화와 전쟁 영혼의 토론이 계속되면서 평화가 밀리는 듯 하지만 표정을 보면 그렇지 않았다. 하고 싶은 말이 있으면 실컷 해 보라는 그런 표정을 짓는다. 평화 영혼은 전쟁 영혼이 할 말다 하면 그 후에 말해 주겠다는 식이지만 그것은 논리적으로 전쟁 영혼에게 눌리는 것 같은 느낌을 주기도 한다. 평화를 좋은 것, 모두가 바라는 것이라고 생각해 온 호 낭자는 그 모습에 더욱 당황한다. 그러면서 평화와 전쟁 영혼이 처음에는 그 복장이 차이가 있었지만 얼핏 얼핏 똑같은 모습으로 보이기 시작했다. 호 낭자는 눈을 껌벅거리면서 둘을 잘 분간해 보려고 애를 썼다. 그러나 그것이 쉽지 않았다. 둘의 논쟁이 팽팽한 것은 물론 때때로 평화 영혼이 전쟁 영혼에게 밀리는 형국이 되풀이되면서 호 낭자의 혼란은 점점 더 심해졌다. 평화가 전쟁보다 우위에 있는 것 같다가, 전쟁이 평화보다 더 강력한 것이 아닌가라는 착각이 생기기 시작한 것이다. 머릿속이 너무 혼란스러워진 호 낭자가 갑자기 고함을 질렀다.

"두 분, 조용히 좀 하세요, 왜 그렇게 말들이 많아요?"

"말이 많아? 우린 아직 시작 단계야. 본론은 나오지도 않았어."

"바보 같으니라고. 이 정도도 못 알아들으면서 환웅천왕의 시험을 통과하겠다고? 한심하군."

평화와 전쟁 영혼이 호 낭자의 고함 소리를 듣더니 오히려 호 낭자를 타이르는 말을 하면서 비웃는다. 그 말을 들으니 호 낭자는 자존심이 상해서 속이 울렁거렸다. 그래서 생각나는 대로 둘에게 퍼붓는다.

"평화 속에 전쟁이 숨어 있고, 전쟁 속에 평화가 숨어 있다는 식의 이야기는 그만 하세요. 그건 흔히 말하는 궤변이라는 것 아닙니까?"

"이봐, 자네가 개똥 같은 소리하고 있는 거야. 그것 알아?"

"형편없이 무식한 호랑이일세. 환웅천왕도 한심하지. 이런 호랑이에게 두 번째 시험 기회를 내리다니 말이야."

평화와 전쟁 영혼의 말을 듣던 호 낭자는 순간 질문을 해서 둘의 입을 막아야 하겠다고 생각했다. 그래서 둘에게 "잠시만요. 제가 질문을 할 기회를 주세요."라고 말했다. 평화와 전쟁 영혼은 그 말에 "좋다. 질문 해봐. 아주 그럴싸한 질문을 해라. 엉터리로 하지 말고."라고 응수했다. 호 낭자는 잠시 뜸을 들이다가 좋은 질문이 생각났는지 얼굴에 생기가 돌면서 말했다.

"우주에서도 전쟁과 평화가 존재합니까? 이것 한번 대답해 보세요."

질문을 한 호 낭자가 '당신들 잘난 척 하지만 이건 대답 못할 거야' 하는 식의 표정을 지으면 둘을 바라본다. 그러나 웬걸 평화와 전쟁 영혼은 마치 그 질문을 기다렸다는 듯이 입을 열었다.

"평화는 우주와 한 가족이야."

"전쟁도 마찬가지야. 전쟁도 우주가 허용하는 존재이기 때문에 우주와 본질적으로 같은 거야."

평화와 전쟁 영혼은 청산유수처럼 말을 쏟아놓기 시작했다.

설마 했던 호 낭자가 낭패한 얼굴로 둘을 바라본다. 평화와 전쟁 영혼은 호 낭자의 그런 속내를 아는지 모르는지 계속 대화를 주고 받는다.

"우주가 어떻게 생겼는지 알지? 한 점에서 대폭발이 일어나 우주가 생겼고 오늘날에도 팽창하고 있는 거야. 대폭발이 우주의 탄생을 가능케 했다면 우주의 가장 큰 법칙은 평화는 아니야. 폭발은 전쟁의 한 속성이잖아. 폭발 없는 전쟁은 없으니까. 그러니 평화, 넌 전쟁인 나에게 무릎 꿇고 섬겨라. 알았어?"

"그렇게 간단치는 않아. 우주가 대폭발로 생겼다지만 그 이후 어떻게 되고 있지? 우주는 거대한 평화로운 공간이 되어 그 속에 수많은 별과 블랙홀 등이 존재하고 있는 거야. 폭발은 한순간이었지만 그 후로 137억 년은 거대한 평화 속에 우주의 신비가 확대 재생산되고 있는 거야."

"너는 우주 공간을 평화의 공간으로 보는 거야? 잘 살피라고? 태양계만 해도 행성 간에 끌고 당기는 힘이 균형을 이뤄 외견상 평화롭게 보이는 거야. 평화는 힘에 의해 유지되는 거라니까. 전쟁이 그렇듯이 말이야."

"평화의 구성 요소가 힘이라는 것은 인정하지. 그러나 힘이 평화보다 우선할 수 없다는 거야. 힘은 순간적으로 파괴와 괴멸을 초래하지만 그것이 어떤 균형을 이루면 평화에 봉사하는 거야."

"그건 억지야. 평화가 결과라면 그 원인인 힘, 즉 전쟁과 같은 파괴의 힘이 더 중요한 거야. 원인 없는 결과가 없듯이 말이야."

"글쎄다. 폭발과 같은 원인이 우주를 만들었다고 하지만 그 폭발 뒤에 우주에 얼마나 많은별이 생긴 지 알고 있어? 물론 알고 있겠지. 인간 과학자들이 추정하기로는 지구의 모든 바다와 하천의 모래알의 10배 정도 된다는 거 아냐. 이 많은 별이 생긴 것은 우주가 평화롭기 때문에 가능했던 거야. 만약 우주 속에 대폭발과 같은 이변이 계속 생겼다고 해봐, 어떻게 그 많은 별들이 생길 수가 있나, 안 그래?"

"..."

"전쟁, 너 말이 막히는 가 본데. 내가 하나 물어보자."

"뭔데?"

"우주를 만든 어떤 존재가 있을까?"

"글쎄. 그런 존재가 있는지 여부는 알 수가 없어. 그건 해답이 없는 것으로 해야 할 거야. 우리가 아무리 이야기 해 봐야 그건 결론이 나기 어려워. 그러면 평화, 내가 너에게 묻겠다. 만약 그런 존재가 있다고 한다면 우주를 만들 당시 어떤 상태였을까?"

"그걸 내가 어떻게 알아?"

"모를 거야. 그러나 난 짐작을 하고 있어. 우주는 대폭발로 생겼다는 것은 확실하다고 하는데 그렇다면 우주를 만들 때 평화와는 거리가 먼 상태였다고 봐."

"왜 그렇게 생각하는데?"

"평화스런 상태에서 폭발을 일으키지는 않았을 테니까. 폭발이 일어나도록 했다면 전쟁에 가까운 환경이 아니었나 하는 거지. 그러니 우주 창조는 평화가 아닌 상태에서 이뤄졌을 가능성이 크고 그렇다면 전쟁에 가까운 환경이라는 추정을 할 수 있는 거야. 넌 어떻게 생각해?"

"…"

"혹시 그 존재가 심심해서 장난기가 발동해 우주를 만들었다고 상상할 수도 있지. 만약 그렇다면 그 존재는 평화가 지겹거나 싫증이 나서 그렇게 하지 않았을까?"

"…"

평화 영혼이 또 말이 막힌다. 그러나 전쟁 영혼이 두어 마디 말을 하자 평화도 또 입을 열었고 둘의 설전은 계속됐다. 평화와 전쟁 영혼은 우주와 무관한 평화와 전쟁은 없으며 평화와 전쟁은 우주 그 자체이며 본질이라고 떠들었다. 우주가 하나의 점에서 폭발과 함께 생겼으니 우주 속에 존재하는 평화와 전쟁도 우주와 한통속이라고 말했다. 그러면서 평화와 전쟁은 서로 자기가 우주에서 더 중요하고 강력한 존재라고 주장하면서 다퉜다. 호 낭자는 둘이 쏟아놓는 말의 홍수 속에서 익사할 것 같았다. 도무지 둘의 말은 막힘이 없었다. 평화와 전쟁 영혼이 더 말을 이어가려 하자 호 낭자가 그것을 가로막았다. 그러면서 간절한 목소리로 말했다.

"두 분은 이제 진정하시고 말씀은 이쯤에서 중단하시지요. 저에게 허용된 시간이 많지 않아 두 분의 말씀을 더 들을 수가 없습니다. 제가 이번 한반도 여행을 꼭 성공적으로 마쳐 인간이 되어야 하는데 그러기 위해서는 이만 작별 인사를 드려야 하겠습니다. 두 분 가운데 어느 분의 논리가 더 타당한 것인지는 제가 두고두고 고민하면서 살피겠습니다. 죄송합니다. 이만 두 분과 헤어지도록 허락해 주십시오."

호 낭자가 애걸하자 평화와 전쟁 영혼은 서로 마주 보더니 고개를 끄덕인다. 둘은 잠시 침묵했는데 평화 영혼이 그것을 깨면서 호 낭자에게 입을 열었다.

"자네, 오늘 우리들과 만난 것을 고맙게 여기게. 세상이란 간단한 게 아니야. 아주 복잡하고 들여다볼수록 어려워. 쉽게 여길 수 있는 게 아무것도 없다네. 우주에는 수많은 논리가 있고 그것들이 다 뒤섞여 있어서 어느 것이 더 무거운 것인지 쉽게 분간하기 어렵다네. 오늘 자네가 그것을 깨달았으면 좋겠어. 논리 가운데 중요한 것을 골라내서 그것에 맞게 행동해야 해. 남은 기간 열심히 해서 시험에 통과되도록 하게."

"예, 고맙습니다."

호순이가 진심으로 평화 영혼에게 고개를 숙이자 전쟁 영혼이 말을 시작했다.

"오늘 우리가 자네 앞에서 길게 얘기한 것은 다 자네를 위한 것이었네. 논리라는 것이 귀에 걸면 귀걸이요, 코에 걸면 코걸이가 된다는 거야. 그러니 논리의 함정에 빠지지 말게. 이게 우주의 가장 큰 법칙이기도 해. 앞으로 매사를 주의 깊게 살피되 최종적으로 자네의 판단에 따라 행동하게. 그래서 환웅천왕께서 판단토록 하란 말일세. 남의 이야기만을 들어주다 보면 자네는 이번 시험에서 좋은 결과를 얻기 힘들 거야. 무슨 말인지 알겠나?"

"예, 잘 알겠습니다."

"그럼, 이만 가봐."

평화와 전쟁 영혼은 호 낭자가 빨리 떠나도록 재촉했다. 둘은 호 낭자가 이번 시험에 통과되기를 바라는 듯 진지한 모습이었다. 호 낭자는 그것이 가슴에 와 닿는 것을 느끼면서 거듭 감사의 인사를 한 뒤 둘과 헤어졌다.

'내가 혹시 시간을 너무 낭비하지 않았나? 앞으로는 눈앞에 보이는 것은 내가 즉각 판단해서 어떻게 행동할 것인지 결정해야지.'

호 낭자는 거듭 자기에게 다짐을 하면서 허공으로 치솟아 군사분계선의 다른 지역으로 향했다. 얼마쯤 달려갔을까, 천지가 진동하는 폭음이 들린다. 호 낭자가 깜짝 놀라 살펴보니 멀지 않은 곳에서 큰 전투가 벌어지고 있었다.

"꽝, 콰광!"

"파바바방, 꽁!"

호 낭자가 자세히 살펴보니 중간세계의 두 영혼이 싸우고 있었다. 두 영혼은 등에 많은 폭탄을 잔뜩 짊어지고 그것을 하나씩 꺼내서 상대방에게 던지는 식으로 싸우고 있다. 폭탄이 터질 때마다 엄청난 폭음이 일고 파편이 사방으로 튄다. 둘은 그 폭탄 파편에 피부가 깨지고 옷이 상하는데도 사력을 다해 상대방에게 지지 않으려고 열심히 싸우고 있었다. 둘은 호 낭자가 지켜보고 있는 줄도 모르는 듯 싸움에 열중하고 있다. 그들이 던진 폭탄이 터지면서 그 파편이 호 낭자에게 까지 튀어온다. 호 낭자는 기겁을 하고 뒤로 물러서거나 옆으로 몸을 움직여 그것을 겨우 피했다. 호 낭자는 그냥 피해 다른 데로 가버릴까 하다가 맘을 고쳐먹었다. 무슨 일로 왜 저러는지 파악해서 행동을 할 필요가 있으면 해야하겠다고 생각하였다. 조금 전 평화와 전쟁 영혼한테 들었던 말이 생각나 그대로 따라 하기로 한 것이다. 호 낭자는 어떻게 할까 생각하다가 환웅천왕이 자기에게 넣어준 신통력을 발휘해서 둘의 정체와 지금 왜 싸우고 있는지를 파악하고 싶었다.

'과연 신통력이 그렇게 발휘가 될까?'

호 낭자는 환웅천왕이 그런 신통력을 자신에게 주었는지 확신이 서지 않았지만 지금 그것을 확인하고 싶었다. 그래서 꽃꽃이 서서 주문을 윈 다음 두 영혼에게 "이얏"하는 기합 소리와 함께 정신력을 집중해서 둘을 응시했다. 그러자 즉각 두 영혼의 정체와 그들이 다투고 있는 이유가 머릿속에 금방 입력되는 것이 아닌가.

"우와, 대단하다!"

호 낭자는 기뻤다. 그래서 즉시 두 영혼에 대해 파악 작업을 시작했다. 자본주의 영혼과 사회주의 영혼이었다. 두 영혼이 무슨 생각으로 행동하는지가 거의 동시에 그의 머릿속에서 파악이 되었다. 호 낭자는 눈앞에 홀로그램으로 펼쳐지는 동영상을 보듯 두 영혼을 관찰한다.

"자본주의는 반드시 승리한다!!"

"최후의 승자는 사회주의다!!"

두 영혼은 중간세계 한반도의 군사분계선을 사이에 두고 맹렬히 싸우고 있었다. 둘 중 하나가 없어져야 한다는 적개심에 가득 차 전투를 벌인다. 자본주의 영혼이 상대를 살피더니 등에 메고 있던 배낭에서 최첨단 폭탄 3개를 꺼내 든다. 군사분계선 북쪽에 사는 북한 주민들의 식량난과 빈곤, 배고픔의 고통을 증폭시키기 위해 개발한 음식 냄새 폭탄, 풍족 폭탄, 사치 폭탄이다. 자본주의 영혼은 이들 폭탄의 안전핀을 제거한다. 하얀 가스가 푸욱 새어 나온다. 음식을 먹고 싶은 강렬한 욕구, 편안함과 사치, 그리고 안락함을 추구하는 욕망 자극제가 뿜어내는

가스다. 강렬하면서 향긋한 냄새가 난다. 음식 냄새 폭탄에는 식욕을 자극하는 온갖 음식의 냄새와 배고픔을 더 강하게 자극하는 성분이 가득 담겨있다. 이것은 배고파 괴로워하는 사람, 실컷 먹고 죽었으면 원이 없겠다는 욕망에 시달리는 사람들의 고통을 크게 만든다. 풍족 폭탄, 사치 폭탄은 북한 주민의 내부 결속을 파괴해 정부에 등을 돌리게 만들려는 심리전 용으로 개발된 것이다. 북한 정부가 주민들에게 강조하는 근검절약, 절제, 인내와 멸사봉공 의식을 파괴하는 특수 효과가 있다. 자본주의 영혼은 이들 폭탄을 평양을 향해 정 조준하고 카운트다운을 시작했다.

"셋, 둘, 하나, 발사!"

"파바방."

세 개의 폭탄이 동시에 발사된다.

'사회주의 영혼, 네 이놈 뜨거운 맛을 봐라.'

자본주의 영혼의 손을 떠난 폭탄 3발이 무서운 속도로 날아간다. 이 폭탄들이 평양 상공에서 폭발한다면 북한 지역 절반이 피해지역이 된다. 북한 체제가 큰 충격을 받을 정도의 강력한 위력이다. 사회주의 영혼의 지지 세력 기반이 크게 약화될 것이다.

"스스스, 슉, 슉 —"

세 개의 폭탄이 목표지점에 거의 가까이 갔을 때다. 평양 부근 북한군 지휘부가 있는 쪽에서 세 개의 방어용 미사일이 날아오른다. 그 요격 미사일들은 자본주의 영혼이 발사한 폭탄을 향해 돌진해 온다.

"아니. 저것은 무엇이냐?"

자본주의 영혼은 북한군의 신속 대응에 놀랐다. 예상치 않은 철통 방어다. 북한을 기습 공격한 것인데 즉각 대응한 것이다. 자본주의 영혼은 속으로 뜨끔했다. 그때 평양 쪽에서 벽력같은 고함 소리가 들려왔다.

"자본주의 영혼, 어디다 대고 헛발질이냐. 내 폭탄 맛이나 보거라."

사회주의 영혼이다. 자본주의 영혼을 향한 고함 소리가 한반도 상공에 쩌렁쩌렁 울린다. 사회주의 영혼은 자본주의 영혼을 면밀히 감시하고 있었다. 자본주의 영혼이 세 개의 폭탄을 날리자 즉시 최신형 방어 미사일 세 발을 남한을 향해 발사했던 것이다. 그것은 방어와 공격 기능을 갖춘 가공할 신무기다. 사회주의 영혼의 무기는 자본주의 영혼이 발사한 폭탄을 무력화시키면서 사회주의 영혼에 대한 엄청난 존경과 숭배, 북한식 사회주의에 대한 신념을 확산시키는 강력한 전파를 발사하는 기능을 갖췄다. 사회주의 영혼이 미사일로 발사한 무기는 사회주의 숭배폭탄과, 신념 폭탄, 자력갱생 폭탄이다. 식욕과 풍요, 사치를 누리려는 욕망을 자극하는 남측의 폭탄을 무력화시키면서 북한에 대한 고무찬양과 동조를 자극하면서 강력한 자부심과 의지, 자신감, 그리고 힘을 불어넣는 폭탄이다.

"꽈과광 꽝."

남북이 발사한 여섯 개의 폭탄이 한반도 상공에서 충돌, 폭발한다. 엄청난 폭음이 천지를 뒤덮는다. 강력한 섬광이 삼천리 금수강산을 환하게 밝힌다. 자본주의와 사회주의 영혼은 상대방의 공격으로 생긴 폭발로 발생한 강풍에 뒤로 확 밀리는 것을 느꼈다.

'어이쿠, 이것 보통이 아니군.'

두 영혼은 상대방이 발사한 폭탄의 강력한 위력에 위기감을 느낀다. 그들은 폭탄 폭발로 생긴 섬광과 폭풍을 피해 동시에 허공으로 치솟는다. 그러면서 상대방을 향해 재빨리 장풍을 날린다.

"푸왕."

두 영혼의 장풍이 공중에서 부딪히면서 그 에너지가 허공으로 흩어진다. 그 순간 사회주의 영혼의 목소리가 울려왔다.

"어리석다. 나하고 직접 겨뤄보자. 거기서 기다려라."

그 목소리는 용암을 분출하는 화산 분화구에서 울려오는 것 같다. 살 떨리게 하는 무게와 저력, 열기를 지니고 있다. 목소리의 여운이 가시기 전에 사회주의 영혼이 자본주의 영혼을 향해 쏜살같이 달려온다. 사회주의 영혼은 자본주의 영혼과 비슷한 고도까지 날라 오더니 멈춰 서서 외쳤다.

"으하하, 자본주의 영혼 그따위 싱거운 무기로 나를 공격하려

하다니 가소롭구나. 내 이미 완벽히 대비하고 있었느니라."

사회주의 영혼이 기세를 올리자 자본주의 영혼도 지지않고 엄청나게 큰 소리로 외친다.

"웃기고 있네, 주민들 배곯아 죽는다는데 무기는 잘도 만들었구나."

두 영혼은 상대방을 향해 가급적 큰 목소리로 외친다. 상대 진영의 군관민 모두 듣게 해서 내부 분열을 촉발하려는 속셈이다. 자본주의 영혼은 아랫배에 잔뜩 힘을 주면서 외쳤다.

"이봐, 북한에서는 주민들이 다 배고파 굶주려 죽어가는 판에 무슨 전쟁 대비를 한단 말이냐. 아직 버틸 힘이 남아 있느냐. 네가 발사한 신무기도 돈은 많이 들어간 것 같지만 형편없구나. 북한과 혈맹이라던 중국과 러시아도 등을 돌리고 경제는 파탄지경이니 그만 항복해라!?"

자본주의 영혼의 말에 사회주의 영혼 역시 큰 소리로 응수한다.

"웃기지 마라. 승부는 이제부터야. 남조선은 미국 군대를 안방에 모셔다 놓고 제 나라 군대 지휘권도 제대로 행사 못 하는 허수아비 아니냐. 세계 어느 나라도 자국 군대의 자주권을 남의 나라의 손에 쥐여주지 않는다. 창피해서 땅에 대가리를 처박고 죽을 노릇이다. 남조선은 경제 사정이 좋다 하나 재벌만 떵떵거리는 나라 아니냐. 1%의 재벌이 99%의 호주머니를 가볍게 하면서 괴롭히지 않더냐. 자살률이 세계 최정상급이고 출산율은 세계

최저 수준이라는 것은 남조선이 지상의 생지옥이라는 것을 상징하는 거야. 그곳의 풍요는 사막의 신기루 같은 것이다. 극소수 재벌만 배부른 풍요에 불과하니까. 남조선은 외국에서 식량을 비싼 돈을 주고 사 와서 먹고 있지만 우린 달라. 우린 배고픔은 참고 견딘다. 필요한 것은 스스로 만들어서 쓰는 자력갱생이 원칙이다. 두고 봐, 남조선이 언젠가 북조선보다도 배고파 난리 치는 날이 올 것이다."

사회주의 영혼의 호통에 자본주의 영혼이 응대한다.

"남의 걱정을 하기는, 아직 여유가 있어 좋군 그래. 당신네 주민들은 먹을 것이 없어 배고픔을 못 참아 남한 쪽으로 목숨을 걸고 탈출하잖아. 북한은 말로는 사회주의라지만 옛날 시대의 세습왕조국가 아니냐. 3대에 걸쳐 절대 권력자가 나왔으니 20세기 지구촌에서 손가락질당하지. 그곳 주민들은 외국의 신문 방송은 볼 수도 들을 수도 없어 완전 눈 귀가 막힌 독재국가의 노예 상태다. 인민의 천국, 지상 낙원이라 하지만 기본적인 인권조차 허용되지 않는 나라가 아니냐. 거기는 당신네 가족의 낙원과 천국일 뿐이다. 우리가 저승에서 이렇게 무술대회로 내몰린 것도 사회주의 영혼 당신 때문이야. 당신이 북한에서 신격화되어 저승의 법도를 깨버린 것이 화근이었다. 그런 일만 없었으면 우리가 이처럼 싸울 일도 없다. 사회주의 영혼, 당신의 과오를 알았으면 깨끗이 항복해라. 승부는 여기서 끝내자.

깨끗이 졌다고 말해. 당신이 버틸수록 굶주려 희생되는 북한 주민의 숫자만 더 늘어날 뿐이니까. 졌다고 말하고 백기를 들면 우리가 먹을 것과 입을 것 그리고 인간의 존엄성을 지킬 최소한의 물자는 다 대준단 말이다."

"그래, 말 다했나? 착각은 자유라는 것을 한 번 더 말해 주겠다. 우리가 뭐 헐벗고 어쩐다고? 우리는 어렵지만 평등하다. 남조선처럼 양극화, 불평등은 없다. 국제사회에서도 떵떵거리는 자주 국가 아니냐. 세계 최강이라는 미국과도 맞장뜨는 나라가 북조선 말고 또 있나? 이라크, 리비아도 한때는 미국과 버티다가 미국 놈들 총에 비명횡사했다. 미국 놈들하고 겨룰 때는 양키들의 속내를 정확히 꿰뚫어 보고 버텨야 하는데 그걸 깜박한 거야. 그러나 우린 달라. 미국이 비록 대국이라 하나 우리는 자주적 논리로 미국 놈들을 요리하고 있다. 우리의 혈맹이던 중국이 미국과 손잡고 우리에 대한 제재를 하고 있는 꼴도 우습기는 마찬가지다. 중국도 원칙은 지켜야 하는 거야. 중국이 미국과 뭘 주고받았는지 모르지만 우리의 자주 국방을 위한 핵실험이나 미사일 발사를 문제 삼는 것은 정신 나간 짓이지. 중국이나 미국은 맨 날 핵실험하고 각종 첨단 미사일 발사를 일삼고 있는데 우리만 하지 말라고? 이건 도둑놈, 깡패 논리 아니냐? 우린 그런 것은 못 참아. 국가로서 존엄성을 사수한다는 원칙을 앞세워 싸울 거야. 그러면 남한, 네깐 것들은 국제사회의 정의를 위해 한 게 무어냐? 미국 놈들의 식민지와 같은 추한 나라가 된 것을 부끄럽게 생각해야지. 경제 기적을 이루면 무얼 해? 국제사회가 양키 속국이라고 무시하는데. 그리고 민주주의, 민주주의 하는데 남한에 사상의 자유가 있나? 겁이 나서 사상의 자유를 꽁꽁 묶어놓고 민주주의를 압살하는 나라가 남한 아니냐? 세계인권기구나 유엔 등에서 국가보안법이 악법이라고 폐기하라고 그렇게 말해도 귀 막고 눈 감고 버티는 네놈들의 꼴이 정말 흉하다. 그리고 북조선과는 사상과 이념 전쟁에서 벌써 승리했다고 큰 소리 치면서도 때만 되면 주사파, 종북파, 친북한 파가 득실댄다면서 빨갱이 사냥을 벌이는 나라, 참 잘하고 계신다. 민주화를 외치는 멀쩡한 사람을 잡아 가두는 독재국가, 극소수 재벌만 행복한 나라, 그런 나라가 남조선 아니냐! 좀 배워라. 그렇게 눈 뻔히 뜨고 아직도 세상이 어느 쪽으로 가는지를 모른단 말인가. 불쌍타, 자본주의 영혼!"

"아항, 사회주의 영혼 그렇게 쉽게는 안 되지. 세상이 그런 것이 아니지. 봐라. 남한의 국가보안법이 문제라 하지만 최소한의 사상의 자유는 보장받고 있지 않느냐. 그리고 수사 기관이 국가보안법으로 잡아넣어도 법원에서 무죄로 풀어주자 않느냐. 남한 사회가 지닌 이런 탄력성이 북한에 있느냐 말이다. 북한은 1인 지배체제라서 최고 지도자의 말이 최고 법이라 하는데 지구촌에 그런 나라가 어디 또 있나 살펴봐라."

"허허 못하는 말이 없군. 북조선 사회처럼 완벽하다 보면 남조선과 같은 혼란스런 일들이 발생치 않아. 모르는 소리 작작해라."

"아닐쎄, 이 못난 귀신아, 획일적인 것은 자연스럽지 않아. 조화라는 것은 서로가 다르다는 것을 인정하면서 공존할 때 이뤄지는 것이지."

"자본주의 영혼 당신 말이야, 남조선은 같은 동포이면서 북조선이 홍수 피해로 식량이 부족해 고통 받고 있는데 나 몰라라 하잖아. 냉혈한 들이 사는 곳이 바로 남조선 아니냐. 분단되기 전에 한 핏줄이었고 앞으로 통일 사업을 같이 해야 할 처지인데 그렇게 냉혹할 수가 있나 말이다. 속담에 배고픈 서러움은 삼대를 간다 하지 않더냐. 남조선은 북조선의 어려운 사정을 뻔히 알면서도 이런저런 조건을 충족시켜야 지원하겠다는 식으로 조건을 달고 전혀 움직이지 않는다. 이런 태도는 같은 동포인 북조선의 자존심을 뒤집어 놓겠다는 수작 아니냐. 무릎 꿇고 빌어야 쌀이나 먹을 것을 준다는 식으로 조건을 다는 것이다. 그렇게 하면 우리가 바짝 엎드려 통사정이라도 할 줄 알았나? 우린 구걸하지 않는다. 그딴 동정 필요 없다. 그리고 말이 나와서 말인데 남조선과 북조선 처지가 180도 뒤바뀔지 알 수 없는 거다. 북조선은 1970년대까지 남조선 쪽보다 월등하게 잘 살았단 말이다. 그런데 어떻게 하다 보니 그로부터 30

-40년 지난 오늘날 남조선이 북조선보다 훨씬 잘 산다고 뻐기게 되었지. 그러나 앞일은 알 수 없다. 앞으로 30년 후 남조선과 북조선의 경제적 처지가 확 바뀔 수도 있다는 것을 알아야 한다. 북조선은 지하자원이 남조선보다 20배가 훨씬 넘을 만큼 풍족하다. 남조선은 가진 게 뭐가 있나. 기술과 자본, 좋아하지 마라. 자원이 역시 제일 중요하지. 앞으로 언젠가 남조선이 북조선에게 도와달라고 징징댈 것이 틀림없을 거다."

"웃기고 있네. 지금 세계는 옛날하고 달라. 자원도 중요하지만 기술과 자본이 더 중요하다. 남한 쪽의 기술력은 세계 정상급이 수두룩하다. 세계 특허 출원 실적에서 보면 남한이 세계 4~5위다. 오늘날은 기술이 경제이고, 경제가 기술이야. 남한 경제는 미래의 경쟁력을 세계 특허로 준비하고 있는 셈이거든. 남한과 북한의 격차는 결코 변하지 않을 테니 걱정 말라고."

두 신장의 말싸움은 한동안 더 이어졌다. 두 신장이 한 말들은 남북 군관민을 상대로 한 심리전 자료로 활용되었다. 남북 두 진영의 심리전담반은 두 신장이 벌인 말싸움 가운데 자기들에게 유리한 내용만 편집해서 전체 군부대와 일반 주민들에게 특별 생방송했다. 두 신장은 말 폭탄을 장시간 주고받다 보니 상대를 공격할 심리전 재료가 바닥이 나버렸다. 혀만 놀리는 말싸움이 지겨워졌다. 사지의 근육도 근질거린다.

"우리 말싸움은 그만하고 격투기로 실력을 겨뤄보자."

사회주의 영혼이 자본주의 영혼을 향해 육탄전을 제안한다. 그 말을 들은 자본주의 영혼은 즉각 "좋다. 내가 바라던 바다." 라고 외치면서 자리를 박차고 뛰어나온다.

"이야압, 한 방 먹어라."

자본주의 영혼은 한 손을 모로 세워 칼로 내려찍듯이 사회주의 영혼을 향해 공격한다. 사회주의 영혼도 방어와 동시에 발길질로 날카롭게 반격한다. 그러자 자본주의 영혼이 눈 깜작할 새에 손바닥을 내밀면서 강력한 장풍을 날린다. 사회주의 영혼은 재빨리 몸을 움직여 그것을 피한다. 장풍의 위력이 대단해 주변에 있던 구름들이 사방으로 흩어진다. 사회주의 영혼도 지지 않고 자본주의 영혼을 향해 찌르고 내려치면서 맹렬히 공격했다. 둘은 진퇴를 거듭하면서 한데 어울려 수십 합을 싸웠으나 승부가 나지 않았다. 서로 공격하고 물러서는 동작이 엄청 빠르고 살기등등했다. 둘의 싸우는 모습은 경탄을 자아낼 만큼 절묘했다. 둘이 싸우는 모습은 빛처럼 빠른 두 개의 물체가 허공에서 어지럽게 춤추는 것 같다. 둘은 그야말로 막상막하였다. 얼마나 그렇게 싸웠을까. 두 영혼이 씩씩거리면서 동작을 멈춘다. 몸이 겉으로는 움직이지 않지만 모든 근육들은 공격의 찬스를 노리고 있다. 둘이 잠시 싸움을 멈추자 호 낭자는 심각한 눈초리로 둘을 바라보면서 생각하기 시작했다.

'저렇게 두 영혼이 다투는 것을 그냥 놓아두어야 하나? 아니

면 싸움을 못하게 말려야 하나?'

호 낭자는 두 영혼 가운데 하나를 선택해 그쪽에 편을 들면서 상대를 내치는데 힘을 합치는 식으로 결단해야 할 것 같았다. 그러나 판단을 내리기 쉽지 않았다. 두 영혼이 했던 말과 행동을 되짚어 보면서 어떻게 할까 고민한다.

'두 영혼이 박 터지게 싸우는 것이 과연 우주의 법도에 비춰 옳은 일인가, 아닌가? 그르다면 둘 중에 누가 잘못인가? 아니면 둘 다 잘못인가?'

호 낭자는 판단이 쉽지 않아 계속 고민한다. 환웅천왕이 자신에게 준 신통력을 발휘해 무언가 딱 부러지게 옳은 행동을 해야 한다. 그것이 인간이 되는 시험에 도움이 되어야 한다. 그런데 또 의문이 떠오른다.

'한반도가 분단되어 있다는데 자본주의 영혼과 사회주의 영혼이 존재하기 때문에 그런 것인가? 그렇다면 저 영혼들을 혼내줄까? 그렇게 하면 웅녀의 후손인 한민족이 하나가 되게 만들 수 있을까?'

여기까지 생각한 호 낭자는 무릎을 치면서 기분이 좋아졌다. 결론이 난 것 같았다. 어려운 문제의 정답을 생각해 낸 것이다. 호 낭자는 스스로 그런 생각을 한 자신이 자랑스럽게 느껴졌다. 그렇게 하면 중간세계 한반도의 군사분계선이 없어지면서 남북이 통일이 될 것 같았다. 그렇게 된다면 자신이 인간이 되는 것은 당연한 순서일 것이었다.

'이렇게 쉬운 일이면 금방 끝내야지.'

호 낭자는 즉각 신통력을 발휘해 두 영혼을 혼을 내주려고 생각해 주문을 걸었다.

"저 두 영혼의 싸움을 멈추도록 하라. 이얍!"

호 낭자는 혼신의 힘을 다 해 신통력의 기운을 두 영혼을 향해 쏟아부었다. 호 낭자의 두 앞발에서 뻗치는 신통력의 기운이 태풍과 같은 위력으로 두 영혼을 향해 쏟아진다. 호 낭자의 신통력의 위력은 엄청나서 주변의 나무와 풀들이 뽑히고 돌멩이가 나뒹군다.

'이제 둘의 싸움이 끝났겠지.'

호 낭자는 자신이 발동한 신통력으로 생긴 먼지가 걷히자 두 영혼이 있었던 쪽을 살핀다. 그러나 이게 웬일인가. 두 영혼은 신통력을 발휘하기 이전과 같은 모습으로 서로 싸우고 있는 것 아닌가. 두 영혼은 태풍과 같은 호 낭자의 신통력에 전혀 영향을 받지 않은 모습이었다. 호 낭자는 깜짝 놀랐다.

'아니, 이럴 수가?'

호 낭자가 어찌할 바를 모르고 서 있는데 자본주의 영혼과 사회주의 영혼이 약속이나 한 듯 사나운 기세로 호 낭자 쪽으로 뛰어오기 시작했다. 호 낭자는 얼어붙은 듯 꼼짝을 하지 못한 채 서 있자 두 영혼이 다가와 호 낭자의 목덜미를 거칠게 붙

잡는다. 두 영혼은 껄껄 웃으면서 호 낭자에게 말했다.

"야. 이 멍청한 호랑이야. 네 신통력을 발휘할 데가 따로 있지. 우리한테 그것을 쏘아대? 어리석기는, 너 이렇게 해서 환웅천왕의 시험에 통과하겠느냐?"

"그러게 말일세. 환웅천왕도 한심하지. 호랑이를 내려보내려면 사전에 주의를 주었어야지. 우리처럼 중간세계 전체를 무대로 하는 특별한 영혼에게는 너의 신통력이 통하지 않는 것도 모르고 이곳에 왔더란 말이냐? 예끼. 이 어리석은 호랑이야."

"잘못했습니다. 죄송합니다."

호 낭자는 머리를 조아리면서 사죄하는 말만을 반복한다. 당황스럽고 창피해서 다른 말은 할 수가 없었다. 호 낭자가 아무 대꾸도 하지 못하자 두 영혼은 껄껄껄 웃더니 "야, 호랑이 너 말이야 빨리 움직여라. 뭔가 제대로 해야 시험에 합격할 것 아니냐."라고 말 한 뒤 홱 돌아서 가버린다. 둘은 싸울 때는 언제였던가 싶게 나란히 걸어간다. 두 영혼은 저만치 갔는가 싶더니 거기에서 서서 다시 멱살잡이를 하면서 싸움을 시작한다. 그 모습을 본 호 낭자는 기가 막힌 듯 바라본다. 두 영혼에게 미안했던 마음이 싹 가시면서 그들이 우습게 느껴졌다. 호 낭자는 두 영혼에게 혓바닥을 날름 내밀며 "잘 해봐라. 이 영혼들아."라고 쏘아준 뒤 뒤돌아서 무작정 뛰기 시작했다. 그들에게서 벗어나 시험에 통과할만한 의미 있는 일을 하고 싶었다. 호 낭자는 경신술을 발휘해 바람과 같은 속도로 달려 나갔다. 해는 벌써 한낮을 가리킬 만큼 높이 올라와 있었다. 호 낭자는 햇빛이 따스하다고 느끼면서 속도를 더 낸다. 얼마를 그렇게 달렸을까. 저 멀리 무엇이 있다. 성과 같은 것이 나타난다. 달려갈수록 그 모습이 분명이 드러난다.

3

전쟁과 평화

‘저곳이 어디인가?’

호 낭자는 속도를 더 내어 달려간다. 마침내 눈앞에 거대한 문이 나타났다. 문 위 커다란 현판에 ‘남북한과 외세 영혼들이 사는 곳’이란 글이 씌어있다. 현판의 글이 무슨 내용인지를 신통력으로 파악해 보면서 호 낭자는 무릎을 치며 쾌재를 불렀다.

‘제대로 올 곳에 왔구나. 이곳이 내가 활약할 무대로 구만.’

중간세계 한반도와 관련된 영혼들이 다 모여 사는 곳을 찾아온 것이다. 호 낭자는 군사분계선의 핵심 지역을 찾아온 것은 행운이라고 생각하며 조심스럽게 문 앞으로 다가갔다. 문 앞에는 높다란 돌계단이 있다. 계단을 하나하나 올라간다. 얼마나 돌계단을 올라갔을까. 갑자기 앞이 턱 트이면서 문 안쪽에서 놀라운 모습이 벌어지고 있었다.

‘저게 뭐야?’

호 낭자는 깜짝 놀랐다. 문 안쪽 널찍한 광장에서 인간의 모습을 한 영혼들의 집단 패싸움이 벌어지고 있었다. 두 패로 쫙 갈린 영혼들은 격투기 선수들처럼 주먹과 발길질을 하면서 치고받고 있었다.

'중간세계에서도 이런 일이 벌어지나?'

호 낭자는 기가 막혀서 멍하니 서 있다가 신통력을 발동해 그들이 누구인가를 알아보았다. 그 결과 미국과 일본, 남한 영혼이 중국, 러시아, 북조선의 영혼과 맞붙어 맹렬히 폭력을 휘두르고 있었다. 3대 3의 혈전이었다. 한반도의 당사자인 남북한과 주변 4강의 영혼들이 격투기를 벌이고 있는 것이다. 호 낭자는 너무 뜻밖이어서 자신의 눈을 의심한다. 인간의 모습을 한 영혼들이 싸움을 벌이는 것을 두 눈으로 보면서 기가 막혔다. 이곳이 과연 중간세계의 군사분계선 지역이 맞는 거야 하는 의문까지 들었다. 한반도 통일에 중요한 역할을 해야 할 영혼들이 벌건 대낮에 조직폭력배와 같은 집단 난투극을 벌이는 모습은 한심하기 짝이 없었다.

'내가 인간이 되기 위한 시험을 당하는 최적의 장소라 생각했는데 이럴 수가 있는가.'

호 낭자는 자신이 인간이 되는 목표를 달성할 수 있는 장소로 큰 기대를 했던 만큼 실망감도 컸다. 신성한 중간세계에서 벌어지고 있는 못된 일은 그냥 넘겨서는 안 될 것 같았다. 환웅천왕이 주신 굉장한 신통력을 이용해서라도 이런 일은 바로 잡는 것이 당연할 것 같았다. 호 낭자는 상황판단을 끝내자마자 즉시 싸움판 한가운데로 뛰어들면서 큰 소리로 외쳤다.

"멈추시오. 이게 무슨 짓입니까!"

호 낭자는 우선 눈앞에서 뒤엉켜 싸우고 있는 남북한 영혼을 떼어놓으려 했다. 그러나 그렇게 하지 못했다. 달려나가려는 호 낭자의 뒷덜미를 웬 억센 손아귀가 잡아챈 것이다. 미국 영혼이었다. 그 손아귀 힘은 호 낭자 몸을 공중으로 붕 던져 버릴 만큼 대단했다. 미국 영혼은 저만치 날아가는 호 낭자에게 험한 목소리로 외쳤다.

"어딜 함부로 끼어드는 거야, 건방지게!"

호 낭자는 가벼운 호랑이 장난감처럼 날아가면서 빙그르르 세상이 거꾸로 돌아가는 것처럼 느껴졌다. 그러면서 자신이 옳다고 생각하는 일을 하려다 폭행을 당한 것이 기가 막혔다.

'이럴 수가 있나.'

호 낭자는 화가 치밀었다. 그는 허공에서 한 바퀴 공중제비를 하더니 땅에 사뿐 내려섰다. 열 받은 그는 곧바로 미국 영혼 쪽으로 달려가서 큰소리로 외쳤다.

"아니, 당신, 왜 이러는 거야."

호 낭자의 항의에도 불구하고 미국 영혼은 아무 대꾸도 하지 않는다. 패싸움에만 열중했다. 북한 영혼과 싸우느라 정신이 없어 호 낭자에게 눈길도 주지 않는다. 그 모습에 호 낭자는 자존심이 팍 상하면서 더욱 화가 치밀었다. 호 낭자는 북한 영혼 앞으로 나서면서 잠깐 실례하겠다고 말한 뒤 미국 영혼에게 고함을 쳤다.

"이봐, 당신 날 무시 하는 거냐."

호 낭자가 외치자 미국 영혼은 "너 안 다치려면 네 갈 길이나 가라"하면서 상대 해주지 않았다. 그는 호 낭자를 옆으로 밀치면서 북한 영혼에게 달려들 자세를 취했다. 이를 본 호 낭자가 크게 화를 내면서 미국 영혼을 향해 공격 자세를 취했다.

"이야압."

호 낭자가 거센 기합 소리와 함께 번개처럼 미국 영혼을 향해 주먹을 날렸다. 미국 영혼이 멈칫 하면서 겨우 피하자 호 낭자는 두 손으로 미국 영혼의 앞가슴에 강한 장풍을 뿌렸다. 미국영혼은 호 낭자의 공격을 가볍게 막는다. 그는 눈을 부릅뜨고 호 낭자를 노려보다 즉시 무서운 발길질로 반격했다. 호 낭자는 미국 영혼의 머리 위로 번개처럼 날아올라 피한다. 이어 두 앞발로 그의 안경 쓴 두 눈을 가격하려 했다. 미국 영혼이 호 낭자의 거센 공격에 놀란 표정을 지으며 급히 방어 자세를 취했다. 북한 영혼은 갑자기 나타나 자신과 미국 신장과의 싸움을 가로막는 호 낭자를 놀란 표정으로 바라본다.

'웬 놈이 남의 싸움에 끼어드는 거냐.'

북한 영혼은 속으로 별놈 다 있다고 생각하면서, 호 낭자와 싸우는 미국 영혼을 뒤로 하고 남한 영혼 쪽으로 달려간다. 미국 영혼은 북한 영혼이 등 돌리고 가버리자 호 낭자를 향해 고함을 친다.

"야, 너 호랑이 주제에 감히 어디라고 끼어들어? 건방지게."

"웃기시네. 백주 대낮에 패싸움 하는 주제에."

말을 마친 호 낭자는 미국 영혼을 향해 자신의 무술 실력을 최대한 발휘해 공격한다. 그는 나비가 춤을 추듯, 벌이 침을 쏘듯 유연한 공격을 펼친다. 그러다가 날카로운 비수처럼 돌진해 들어갔다. 미국 영혼은 그의 강공에 비틀거리며 뒷걸음친다. 이를 지켜보던 일본 영혼이 미국 영혼을 거들고 나섰다. 그는 미국 영혼 앞에 서서 호 낭자를 향해 삿대질을 하며 거칠게 쏘아붙였다.

"야, 호랑이, 네가 누구길래 감히 미국 영혼을 공격하는 거냐."

호 낭자는 일본 영혼이 미국 영혼을 편들고 나서자 침착하게 말했다.

"난 환웅천왕의 명을 받고 이곳에 온 호 낭자라고 하오. 한반도가 평화통일이 되도록 주요한 역할을 찾아서 하라는 명을 받고 이곳에 당도한 참이요. 그런데 중간세계, 그것도 중요한 한반도 군사분계선 지역에서 이처럼 싸움이 벌어지고 있어 말리려는데 폭력으로 대하는 것은 납득키 어렵습니다."

"그래? 아직 영혼 세계 물정도 제대로 모르는 녀석이 감히 어른들 일에 끼어들 생각을 해? 건방지기 짝이 없구나. 네 놈은 여기에 올 자격이 없어. 이 형편없는 존재를 보았나. 넌 숲속에서 짐승들의 왕 노릇이나 할 일이지 영혼 어른들의 일에 함부로 끼어들다니. 중간세계에 왔으면 이곳의 법도를 지켜야 하는 게야."

일본 영혼은 날카로운 목소리로 말했다. 그러더니 미국 영혼에게 "이 놈을 내가 맡을 터이니 남한 영혼을 도와 싸우세요."라고 말했다. 그 말을 들은 미국 영혼을 알았다며 북한 영혼 쪽으로 홱 돌아서 돌진해 갔다. 남한 영혼은 호 낭자가 난데없이 나타나 미국 영혼과 한판 붙자 의아한 표정이다.

'저 호랑이는 누구냐?'

그러나 일본 영혼이 미국 영혼 대신 호 낭자를 상대하겠다고 나서면서 패싸움이 다시 불붙는다. 호 낭자는 일본 영혼이 자신에게 달려들자 화가 치솟아 거친 목소리로 응수했다.

"싸움은 어느 경우나 좋은 것이 아닙니다. 옛 성인이 이르기를 예가 아니면 생각하지도, 말하지도, 행동하지도 말라 하지 않았던가요?"

일본 영혼은 그런 모습을 보더니 사나운 얼굴로 나직이 말했다.

"좋다. 네 놈이 말귀를 못 알아듣는구나. 순순히 물러나지 않겠다 이거지. 그렇다면 할 수 없다."

그는 자신의 말이 끝나기도 전에 번개같이 칼을 뽑아 들고 휘두르기 시작했다. 그의 동작은 성난 승냥이처럼 사나웠다. 만약 호 낭자가 날렵하게 피하지 않았다면 몸이 두 쪽 났을 것이다. 놀란 호 낭자가 크게 화가 나서 외쳤다.

"이게 어디서 칼을 뽑아 들고 난리야. 너 쪽발이, 오늘 내 손에 혼날 줄 알아라!"

호 낭자는 사납게 일본 영혼에 반격하기 시작했다. 신통력을 발휘해 일본 영혼을 공격한다. 일본 영혼은 맨손으로 맞서는 호 낭자를 칼로 연신 몰아붙인다. 호 낭자를 단숨에 두 동강 낼 기세다. 그러나 호 낭자는 밀리지 않는다. 오히려 그를 향해 두어 번 강한 장풍을 날렸다. 그 바람에 일본 영혼은 중심을 잃고 비틀거리다가 겨우 반격 자세를 취하면서 칼을 휘두른다. 이어 일본 영혼의 시퍼런 칼날이 현란한 빛을 발한다. 어지럽게 호 낭자를 공격한다. 일본 영혼의 칼 솜씨는 대단했다. 그는 날카로운 기합 소리를 내지르며 호 낭자를 향해 칼을 내지른다.

"이야압!!"

예리한 칼날이 호 낭자의 가슴 쪽으로 파고든다. 호 낭자는 가슴 위로 칼날이 스쳐지나가는 것을 느꼈다. 섬뜩한 감촉에 화들짝 놀란다.

'아! 내가 칼을 맞았나?'

호 낭자는 급히 뒤로 물러서며 가슴을 살폈다. 가슴 부근의 털이 한 치쯤 찢겨있다. 몸에 상처가 나지는 않았다.

'큰일 날 뻔했네.'

호 낭자는 위기감을 느낀다. 그러나 싸늘한 미소를 지으며 말했다.

"네놈이 맨 손인 나를 칼로 공격했겠다. 이제 나의 실력이 어떤지 보여 주겠다."

호 낭자가 발길질로 일본 영혼의 목젖을 겨눈다. 둘은 기합 소리와 함께 치열하게 맞붙어 싸운다. 이어 지상과 허공을 오가면서 공격을 주고받았다. 둘의 무예는 그야말로 막상막하였다. 호 낭자가 앞발로 결정적 일격을 가하려 한다. 순간 일본 영혼이 큰소리로 외쳤다.

"잠깐!"

호 낭자는 멈칫했다. 일본 영혼이 검을 거두고 한 발 뒤로 물러선다. 하고 싶은 말이 있는 눈치다. 호 낭자가 치켜든 자세를 바로잡으며 공격을 멈추자 일본 영혼이 말했다.

"그대의 무예가 뛰어나다. 지금은 내가 할 일이 급해 너를 더 상대할 여유가 없는 것이 유감이다. 다음 기회에 다시 겨뤄보자."

일본 영혼은 말을 마치고 몸을 홱 돌려 패싸움 현장으로 달려간다.

'왜 갑자기 싸움을 멈추고 저리로 가지?'

호 낭자가 궁금히 여기는데 일본 영혼은 칼을 머리 위로 치켜세운 채 남·북한 영혼 등이 패싸움을 벌이는 곳으로 바람처럼 달려갔다. 그는 현장에 도착하자마자 패싸움에 합류해 싸움을 벌인다. 호 낭자는 일본 영혼의 그런 모습을 보면서 그가 왜 자신과의 싸움을 중단했는지 그 이유를 알 것 같았다.

'남한 영혼과 미국 영혼이 북한, 중국, 러시아 신장에게 밀리는 것을 돕기 위해 그랬구먼.'

호 낭자는 일본 영혼이 합류한 패싸움을 자세히 살펴본다. 함성과 무기가 부딪치는 소리와 함께 벌어지는 패싸움은 치열했다. 중국과 러시아 영혼은 북한 영혼과 한 편이 되고 남한 영혼과 일본, 미국 영혼이 다른 한 패가 되어 맞붙은 패싸움은 천지가 진동할 만큼 격렬했다. 무공과 신통력이 엄청난 여섯 영혼이 벌이는 패싸움은 갈수록 치열해지고 있었다.

"이야!"

"으랏차!!'

"차차창!"

"휘리리릭!!"

두 패로 셋씩 갈린 영혼 무사들의 싸움은 막상막하, 일진일퇴다. 남한 영혼이 손가락을 갈고리처럼 만들어 북한 영혼의 옆구리와 어깻죽지를 공격한다. 북한 영혼은 발을 도리깨같이 윙윙 소리 나게 휘두르면서 역공을 취한다. 그의 발은 피스톤처럼 씽씽 대면서 공격한다. 단번에 남한 영혼을 박살낼 듯 했다. 미국 영혼도 살기등등하게 러시아 신장을 몰아세웠고 러시아 신장도 그의 공격을 교묘하게 피한다. 이어 상대의 급소를 노리고 주먹을 날렸다. 일본 영혼은 칼로 중국 영혼을 날카롭게 공략했다. 중국 영혼도 긴 칼을 휘두르며 일본 영혼의 목을 노리다가 발로 배의 급소를 걷어차려 했다. 일본 영혼은 괴성과 함께 칼을 휘두르면서 반격 자세를 취한다. 여섯 영혼의 싸움은 여섯 마리의 맹수가 폭풍우 치는 바다에서 뒤엉켜 싸우는 것 같았다. 셋씩 갈린 두 편의 영혼들은 빛처럼 빠른 속도로 밀고 밀리는 싸움을 벌인다. 중간세계의 한반도 군사분계선 지역은 이들 싸움으로 지진이 난 것처럼 흔들거렸다.

'참 별꼴이로구나.'

호 낭자는 혀를 끌끌 차면서 한심스러운 표정을 짓는다. 신성한 중간세계에서 최고의 덕목은 평화와 안정이다. 이곳의 영혼들은 이승에서 실컷 싸웠으니 평온하게 지내고 싶어 한다. 중간세계에서는 이승의 모든 것을 잊고 영겁의 시간에 몰두하는 삶을 원했다. 이승에서 모르고 지냈던 우주의 진리를 양식 삼아 시작도 없고 끝도 없는 그런 무한한 자유를 누리는 생활을 하고 싶어 했다. 그런데 그게 아니었다. 중간세계의 한반도 군사분계선 지역이 온통 난장판이 된 것이다. 그 모습을 지켜보는 호 낭자는 크게 실망했다. 왜 싸우는지 이해할 수가 없었다. 그러면서 환웅천왕의 지시에 따라 중요한 일을 하는 것을 서둘려야 한다고 생각다.

'여기를 지금 떠나버릴까? 난 갈 길이 바쁜데. 이 영혼들이야 제풀에 지치면 싸움을 그칠 테고. 난 시험에 들 만한 업적을 쌓을만한 곳을 찾아가야 하니 이곳을 떠나야겠어.'

호 낭자는 눈앞에서 벌어지는 여섯 영혼의 엄청난 패싸움을 지켜보다가 환웅천왕의 시험을 통과해 인간이 되는 일이 급하다고 생각했다. 난장판이 된 패싸움 현장에 더 머물 이유가 없었다. 빨리 한반도 평화통일에 도움이 되는 일을 찾아서 하는 것이 급했다. 어디로 갈까 생각하면서 광장의 싸움터를 등지고 발걸음을 떼려 했다. 그런데 그럴 수가 없었다. 갑자기 자신의 몸에 무엇이 와서 칭칭 감긴 것처럼 움직일 수가 없었기 때문이다. 호 낭자는 깜짝 놀랐다.

'이게 무어냐?'

그것은 너무도 강력한 힘으로 그를 옭아맸다. 호 낭자는 꼼짝할 수가 없었다. 땅에 못 박힌 것처럼 움직이지 못했다. 그는 전신의 신통력을 운행해 그것에서 벗어나려 했다. 그렇지만 자신을 휘감고 있는 그 괴물체는 호 낭자가 힘을 쓰는 만큼 그 조이는 힘이 더 강해진다. 어떻게 해볼 도리가 없었다.

'이건 또 무슨 변괴냐?'

호 낭자는 힘껏 용을 썼지만 자신을 칭칭 감은 엄청난 힘 아귀에서 빠져나오지 못한다. 통나무처럼 서 있을 수밖에 없었다.

호 낭자가 놀란 것은 자신을 꼼짝 못 하게 묶어버린 괴물체 말고 또 있었다. 다른 여섯 영혼들의 패싸움 소음도 갑자기 뚝 멈춘 것이다. 귀청을 때리던 고함과 무기 부딪치는 소리가 갑자기 들리지 않는다. 그것은 마치 천지를 뒤집을 만큼 컸던 천둥소리가 그친 직후 귀속이 멍하게 느껴지는 침묵과 같았다.

'어, 싸움이 중단됐나?'

호 낭자는 여섯 영혼의 싸움이 벌어졌던 광장을 쳐다보았다. 난장판이 됐던 그곳은 어떤 움직임도 없고 어떤 소리도 들리지 않았다. 중간세계 한반도 군사분계선 지역의 치열했던 싸움이 순식간에 멈춘 것이다. 도로변 벽돌이 부서져 날아다니고, 주변 시설이나 건물이 파손되면서 발생했던 자욱한 먼지가 걷히고 있다. 호 낭자는 눈앞에 펼쳐지는 광경을 보고 깜짝 놀랐다. 남북한과 외세 영혼들도 괴물체에 몸이 묶인 채 꼼짝 못 하고 서 있었다. 드넓은 광장은 모든 것이 정지 상태였다.

'어떻게 이런 일이 벌어지지?'

호 낭자가 놀란 가슴을 진정시키지 못하고 있는데 어떤 존재가 그의 옆으로 다가오는 기척을 느꼈다. 호 낭자는 자기를 해치려는 것 같아 떨리는 목소리로 물었다.

"누, 누구시오?"

"놀라지 마라. 너를 해치지는 않겠다."

호 낭자는 고개를 돌릴 수가 없어서 그 존재가 누구인지 바라볼 수는 없었다. 하지만 그 목소리가 왠지 귀에 익은 것 같은 생각이 들었다. 조금 마음이 놓이는 것 같아 한숨을 쉬는데 그 목소리가 "자, 너와 나는 순간 이동으로 이 자리를 떠나자."라고 말했다. 순간 호 낭자는 자신의 몸뚱이가 세찬 바람에 공중으로 날아가는 것 같은 느낌이 들면서 눈앞이 캄캄해졌다. 그러면서 심한 현기증이 일어났다.

"아이쿠, 어지럽다."

호 낭자가 고함을 치는 순간 몸뚱이가 땅바닥에 나뒹굴었고 눈앞이 환해졌다. 호 낭자는 상대가 혹시 자신을 해칠지 모른다는 두려움이 앞선다. 정신을 차리려 애를 쓰면서 방어 자세를 취한다. 눈앞이 너무 밝아 상대가 누군지 잘 보이지를 않는다. 호 낭자가 눈을 껌벅이면서 잘 보려고 하자 뒤에서 큰 목소리가 들린다.

"하하하, 아직 정신을 못 차리겠느냐? 내가 누군지 아직도 모르겠어?"

그제서야 호 낭자는 그 목소리가 얼마 전 헤어졌던 평화 영혼이라는 것을 알았다. 안심이 되어 자기가 어디에 와 있는지 살펴보니 꽃과 아름다운 나무, 풀 등으로 장식된 아늑한 방이었다. 방안을 이리저리 둘러보며 호 낭자가 물었다.

"평화 영혼 아니십니까? 이게 어찌 된 일입니까?"

"그게, 자네가 휘말린 집단 패싸움이 너무 과격해서 그것을 말려야 된다고 내가 판단한 거야. 싸움이 적당한 선에서 끝나야지 너무 심하면 평화 자체가 완전 파괴된다니까."

"그래요? 조금 전 광장에서 벌어진 패싸움은 왜 벌어졌나요? 그들이 왜 그러죠?"

"그건, 중간세계나 인간세계 한반도 분단이 두 패로 갈려 대립한 세력들에 의해 지속되고 그 가운데 계속 분쟁이 생기기 때문에 발생한 것이란다. 네가 본 것처럼 여섯 나라가 3:3으로 갈려 패싸움을 벌이는 식으로 아웅다웅하기를 그치지 않는구나. 빨리 그런 분단과 대립을 평화적인 방식으로 종식시켜야 할 터인데 큰일이다. 환웅천왕이 너를 이곳에 내려보내 평화통일에 도움을 줄 수 있는 일을 찾아서 하라고 분부하신 것도 한반도 분단이 빨리 해소되어야 한다는 필요성 때문이니라."

"아하, 그렇군요. 여섯 나라가 두 패로 갈려 싸우는 것은 자본주의 영혼과 사회의주 영혼이 서로 다투는 모습과 흡사하네요. 두 싸움을 통해서 한반도 분단이 어떤 상태인지 이해가 확실히 됩니다."

"그래? 네가 현상 파악을 한 것 같구나. 잘하면 이번 시험에서 합격해 인간이 될 수도 있겠구나. 열심히 하거라."

"예, 알겠습니다. 그런데 전쟁 영혼은 어디 계세요? 전쟁 영혼은 패싸움 같은 것을 좋아하실 것 같은데."

"그게 말이야. 그렇기는 해. 그래서 전쟁 영혼이 잠시 어디를

간 틈에 내가 패싸움을 중단시킨 거야."

"그럼 전쟁 영혼이 잠자코 있겠어요? 패싸움이 심할수록 좋아하실 텐데."

"그렇기는 해. 나중에 어떻게 될지 모르지만 지금 내가 네게 할 말이 있어."

"무슨 말씀인데요?"

"내가 지금부터 전쟁이 얼마나 나쁜 것인지 네게 설명해줄게. 한반도는 물론 우주 전체가 평화만을 추구해야 하는데, 그렇지 않은 것이 안타까워. 전쟁은 완전히 추방하거나 폐기 처분해야 하는 것이 내 목표야. 그래서 내가 널 이렇게 이곳에 데려온 거야."

"그랬군요."

"그래. 난 기회만 있으면 전쟁이 얼마나 나쁜 것인지, 그래서 모두가 평화를 추구하는 것이 얼마나 중요한지를 알리려 노력하고 있어. 너도 내 말을 잘 듣고 평화를 사랑하고, 전쟁은 멀리해야 한다는 논리를 남에게도 적극 알려주기 바란다."

"알겠습니다."

"그럼 내 말 잘 들어봐라. 평화가 얼마나 좋은 것인지 알려면 전쟁의 실상을 알면 분명해지지. 호랑이 자네는 전쟁이 얼마나 나쁜지 모를 거야. 그렇지?"

"예, 그렇습니다."

"정직해서 좋군. 그럼 내가 중간세계와 인간세계의 전쟁의 사례를 통해 자세히 설명해 줄 터이니 잘 들어보게."

"예, 말씀하십시오."

호 낭자는 대답을 한 뒤 신통력을 발휘해 두 세계의 전쟁에 관한 지식들을 머릿속에 주입시키기 시작했다. 평소 전쟁에 대해 관심이 없었고 그래서 거기에 대한 지식이 없었지만, 신통력이 좋기는 했다. 순식간에 두 세계의 전쟁 역사에 대한 지식이 머릿속에 가득 찬 것이다. 호 낭자는 평화 영혼이 무슨 이야기를 해도 다 이해할 수 있는 기초 지식을 갖추었다고 생각한다. 마침 평화 영혼이 입을 열자 귀를 기울였다.

"잘 들어봐. 전쟁을 왜 피해야 하는지 알려 줄게. 오늘날 전쟁은 전방과 후방이 구분되지 않는 참혹한 전면전쟁이다. 한반도에서 6.25 전쟁이 그랬고 앞으로 또 전쟁이 나면 그렇게 될 것이다. 그러면 전면전은 무엇이냐? 그것은 군인과 민간인을 가리지 않고 전개하는 전쟁이다. 전면전은 남녀노소도 구분치 않는 살육전이 무차별적으로 전개되어 사상자가 엄청나게 발생하는 전쟁 형태다. 전면전은 세계 2차 대전, 한국전, 월남전 등이 대표적이다. 그것은 도시 상공에서의 원자탄 투하나 소이탄 등 고성능 폭탄을 사용한 융단폭격, 피난 행렬에 대한 공격 등의 특징이 있다. 전쟁을 경제적으로 하면서 승리하기 위해 모든 수단과 방법이 동원됐다. 최소의 수단으로 최대의 피해가 발생토록 하기 위해서다. 그러다 보면 전쟁에서 윤리, 도덕은 완전히, 철저히 배제된다. 전승국은 전쟁 피해에 대해 책임지지 않고, 패전국만이 전쟁 범죄자가 되어 모든 책임을 진다. 이 때문에 전쟁이 발생하면 모든 참전국들은 수단과 방법을 가리지 않고 오직 승리만을 위해 싸웠고 지금도 마찬가지다. 21세기에 전면전쟁이 발생할 경우 그 피해는 가공할 만할 것이다. 그러니 전쟁을 막아야 한다. 내 말 이해가 돼?"

"예. 잘 듣고 있습니다. 말씀 계속하십시오."

"알았어. 잘 들어보게. 패전국들만이 전쟁 범죄에 대해 추궁받고 배상 등의 무거운 책임을 져야 하는 거야. 2차 대전 때 약 7,500만 명이 사망했는데 그 가운데 민간인이 4천만 명으로 군인의 두 배에 달했다. 민간인들은 무차별 포격과 대량 학살, 질병, 굶주림으로 죽었다. 사망자의 85%는 패전국이 점령한 지역에서 살해되었다. 2차 대전 당시 미국 등 연합군이 전면전을 치르면서 저지른 전쟁 범죄성 불법행위는 당연히 아무도 책임지지 않았다. 전승국이었기 때문이다. 당시 연합군은 독일이 점령한 도시에 수많은 폭탄을 퍼부어 민간인들이 군인보다 훨씬 많이 죽게 만들었다. 잔인무도한 행위였지만 그냥 지나갔다. 전승국이기 때문에 면책된 행위는 그뿐 아니다."

"…"

"미국의 일본 원폭 투하, 소련군의 독일 여성 대량 강간, 미군의 일본 도시 공습 등이 대표적이다. 패전국인 독일과 일본의 잔악성도 대단했지만 전승국들의 무차별 공격도 대단히 심각했다. 한국전도 비슷했다. 미 공군은 북한의 모든 도시가 빨래판처럼 평평해질 만큼 폭격을 퍼부었고 미군의 민간인에 대한 발포로 많은 사람이 죽고 다쳤다. 미국은 노근리 사건 등 미군의 한국 민간인 살상 행위에 대해 보상 등의 조치를 철저히 외면하는데 미국은 참전한 모든 전쟁에서 발생한 미군 범죄를 인정하지 않는 것을 원칙으로 하고 있다. 21세기 들어서 벌어지는 자살폭탄, 무인기 공격, 도시 테러 등도 모두 전면전의 형태다. 전면전은 이 정도로 하고 전면전에서 사용되는 가장 대표적인 무기가 무엇인지 자네 알고 있어?"

"모릅니다."

"모르겠지. 핵무기야. 핵무기의 위력은 이미 입증되었는데, 미국이 일본에 1945년 핵무기 두 발을 사용한 경우다. 그때 엄청난 인명 및 재산 피해가 발생했는데 그에 대한 관련 기록 내용을 소개해주지. 히로시마에 13kt의 원폭이 투하된 직후 7만 5천 명이 죽고, 10만 명이 다쳤으나 당시 의사는 30명, 간호사는 126명에 불과했으니 그곳은 완전한 생지옥이었다. 당시 히로시마시가 유엔에 보고용으로 작성한 자료에 따르면 사망자는 1945년 말 14만 명, 1950년 말에는 20만 명에 달했다. 원폭의 파괴력은 피해자를 정확히 집계할 수 없을 만큼 엄청났다. 피폭 반경 2km 이내의 모든 가옥이 파괴되고 대부분 주민들이 사망했다. 그런가 하면 수일 안에 이 도시에 들어온 많은 사람들이 2차 방사선 피해자가 되었다. 또한 이 도시를 빠져나간 많은 피폭자들이 얼마나 사망했는지도 집계되지 않았다. 히로시마에는 당시 수만 명의 일본군이 주둔해 있었는데 그들 중 희생자는 얼마나 되는지 공포되지 않았다. 종전과 함께 모든 군사서류는 폐기되었다. 확인되지 않은 자료에 따르면 당시 히로시마에는 5만 명의 한국인과 미군 포로, 동남아 유학생들이 있었다. 나가사키에서는 원폭으로 6만－8만 명 정도가 사망했다. 원폭에 대해 가장 완벽하고 정확한 표현은 그것이 대량살상무기라는 점이다. 조그만 원폭 한 방이면 20만 명을 잔인하게 그리고 무차별적으로 죽일 수 있다. 20만 명의 시체를 어깨가 맞닿도록 나란히 눕힐 경우 그 길이는 1백km에 달하지."

"아이구, 끔찍합니다."

"그렇지. 바로 그 점이야. 미국은 원폭 피해의 참상이 외부에 알려지는 것을 방지하기 위해 일본 2개 원폭 투하지역에 언론이나 전문가 집단의 접근을 상당기간 철저히 봉쇄했다네. 핵무기 투하지역의 비극은 너무 지독해서 그것이 전 세계의 신문 방송에 보도가 될 경우 미국이 승리를 목표로 전쟁에서 수단과 방법을 가리지 않는 잔인무도한 국가로 지탄받을까 두려워했던 거야. 그래서 그걸 막기 위해 핵폭탄 투하 직후부터 근일 년 가까이 피폭 지역에 미국 언론 등이 취재하지 못하도록 했고 그 결과 지금도 피폭 직후의 일본 히로시마, 나가사키 핵무기 참상에 대한 사진이나 동영상 자료가 지극히 희귀하단다. 인간이란 제 눈으로 보지 않으면 존재치 않는 것으로 쉽게 착각하는 면이 있다는 것을 미국이 이용한 거야."

평화 영혼의 말을 듣고 있던 호 낭자는 하나의 의문이 들었다. 북한의 핵무기에 대한 것이었다. 그래서 묻는다.

"북한이 핵무기를 가지고 있는데 그건 어떻게 해야 하나요?"

그 말을 들은 평화 영혼이 '그것을 어떻게 알았어?'하는 표정을 지으며 말을 시작했다.

"그래, 인간세계의 북한은 미국이 핵무기로 위협하니까 그에 대한 방어용으로 핵무기를 만들고 자기들도 핵보유국으로 대우를 받아야 한다고 주장하고 있지. 북한은 국제사회가 핵을 폐기하라고 하면서 제재를 가하자 미국 등 핵보유국과 함께 핵 없는 세계를 만들기 위한 핵 군축 협상을 시작해야 한다고 말하지. 하지만 중국이나 러시아도 북한의 핵실험과 미사일 발사를 반대하는 것은 분명한 현실이야. 북한은 자신의 핵무장은 미국의 핵 공격 위협 때문이라는 논리를 앞세우지만 국제사회에서 외면 받고 있어. 왜 그렇게 됐을까? 그 이유를 알겠어?"

"모릅니다."

"그렇지. 자네가 알 턱이 없지. 그 해답은 간단해. 지구상에 핵보유국으로 인정받은 나라가 미국, 중국, 러시아, 영국, 프랑스 등 5개국인데 이들 국가 외에는 핵무기를 보유할 수 없게 국제법이 만들어져 있기 때문이야. 많은 나라들이 핵확산은 인류평화를 저해한다면서 북한에 대한 제재에 동참하고 있는 것도 현실이고. 이래저래 북한은 국제적으로 고립된 입장이야. 그러니 북한의 주장은 그들만의 주장으로 그치고 말아. 북한은 자신들의 핵무기가 방어용이지 선제공격용이 아니며 미국을 겨냥한 것이지 남한 쪽을 노리는 것은 아니라고 말하기도 했지. 대륙간탄도미사일을 보유한 것도 그런 목적 때문이라고 강조하면서 말이야. 그러다가 남한도 핵공격할 수 있다고 입장을 바꿨다네."

"그래요?"

"그렇지."

"그러면 북한이 최악의 입장에 처하면 핵무기를 사용할 가능성이 있다는 건가요?"

"그렇다고 할 수 있지. 그러나 그럴 경우를 정밀하게 살피면 북한이 그런 선택을 하는 것이 쉽지 않을 것이라는 점도 분명해. 왜냐, 북한이 만약 남한에 핵무기를 사용해 엄청난 비극적 상황이 발생할 경우 인간세계 역사상 미국에 이어 두 번째 핵무기를 사용한 국가가 될 것이기 때문이지."

"미국이 핵무기 투하한 뒤 그 피해 실태가 알려지는 것을 철저히 막았다고 말씀하셨는데 그런 것과 향후 북한의 핵무기 사용 가능성 사이에 관련이 있다는 것인가요?"

"어, 똑똑하네. 자네 보통이 아니구만."

평화 영혼은 호 낭자가 질문하자 놀라운 표정을 지으면서 즉시 대답했다.

"자네 질문을 들어보니 자네도 핵 피해가 중대 변수가 된다는 것은 짐작하고 있구만. 그런 측면이 있는 것은 사실이지. 우선 북한이 향후 남한에 핵무기를 사용할 경우부터 살펴보자고. 북한이 초보적인 핵무기를 서울 용산에 투하할 경우 반경 4.5km 이내에서 즉사자가 40만 명에 이르고 강남 일대가 핵 낙진에 치명타를 입는 등 서울시민 125만 명이 사망한다는 거야. 만약 이런 피해가 발생한다면 어떻게 되겠어? 미국이 일본 히로시마에 투하한 원폭으로 발생한 피해의 5-6 배가 된다면 인류 역사에서 폭탄 1개로 인한 최대의 인명피해가 발생하는 것이 되지."

"끔찍한 피해입니다."

"그렇지. 만약 그런 사태가 발생하면 전 세계 모든 미디어가 총동원되어 대대적으로 보도하게 되고 그러면 북한의 핵무기 사용에 대한 비판과 지탄이 하늘을 찌를 것이란 말이야. 전 세계가 분노해 북한에 대해 군사적 응징을 주장하면서 행동에 옮길 경우 북한의 지배층이 버티기 어려울 거야. 즉 핵무기 사용

이후 닥칠 지구촌 차원의 엄청난 후폭풍에 견디지 못하는 상황이 될 가능성이 커. 한반도에서의 비판과 원성도 견디기 어려울 거야. 같은 민족에게 핵무기를 사용했다는 사실을 반민족적 행위로 규탄하는 움직임이 거셀 것이고 그런 점이 역사에 기록되는 것도 북한이 견디기 어려운 점일 거야."

"북한이 만약에 미국 영토에 핵을 투하하면 어떻게 될까요?"

"그럴 경우 미국의 핵 보복이 뒤따를 텐데, 미국은 북한보다 몇백 배의 핵무기를 가지고 있기 때문에 북한의 피해가 엄청나겠지. 그리고 미국의 핵 보복 이후 북한이 얼마나 미국을 공격할 수 있겠느냐 하는 점은 미지수이지만, 전쟁은 비축한 전쟁수단, 즉 무기로 결판나는 경우가 많아. 그것이 전쟁의 역사라는 점에서 북한이 승리하기는 어렵다고 보네."

"그래요?"

"그렇지. 이런저런 경우를 두루 살필 때 북한이 핵무기를 실전에서 사용할 가능성은 지극히 낮다고 볼 수 있지. 북한이 절체절명의 상황에 처했다 해도 그런 일은 쉽게 발생치 않을 거야. 북한의 핵무기 사용으로 동북아에서 핵전쟁이 일어나고 그것이 자칫 3차 세계대전으로 비화할 수도 있지. 그러나 그렇게 되면 인간세계의 모든 생명체가 사멸할 터이니 누가 누구를 비난하거나 탓할 일도 없겠지만."

"…"

호 낭자는 핵전쟁이 발생할 경우 웅녀의 후손들이 입을 피해에 대해 생각하다가 몸을 부르르 떨면서 할 말을 잃고 침묵한다. 그러자 평화 영혼이 말했다.

"자, 핵무기 이야기를 했는데 중간세계 한반도에서 전쟁이 났을 경우 어떤 일이 벌어질지 궁금하지? 그럼 이것은 내가 말로 하지 않고 이심전심으로 자네에게 전해줄 터이니 잘 살펴보게."

평화 영혼은 말을 마치고 한 손으로 호 낭자의 어깨에 손을 얹고 눈을 감으면서 중얼중얼 주문을 윈다. 호 낭자도 눈을 감고 자세를 바로 한다. 그러자 호 낭자의 눈앞에 중간세계 한반도에서 핵무기가 제외된 상태에서 싸우는 전쟁의 모습이 영상으로 펼쳐지는 것이 아닌가. 이 전쟁에서는 인간세계가 발명한 각종 재래식 무기와 남북한 영혼 등의 신통력이 동원되고 있었다. 호 낭자는 중간중간에 깜짝 놀라면서 그것을 살핀다. 호 낭자에게 평화 영혼이 전달한 한반도 전쟁에 대한 영상은 아래와 같았다.

*

남북한을 대표하는 중간세계의 두 영혼이 한반도 전쟁을 진두지휘한다. 남북한이 정전협정이 깨지면서 전면전쟁에 돌입해 수개월째 일진일퇴의 치열한 전투를 벌이고 있지만 승부가 나지 않고 있다. 155마일 군사분계선 지역에서 밀고 밀리는 육상전투가 벌어지면서 시체가 산을 이루고 피가 바다처럼 흐른다. 한반도는 그 면적이 좁아 전후방 구분 없이 전쟁의 참상이 벌어지고 있다. 전선에서 먼 지역에도 폭격과 공습 등이 대규모로 벌어지면서 아비규환의 참극이 벌어지고 있다.

"싸워라, 살려고 하는 자는 죽을 것이다!"

"공격하라, 죽음을 각오하는 자는 살아남아 영웅이 될 것이다!"

북한 영혼과 남한 영혼은 최전선 지휘관들에게 공격 명령을 내리면서 조국을 위한 영광스런 싸움의 영웅이 되라고 외친다. 둘은 자신들이 통일된 한반도의 지도자가 되어야 한다면서 최후의 일인까지 싸울 것을 독려한다.

"꽈과광꽝꽝!!"

전선에서는 밤낮을 가리지 않고 전투가 벌어지면서 꽃다운 20대 청년들이 퍽퍽 죽어가고 후방에서는 순박한 민간인들이 속절없이 희생되고 있다. 동·서해에서 남북한 군함들이 포격전을 전개한다. 바다는 피격당한 전함이 검은 연기 속에 침몰한다. 바닷물은 붉게 물들어 피 기름으로 번들거린다. 군인들이 머리가 날아가고 사지가 잘려 물고기 밥이 되고 있다.

"타다다당!!!"

전쟁이 장기화되고 남북한 양측의 피해가 심각하지만 좀체 승부가 가려지지 않는다. 민관군이 하나가 되어 총력전을 펼치고 그에 따라 대규모 공습과 포격으로 군인과 민간인 구분 없이 막대한 인명피해가 나면서 전쟁 피로감이 양측에 높아지고 있었다.

'언제 전쟁이 끝나려나?'

전쟁이 장기화되고 남북한 양측의 피해가 심각하지만 좀체 승부가 가려지지 않는다. 양측은 전쟁의 승패와 무관한 싸움에 점차 지쳐가고 있었다. 남북한 양측이 전선에서 대치하면서 밀고 밀리는 소모전을 벌이고 있을 뿐 한쪽이 괴멸되는 것과 같은 일은 벌어지지 않았고 앞으로 그럴 가능성도 없어 보인다.

'아, 괴롭다. 이러면 안 되는데.'

남한 영혼과 북한 영혼은 교착상태의 전쟁을 지켜보면서 고민이 깊어간다. 시간이 흐를수록 초조해진다. 빨리 승부를 가리고 싶은 마음은 똑같았다. 그런 마음이 통했을까, 둘은 부하들을 앞세워 비밀리에 협상을 벌인다. 지루한 협상 끝에 전쟁을 둘의 단판 승부로 끝내기로 합의했다. 두 영혼은 한반도 당사자 대표답게 1:1로 대결해 승자를 가리기로 한 것이다. 둘은 우선 무기는 들지 않고 몸에 지닌 신통력으로 대결하기로 약정했다. 중간세계 영혼들이 숨죽여 지켜보는 가운데 대결의 날이 밝았다. 두 영혼은 약속한 시간과 장소에 나와 마주 보고 섰다.

"각오는 되어 있겠지?"

"좋다. 오늘 너를 끝장내 주겠다!"

두 영혼은 잔뜩 긴장한 모습이다. 그들은 각기 지정된 위치에 가서 자리를 잡는다. 한반도 분단 종식을 위한 한판 승부를 가리는 일전이 시작되었다.

"이야압!"

"이야야압!"

두 영혼은 혼신의 힘을 다 해 온몸의 기를 모아 상대방에게 비수처럼 날린다. 그것은 초강력 태풍보다 몇 십배 더 강한 위력을 지녔다.

"꽈과광광!"

두 영혼의 기가 허공에 맞부딪치면서 폭음과 함께 엄청난 굉음을 낸다. 두 영혼은 움찔 뒤로 밀렸으나 두 발로 버틴다. 그러나 주변은 폭탄이 떨어진 듯 돌과 흙이 사방으로 튀어 오른다. 두 영혼은 계속 상대를 향해 기를 쏘아댄다.

"으라찻차!"

"으라라차차!"

남북한 두 영혼은 무언의 대결을 펼치면서 얼굴에 땀이 비오듯 흐른다. 둘은 돌처럼 움직이지 않고 신통력을 운행시켜 손바닥으로 발사하면서 상대를 쓰러뜨리기 위해 사력을 다했다.

'버텨야 한다. 더 굳건히 버텨서 이겨야 한다. 반드시 이겨야 한다. 밀려서는 안 된다. 여기서 무너질 수는 없다. 절대 안 된다. 만약 내가 잘못되면 내 존재가 영원히 중간세계에서 깡그리 소멸된다. 인간세계의 후손들조차 존망의 위기에 처한다. 여기서 무너지면 공든 탑이 무너지는 것이다. 나는 결코 질 수 없다.'

두 영혼의 전신에 땀이 작은 강물처럼 흐른다. 그것은 귀신 세포들이 토해내는 절박한 진땀이다. 피가 하얀 땀으로 변해 분출하고 있다. 두 영혼은 젖 먹던 힘까지 끌어내면서 기를 앞세운 결투를 계속했다. 그러나 힘이 부친다. 더 이상 버틸 수 없을 것 같다. 기 싸움이 장기화 되면서 신통력이 막상막하인 둘은 동일한 순간에 동일한 절박감에 시달리면서 버티고 있다.

'아, 힘들다. 정말 더 이상 못 버티겠다. 그러나 안 된다. 참아야 한다. 아 고비를 넘기자. 그래야 한다. 위기 뒤에 기회가 온다지 않나. 최악의 순간에도 바늘귀만 한 희망의 여지는 있는 법. 이 고통의 순간을 버텨야 한다. 승리를 결코 양보할 수 없다.'

북한 영혼은 온몸이 무너질 것처럼 고통스럽다. 질끈 감았던 눈을 가만히 떠 상대를 바라보았다. 남한 영혼도 눈을 감고 얼굴이 일그러진 채 끙끙댄다. 그 또한 똑같은 입장인 듯하다. 북한 영혼은 이번 결투에서 반드시 승리해야 한다고 자신에게 거듭 다짐했다.

'이 고통스런 순간을 버텨야 한다. 그래야 이긴다.'

북한 영혼은 심신의 고통이란 의식할수록 견디기가 힘들다는 것을 알고 있다. 고통에 시달릴 때는 그것을 잊어버리도록 노력하거나 다른 생각을 하면서 고통을 의식치 않는 것이 최선이다.

'그래, 이 고통을 다른 생각을 하면서 잊어버리는 방법을 써보자.'

북한 영혼은 고통을 잊기 위해 결투에 임하는 자신의 전략을 머릿속에서 정밀 점검하기 시작했다. 자신이 수립한 전략을 되새김하면서 남한 영혼과의 대결로 겪고 있는 육체의 고통을 잊으려 했다. 승자가 되기 위해서는 정교한 전략을 수립하고 그것을 항상 기억하는 것이 매우 중요하다. 북한 영혼은 기억 속에서 되살아나는 그 필승전략을 가슴속에서 큰소리로 외치기 시작했다.

'남한 영혼을 꺾어 완승할 수 있는 비책은, 남한을 미국이나 일본과 고립시켜야 하고 러시아이나 중국과도 절연시키는 것이다. 남한을 바다 한가운데 섬처럼 고립시켜야 한다. 대신 북한이 미국과 일본은 물론 러시아이나 중국과 동맹하는 것이다. 그렇게 하면 승리는 떼어 놓은 당상이다.'

북한 영혼은 자신이 대남 필승전략의 핵심을 정확히 기억하고 있는 것에 기분이 좋아졌다. 그렇지만 그것도 잠시뿐이었다. 남한 영혼과의 피 터지는 결투로 인한 고통이 다시 심신을 쥐어짜기 시작했다.

'아 괴롭다. 더 이상 못 버티겠다.'

북한 영혼은 인내의 한계에 도달했다는 생각이 들었다. 파김치가 된 몸뚱이가 짚더미처럼 맥없이 무너질 것 같았다. 북한 영혼은 엄청난 고통에 시달리고 있다. 남한 영혼의 인내도 한계에 다다른 듯 그의 얼굴도 크게 일그러져 있다.

"끄으응, 끄으응."

둘은 거의 동시에 신음 소리를 낸다. 두 영혼은 금방 쓰러질 것 같다. 그런데 이게 웬일인가. 기진맥진한 듯 보이던 남한 영혼이 몸을 움찔하더니 공격 자세를 취했다. 그는 전신의 여기저기에 흩어져 있던 신통력을 끌어모아 벽력같이 고함을 지르면서 장풍을 내뿜었다.

"야아앗!"

그것은 태산도 무너트릴 만큼 위력적이었다. 그러나 웬걸, 곧 쓰러질 것 같던 북한 영혼도 놀라운 방어력을 발휘한다. 남한 영혼의 무서운 장력에 무너져내릴 것 같았지만 그렇지 않았다. 그는 맞고함을 치면서 공격을 막아내고 반격했다.

"이야앗."

"이야앗."

둘의 장풍이 허공에서 부딪히면서 펑 하는 굉음이 터져 나왔다. 동시에 두 영혼은 뒤로 수십 km씩 밀려났지만 나뒹굴지는 않았다. 그들을 버텨준 발이 장풍에 밀려가면서 땅에 깊은 골이 패였다.

"으응?"

남북 영혼은 서로의 신통력에 놀라 동시에 신음 소리를 냈다. 그러나 감탄만 하고 있을 수는 없다. 누가 먼저랄 것도 없이 그들은 상대를 또다시 공격했다. 그렇게 그들은 연이어 공격과 방어를 주고받았다. 하지만 승부는 나지 않는다. 두 영혼의 신통력은 막상막하였다.

"으랏차차"

둘은 황소처럼 서로를 향해 치달았다. 약속이나 한 듯 똑같은 고함을 내질렀다. 그러다가 50m 정도의 거리를 두고 딱 멈춰서서 전투태세를 갖췄다. 다시 장풍 싸움을 재개할 자세를 취했다. 그러나 거기까지였다. 신통력이 바닥나 버렸다. 모든 힘을 쏟아버린 것이다. 똑바로 서 있기 힘들었다. 제대로 서 있지 못한다. 결투 자세를 유지하려다 땅바닥에 나뒹군다. 다리 힘이 풀려 버린 것이다. 그들은 땅 위에 벌러덩 누웠다. 한동안 손가락 하나 까닥 못했다. 그들의 몸뚱이는 멀쩡했지만 몸속의 기력은 다 소진된 상태다. 축 늘어진 두 영혼은 그러나 단념하지 않았다. 그들은 마른 수건을 짜내듯 내부의 신통력을 긁어모은다. 다시 생사를 건 겨루기를 계속할 태세다. 둘은 힘겹게 일어나 싸울 자세를 취한다. 상대에 대한 증오를 내뿜는다.

"남한 영혼, 너 이제 끝장이다. 내 장풍 맛이 어떠냐."

"좋다. 네가 아직 정신 못 차렸구나. 내가 버릇을 고쳐주겠다."

두 영혼은 서로를 무섭게 노려본다. 살기 어린 대치 상태는 오래가지 않았다. 먼저 움직인 것은 북한 영혼이다. 그는 두 손을 허공에서 뱅뱅 돌리면서 남한 영혼을 향해 돌진했다. 사나운 독기를 품은 바람이 남한 영혼의 얼굴에 확 휘몰아친다. 남한 영혼은 가슴이 섬뜩했다.

'아니, 이자에게 아직 공격할 힘이 남아 있었나?'

하지만 그냥 서서 당할 남한 영혼이 아니다. 그는 옆으로 획 비켜 공격을 피하더니 즉시 반격한다. 한 손은 북한 영혼의 가슴을, 다른 한 손으로는 그의 치명적인 급소를 노린다. 두 손이 쇠갈퀴 같은 살기를 내뿜는다.

'아니, 이놈이!'

북한 영혼은 남한 영혼의 위력적인 공격에 소름끼치는 위협을 느꼈다. 거기에 정면으로 맞섰다가는 죽거나 크게 다칠 것을 직감했다. 북한 영혼은 즉시 몸을 날려 옆으로 비켜섰다. 그냥 물러서지 않는다. 땅을 박차면서 비호처럼 남한 영혼을 향해 반격을 시도했다.

"이야압!!"

북한 영혼의 두 발이 쇠 도리깨처럼 빙글빙글 돌며 남한 영혼을 공격한다. 두 발은 강력한 살기를 내뿜으며 돌진해 들어갔다. 그러나 남한 영혼의 솥뚜껑 같은 두 손의 방어벽을 뚫지 못한다.

"퍼퍼버벅."

두 영혼의 초강력 장풍이 허공에서 충돌해 생긴 섬광과 폭발음이 꼬리를 물고 이어진다. 전투가 벌어진 지역 일대는 두 영혼의 싸움으로 온통 폐허가 되어 버렸다. 거대한 바위가 부서져 산산조각 나고 수백 년 묵은 거목이 동강 난 채 나뒹굴었다. 흙먼지가 자욱하게 일어 태양 빛이 흐려졌다. 두 영혼은 사력을 다해 싸우고 또 싸웠다. 두 영혼은 일진일퇴를 거듭하는 싸움을 장시간 벌였지만 승패를 가리지 못했다.

"헉, 헉, 헉."

두 영혼은 기진맥진해 가쁜 숨을 몰아쉰다. 서로를 노려보지만 팔다리는 기운이 빠져 축 늘어져 있다. 두 영혼은 기력이 다한 듯 더 움직이지 못한다. 한참을 버티던 두 영혼이 거의 동시에 한 손을 들어 올렸다. 누가 먼저라고 할 것 없이 동시에 휴전을 제안한 것이다.

"어떠냐?"

"좋다."

"내일까지 휴전하자."

"그래, 내일 다시 붙자."

둘은 단 두 마디로 휴전에 동의했다. 둘 중 하나가 쓸어질 때까지 싸워 결판을 내자고 했지만 그렇게 하지 못하고 하루를 미룬 것이다.

'왜 그 순간 다른 공격 방법을 생각 못 했지? 아, 정말 후회된다.'

'내가 그때 허점을 찔렀으면 끝내는 건데.'

두 영혼은 장시간 결투를 벌이다 아차 실수한 순간을 생각하며 아쉬움에 쉽게 전선을 떠나지 못했다. 둘 가운데 하나만 살아서 돌아가는 것으로 부하들 앞에서 큰소리쳤던 것을 생각하니 얼굴이 화끈거렸다. 두 영혼은 한참 동안 전투 현장에서 서성이다 찝찝한 기분으로 사령부로 돌아왔다.

'어떻게 하지?'

남북한 영혼은 기 싸움으로는 승부가 나지 않을 것으로 보여 고민에 고민을 거듭한다. 이런 상황에서 방법은 한 가지 밖에 없었다. 무기를 들고 싸우는 것이다. 어떤 무기를 쓸까. 두 영혼은 부하들의 물밑 접촉을 통해 칼로 승부를 내기로 했다. 총과 폭약을 쓰기 전에 칼로 1:1 승부를 겨루기로 한 것이다. 두 영혼은 약속한 날 지정된 시간과 장소에서 다시 만났다.

"이번엔 승패를 결판내자."

"좋다. 그건 내가 하고 싶은 말이다."

남북한 영혼은 서로를 노려보며 칼을 뽑아들고 마주섰다. 두 영혼은 이미 모든 것을 각오한 표정이다. 둘 사이에 무서운 살기가 넘친다.

"이얍."

남한 영혼이 먼저 북한 영혼을 향해 칼을 휘둘렀다. 칼 움직임이 어찌 빠른지 어디를 겨누는지 알아보기 어렵다. 북한 영혼은 그러나 번개처럼 몸을 피해 뒤로 물러났다. 하지만 남한 영혼의 칼날이 계속 따라오면서 그의 가슴과 명치 앞을 찌르듯 하더니 어느새 허벅지를 노린다.

"하이야."

북한 영혼도 빛의 속도로 상대의 공격을 털어내면서 칼을 뻗어 남한 영혼의 오른 손목을 자르려 한다.

"쨍강."

두 개의 칼이 부딪치면서 날카로운 쇳소리를 냈다. 칼날에서 번쩍 불똥이 튄다. 두 영혼은 사자와 호랑이처럼 싸운다. 일진일퇴를 거듭한다. 북한 영혼은 상대방의 얼굴을 노려 칼로 치면서 주먹을 내지른다. 남한 영혼도 날렵하게 북한 영혼의 뒷머리 급소와 어깨를 노렸다. 두 영혼의 싸움은 밝은 태양 아래 현란하게 펼쳐졌다. 시퍼렇게 날이 선 두 개의 칼은 오색 무지개 색 섬광을 현란하게 내뿜는다. 둘의 무예는 출중한 최고수의 경지다. 싸움 그 자체가 한 폭의 그림이면서 그것은 살기 어린 처절한 아름다움이었다. 둘은 수십 합을 싸웠다. 시간 가는 줄 모르고 사투를 벌이면서 둘은 점차 숨이 가빠지고 동작이 둔해진다. 목숨을 건 싸움은 여전히 치열하다.

"이야압."

남한 영혼이 공격한다. 그의 칼이 북한 영혼의 어깨를 향해 날카롭게 바람을 갈랐다. 북한 영혼은 피했지만 휘청거리면서 서너 발자국 밀린다. 그 틈을 노려 남한 영혼이 성큼 앞으로 돌진하며 북한 영혼의 어깨를 공격했다.

"쨍강."

두 개의 칼날이 허공에서 부딪쳐 불꽃을 튕긴다.

"너를 이번에는 꼭 꺾고야 말겠다."

"웃기지 마라. 그건 내가 할 소리다."

두 영혼은 전신에 땀이 비 오듯 흘러내린다. 둘은 그렇게 또 수십 합을 더 싸웠다. 그들의 탁월한 신통력과 검술 실력이 점차 바닥을 드러내는가. 몸동작과 칼부림은 더욱 둔해진다. 남북한 영혼은 젖 먹던 힘까지 짜내서 상대를 공격했지만 승부를 내지 못했다. 둘은 허덕거리면서 칼을 지팡이 삼아 버티면서 싸움을 멈춘다. 그러면서 동시에 외쳤다.

"휴전하자."

"휴전하자."

둘은 다시 만나기로 약속한 뒤 또다시 각자 진영으로 돌아갔다. 남북 영혼은 비밀리에 협상을 벌여 더 이상 1:1 대결을 하지 않기로 합의했다. 그러나 향후 어떤 방식으로 대결할 것인지에 대해서는 의견의 일치를 보지 못했다. 남북 영혼이 승부를 가리지 못하자 전선은 더욱 교착상태에 빠진다. 그러나 갑자기 사태가 급박하게 돌아간다. 한반도의 전략적 이익에 눈독을 들이고 있던 미국과 중국, 러시아, 일본이 참전을 결정한 것이다.

"한반도 전쟁을 끝내기 위해 전쟁을 확대하자."

"한반도 평화 정착을 위해 전쟁을 벌이자."

전쟁은 새로운 양상으로 전개된다. 남한과 미국, 일본 영혼이 한 편에 서고 북한과 중국, 러시아가 다른 한편에 가담하면서 3:3 떼거리 싸움과 같은 구도가 형성되었다. 모든 전선에서 전투가 격렬해지면서 참전국들은 모두 강력한 전쟁 기계로 변신했다. 전쟁은 한반도를 넘어 동북아까지 전선이 확대되고 있었다. 전쟁의 불길 속에서 수많은 인명 손실과 재산 피해가 발생하고 있다.

"으랏찻차, 이얍!"

"꽈과광광, 꽈광!!"

남북한과 주변 4대 강국 영혼들은 살기등등하게 한반도 전선에서 맞붙어 싸웠다. 그들은 자신들의 기량과 전투력을 최대한 가동하는 격렬한 전투를 벌였다. 여섯 영혼들은 재래식 무기를 총동원해 상대를 공격했고 또 공격을 당하면서 사상자는 늘어만 갔다. 재래식 무기를 앞세운 전쟁이 우열을 가리기 힘들어지자 미국 영혼 진영에서 핵무기 사용을 검토할 움직임을 보이고 상대 진영의 핵보유국 영혼들도 핵무기로 응징하겠다고 목소리를 높였다. 북한 영혼도 핵무기 카드를 만지작거리면서 어디에 어떻게 핵무기를 사용하느냐를 검토하기 시작했다. 남한 영혼은 북한 영혼에 대한 핵무기 관련 정보를 입수해 미국, 일본 등과 협의에 들어갔다.

"북한 영혼은 두어 가지 대안을 놓고 망설이고 있다."

"북한 영혼이 핵무기를 남한에 사용할 경우 미국의 핵우산이 작동될 것이다."

"한반도에서 핵전쟁이 터지면 북한도 방사능 낙진 등의 피해를 피할 수 없다. 동족 인명 피해 등의 원인을 북한이 제공한 것으로 역사에 기록될 것이다. 원폭 피해자 문제는 두고두고 큰 부담이 될 것이다."

"북한이 미국이나 일본에 사용할 경우 미국이 엄청난 핵무기로 보복할 것이다. 북한은 수십 발의 핵폭탄이 있지만 미국은 사용 가능한 핵폭탄이 8천 발에 가깝다. 미국의 핵 보복이 행해지면 북한 전역이 쑥대밭이 될 것이다."

중간세계가 한반도 핵전쟁 가능성에 촉각을 곤두세우고 핵무기 사용을 자제할 것을 촉구했다. 한반도에서만 핵이 사용된다 해도 그로 인한 방사능 피해가 중국, 러시아, 일본에 미치는 등 환경 파괴가 심각하다는 우려가 제기되었다. 한반도 핵전쟁은 자칫 전 세계 핵전쟁으로 비화되고 중간세계 전체가 괴멸할 가능성이 크다는 우려가 제기되면서 북한의 핵무기 사용 검토

계획이 중단되었다. 한반도 전쟁은 또다시 전 전선에 걸친 소강상태가 장기화되면서 모두가 지쳐갔다. 그런 상황에서 또 다른 심각한 문제가 발생했다. 핵무기 최대 보유국인 미국과 러시아 두 영혼이 전쟁 피로에 지친 나머지 몰래 둘만의 협상을 벌이기 시작한 것이 비극의 시작이었다.

"재래식 무기로 벌이는 지금과 같은 소모전을 지속하는 것은 참전국 모두가 피해를 보는 바보짓이다."

"핵 낙진 등의 피해를 최소화할 수 있는 핵무기로 결판을 내는 것이 어떠냐."

미국과 러시아 영혼 둘은 비밀리에 만나 핵무기가 사용 비용에 비해 가장 효과가 큰 전쟁 수단이라는 점에 의견을 같이 했다. 살상력이 높은 핵무기를 쌓아 놓고도 사용치 않는 것은 어리석은 짓이라면서 재래식 무기로는 전쟁을 끝낼 수 없다는 점에 동의했다. 두 핵 강국이 핵무기를 제한적으로 사용하면 전쟁이 금방 승패가 가려지고 그 이후의 한반도를 포함한 세계는 두 나라 영혼이 요리할 수 있어 공동의 이익이 될 것이라는데 견해가 일치했다. 그러나 거기까지였다. 미국과 러시아 영혼이 피해를 입지 않고 핵무기를 어떻게 사용할 것이냐를 놓고 협상은 더 진행되지 못했다. 둘은 상대에게 아무것도 양보할 생각이 없었던 것이다.

"당신 때문에 협상이 깨진 거야."

"웃기지마라. 협상 결렬의 책임은 당신이 저야 한다니까."

두 영혼들은 협상이 결렬된 데 대한 분노가 치밀어 서로를 노려보면서 외쳤다. 둘은 격한 감정의 포로가 되면서 이성을 잃고 욕설과 저주를 퍼부으며 으르렁거렸다. 육탄전이 벌어지기 직전 미국 영혼이 품에서 벽돌만 한 휴대용 핵무기를 꺼내 흔들면서 러시아 영혼에게 "너 까불면 이것 확 터뜨린다."고 외치며 위협했다. 그러자 러시아 영혼도 비슷한 크기의 핵무기를 바지 주머니에서 꺼내더니 "웃기지 마라. 너 같은 것은 한 방에 보낼 수 있다."고 응수했다. 둘은 핵무기를 들고 서로 성난 짐승처럼 몸을 부딪치면서 힘겨루기를 하다가 그만 서로 바닥에 같이 나뒹굴었다. 그 순간 두 개의 핵무기가 터져버렸다.

"꾸과과광."

천지를 뒤흔든 굉음과 함께 강렬한 섬광이 일었다. 무쇠도 엿가락처럼 녹이고 태산도 날려 버릴 열풍이 몰려온다. 엄청난 고열과 폭풍 속에서 비밀회담장 주변의 생명이 있는 모든 것은 불타 죽어버렸다. 그러나 미국과 러시아 영혼은 살아남았다. 핵폭발의 위력이 잠잠해지자 두 영혼이 옷이 넝마처럼 찢기고 얼굴 등에 상처가 난 채 나타나 서로를 향해 적의를 불태운다.

"이봐. 내 핵무기의 매운 맛이 어떤 것인지 알았지?"

"웃기지 마라. 네게 뜨거운 맛을 더 보여주겠다."

두 영혼은 말을 마치자 조금 더 큰 휴대용 핵무기를 휙 상대방을 향해 던졌다. 엄청난 폭음과 함께 핵폭발이 일어나면서 집채처럼 커다란 바윗돌도 허공에서 휙휙 날아다녔다. 방사능을 머금은 회색 재가 하늘에서 함박눈처럼 쏟아졌다.

"역시 핵폭탄의 위력은 대단해. 더 사용해 볼까."

미국과 러시아 영혼은 무더기로 쌓아 놓은 핵무기 더미 위에 앉아 이번에는 어떤 핵무기로 어디를 까버릴까 살핀다. 둘은 이어 상대를 향해 핵폭탄을 투하한다.

"핵폭탄 선물을 받아라."

"내 핵폭탄 맛은 어떠냐!"

그들은 수없이 많은 휴대용과 전술 핵무기를 던지면서 싸웠다. 그 바람에 중간세계 한반도 일부 지역은 쑥대밭이 되었다. 피폭 지역의 모든 생명체는 죽고 불타 재로 변했다. 극소수 살아남은 생명체는 핵 후유증에 시달리면서 울부짖었다. 피폭의 고통이 너무 심해 차라리 죽여 달라고 외친다. 어디에도 충분한 의료진이나 구호대는 없었다. 의료시설은 물론 사회 기반시설이 완전히 파괴되어 아무것도 남아 있지 않았다. 산자들이 죽은 자를 부러워했다. 그곳은 생지옥보다 훨씬 지독했다. 극소수 피폭자가 유령처럼 폐허를 헤맨다. 높고 낮은 산들은 흔적도 없이 사라지고 그 자리는 황무지가 되었다. 나무 한 그루 성하게 남아 있지 못했다. 피폭 지역은 죽음의 재가 수북이 쌓여 모든 생물체가 사라진 채 향후 수만 년 동안 동식물이 살 수 없는 죽음의 땅이 되었다. 전쟁이 길어질수록 양 진영의 피해도 커진다. 남북 주민들은 자기들의 아버지, 형, 아들, 손자를 죽거나 다치게 한 적진을 원망하고 증오한다.

"북한은 지옥에 가라!"

"남조선은 지상에서 사라져야 한다!"

사상자 수가 많아질수록 적진에 대한 미움과 복수심은 더 커진다. 이런 현상은 남북 다 마찬가지였다. 비극의 한반도는 승자나 패자가 가려지지 않은 채 폐허가 되었다. 그렇지만 총성은 멈추지 않았다. 다들 습관적으로 전투를 벌였다. 전쟁의 승패는 가려지지 않았다. 세월은 또 흘러가고 새로운 시간이 펼쳐진다. 활활 타오르던 전쟁의 불꽃이 점차 약해지기 시작했다. 전쟁에 모두 염증을 내게 되었다. 전쟁은 소강상태에 빠지고 전선의 포성도 점차 작아지고 어느 날 총성이 멈추는 그 날이 왔다.

'남북이 정전협정에 합의했다!'

길고 지독했던 전쟁이 중단됐다. 전쟁이 완전 종식된 것은 아니고 잠시 싸움을 멈추기로 합의한 것이다. 총성이 멈춘 것이 더 많은 무기를 들여와 전력을 강화하는 준비단계인지, 아니면 평화협정으로 가기 위한 숨고르기 인지는 알 수 없었다.

한반도 전쟁 참화의 영상은 여기까지였다. 갑자기 호 낭자 눈앞에서 생생하게 전개되던 중간세계 한반도의 전쟁 동영상이 사라졌다. 호 낭자는 끔찍한 전쟁 피해 잔상에 얼굴을 찡그리며 침묵했다. 한반도의 금수강산이 완전 파괴되고 사람이 살 수 없는 황무지가 된 모습이 눈앞에 어른거려 괴로워한다. 평화 영혼이 충격에서 벗어나지 못하는 호 낭자를 바라보며 말했다.

"어떤가? 전쟁의 참상이. 전쟁은 절대 하면 안 되네. 그것은 너무 참혹해."

"…"

호 낭자는 눈으로 본 영상 속의 참상이 진짜인 것 같아 가슴이 너무 아파 아무 말도 할 수 없었다. 조금 전에 본 그 영상들이 만약 현실이 된다면 웅녀의 후손들이 죽고 다치는 등 엄청난 피해를 입게 된다. 호 낭자는 안타까운 마음에 평화 영혼에게 뭐라 이야기할지 생각이 나지 않았다. 호 낭자가 계속 침묵하자 평화 영혼이 입을 열었다.

"지금까지 전쟁이 얼마나 비극적이고 그리고 비이성적인가 하는 것을 느꼈을 것이야. 그럼 지금부터 평화를 인간세계 한반도에 정착시키는 과정이 어떻게 이뤄질 수 있는지 너에게 보여 주겠다."

말을 마친 평화영혼이 손을 호 낭자의 어깨에 얹고 다시 주문을 외기 시작했다. 호 낭자도 눈을 감고 자세를 바로 한다. 그러자 눈앞에서 생생한 영상이 보이기 시작했다.

*

남북 영혼들은 분단을 평화적인 방식으로 해결하기로 합의하고 노력하기 시작했다. 평화는 모든 분쟁과 갈등을 해결하는 만병통치약이라는 데 의견을 같이 한 것이다.

"우리 평화와 안정을 위해 대화합시다."

"평화적인 방식으로 분단 문제를 해결합시다."

총을 내려놓은 남북 영혼들은 평화 협상, 비핵화 협상, 불가침 조약 등을 제안했고 공식 대표단의 협상이 시작되었다. 북한과 남한 간에 모든 분야의 교류협력을 추진하기 위한 대화 테이블이 마련되었다. 남북 영혼들은 평화통일만이 민족의 번영과 행복을 약속하는 유일한 길이라고 강조했다. 평화통일은 민족의 숙원이라면서 통일의 그 날을 위해 힘껏 노력하자고 외쳤다. 남북 영혼들은 우선 평화통일의 추진 방식과 통일의 효과에 대해 집중 논의해 다음과 같이 합의했다.

"남북이 통일을 이루기 위해 서로 합의하고 구체적으로 실천해야 한다. 그것이 이루어진다면 그것은 세계적인 대 사건이 될 것이다. 평화적 통일이 이루어진다면 그것은 일거에 달성되기보다 단계적, 점진적으로 추진될 가능성이 크다. 우려되는 통일의 후유증을 최소화하는 것은 물론 통일의 생산성을 최대한 높이기 위해서도 단계적인 방식이 가장 효율적이다. 남북이 오랜 협상과 타협의 단계를 거쳐 평화통일을 한다면 경제, 사회,

문화적 교류의 활성화를 통해 비정치 분야의 실질적인 통합을 이룬 뒤에 정부 간 부분 통합을 추진할 가능성이 높다.

통일 한반도는 정치적으로 "인간 개개인의 존엄성"을 최고의 가치로 존중하며, 투표권과 참정권, 정부 선택권 등의 제 권리를 보장한다. 7천만 민족구성원 모두가 주인이 되며, 개개인의 자유·복지·인간 존엄성이 보장되는 선진 민주국가가 된다. 경제적으로 자유로운 경제활동을 보장하는 경제체제의 원리에 바탕을 둔 민주주의가 민족의 번영과 발전, 그리고 민족구성원 개개인의 행복을 가져다줄 것이다. 통일 한반도는 세계 경제 대국으로 발돋움하게 될 것이며, 동북아지역 경제권의 중심국으로 활동하게 된다.

통일 한반도는 동북아에서 한반도가 갖는 지리적 이점과 고도화된 과학기술을 바탕으로 아시아·태평양 시대의 경제 중심국으로 부상하게 될 것이다. 문화적으로는 전통문화를 세계적 차원으로 보편화시키고 전파시키는 문화 선진국이 될 것이다. 통일 한반도에서는 남과 북으로 갈라져 각자 독자적 논리로 발전시킨 민족 정체성을 하나로 통합해 새로운 민족문화의 재확립과 발전을 이룩할 것이다.

국제적으로는 동북아지역의 평화를 위협하는 대결상태를 해소함으로써 동북아의 번영과 발전의 기반을 구축하게 된다. 나아가 통일 한반도는 단절되었던 동북아 교통의 축을 이어줌으로써 동북아 국가들의 경쟁력 제고에 기여하게 될 것이다. 통일 한반도는 서북으로는 중국, 동북으로는 러시아, 동으로는 일본과 미국, 남으로는 동남아와 오세아니아를 연결함으로써 동북아 지역발전에 기여하면서 아시아·태평양 시대의 진정한 중심 국가로 활동하게 될 것이다."

남북한영혼은 평화통일 추진을 위한 로드맵을 확정한데 이어 평화통일이 얼마나 생산적인가에 대한 비전 자료를 공동으로 작성해 다음과 같이 낭독했다.

"통일이 된다는 것은 무엇을 의미하는가? 둘로 갈린 민족이 하나가 된다는 것만이 아닌 우리의 머리로 상상키 힘든 크고 작은 일들을 만들어 나가는 것이다. 통일이 되기 전과 통일이 된 뒤의 차이는 아마도 하늘과 땅 차이만큼 클 것이다. 정치 이념과 제도가 다르고, 그래서 생활환경이 크게 다른 두 체제가 평화적인 방식으로 하나로 합쳐진다는 것이 말이 쉽지 그 얼마나 어려운 일인가.

두 개의 정부가 하나로 된다는 것은 우선 남북한 정부조직에 몸담았던 사람들에게는 누리던 자리가 한 개 준다는 것을 의미한다. 평화적인 방식으로 경제적, 사회적 차이를 뛰어넘어 하나가 되는 것은 쉽지 않지만 정말 가치 있는 작업이다. 인간이란 태어나면서부터 남을 정복하거나 지배하고 싶어 하며 혼자 독식하려는 동물적인 면을 지니고 있기 때문이다.

적대적인 관계 속에 살기등등하게 대치해 온 남북이 하나가 되어 형제의 정을 나누고 더불어 사는 공동체를 만들어 가기로 한 것은 인류 평화사에 길이 남을 영웅적 대 사건이 된다. 총뿌리를 겨누었던 상대끼리 악수하고 평화 속에 공존하자고 합의함에 따라 남북을 가로막던 온갖 물리적 장벽은 역사 속으로 사라진다. 한반도 주변 강대국들은 한반도를 더 이상 열강들이 힘겨루기를 하는 각축장으로 여기지 않게 된다. 동북아의 거인으로 떠오른 한반도에 존경심을 품게 될 것이다. 한반도가 하나의 국가 하나의 국호, 하나의 정부를 가지게 될 것이다. 단일 법체계, 군대와 행정조직이 존재하면서, 한민족 전체는 통일 한반도의 국민이 되어 완전한 권리를 행사하게 된다.

분단 이후, 과거 불가피했던 이념 대립의 비극성과 그런 대립을 통일로 끝맺음한 데 대한 자긍심이 대단하리라. 민족 대 화합을 달성하기 위한 노력이 정당한 평가를 받으면서 이를 위한 엄청난 에너지가 분출할 것이다. 남북 두 체제는 분단을 청산하는 과정에서 냉철한 자기반성과 상대방의 체제에 대한 인정 등을 통해 역사청산 작업에 박차를 가할 것이다. 남과 북이 대립과 반목의 시대를 청산하고 재결합을 통해 민족의 역량을 단순한 1+1=2가 아닌 그 합이 10이나 20이 되는 기적이 이뤄질 수 있다는 것을 모두 확인할 것이다.

통일이 되기 전과 통일이 된 뒤의 차이는 하늘과 땅 차이만큼 클 것이다. 통일이 된 한반도는 남북한으로 갈라져 있을 때보다 훨씬 크고 강한 나라가 될 것이다. 서로 으르렁대면서 싸우던 남북이 하나가 되어 형제의 정을 나면서 사이좋게 같이 살아가기로 한 것은 전 세계 사람들이 칭송할 영웅적인 일이다.

통일의 그 날, 남북은 통일이 되었다는 것을 스스로 축하하고, 그리고 전 세계에 알리기 위해 통일 한반도의 수도에서 외국의 대표들을 불러 모아 정말 값지고 장엄한 잔치를 베풀어 기쁨을 같이 나눌 것이다. 그와 함께 우리의 조상들에게 우리가 더 이상 둘로 갈라져 살지 않게 되었다고 알려드려야 할 것이다. 분단 속에서 고통당했던 많은 사람과 통일을 위해 몸을 던져 노력했던 많은 사람들을 기리는 행사도 엄숙하게 거행해야 한다. 통일이 되면 남북한으로 나뉘어 살던 사람들은 서로 오갈 수 없었던 남북한 땅 이곳저곳을 구경하고, 헤어져 살던 동포들과 만나 어울려 덩실덩실 춤을 출 것이다. 그래서 삼천리 금수강산이 얼마나 아름답고 살기 좋은 곳인지 확인할 수 있을 것이다."

평화통일이 이뤄진다면 천지개벽과 같은 변화가 가능하다고 소개한 동영상은 한반도의 이곳저곳과 한민족의 행복하고 활기찬 모습을 소개하면서 끝이 났다. 호 낭자가 흐뭇한 표정이 되어 박수를 치면서 좋아하는 모습을 본 평화 영혼이 "한반도가 평화롭게 되는 것에서 평화가 얼마나 값지고 소중한 것인지 알았겠지?"라고 묻는다. 호 낭자가 가슴속을 훈훈하게 해 준 동영상의 여운을 즐기면서 "예, 잘 알겠습니다. 저도 한반도에 평화가 정착하도록 저도 노력하겠습니다."라고 답했다. 그러자 평화 영혼이 "그렇지, 그래야 하는 거야. 전쟁은 절대 안 돼."라고 기분 좋은 목소리로 말했다.

4

남북 영혼과 인간

그때였다. 둘이 있던 방의 출입문이 "콰당!" 소리를 내면서 거칠게 열린다. 이어 누군가 사나운 기세로 뛰어 들어오면서 외쳤다.

"무슨 짓이야! 둘이서 몰래 무슨 짓거리를 하고 있는 거야?"

고함을 지른 주인공은 전쟁 영혼이었다. 그는 성난 얼굴로 방안으로 뛰어 들어와 길길이 고함을 지른다.

"조금 전 광장에서 여섯 영혼들이 패싸움을 열심히 하고 있는데 왜 그것을 중단시키나? 그건 내 영업을 방해하는 거야. 전쟁과 싸움은 많을수록 좋다니까. 왜 그것을 갑자기 중단시키는 엉터리 짓을 하느냐고?"

전쟁 영혼은 '남북한과 외세 영혼들이 사는 곳'에서 벌어진 패싸움을 평화 영혼이 중단시킨 것에 분통을 터뜨리고 있었다. 평화 영혼은 아무 말도 하지 않은 채 멋쩍은 표정을 지으며 입맛을 쩍쩍 다신다. 전쟁 영혼은 호 낭자가 평화 영혼과 같이 있는 것을 보더니 손가락질을 하면서 고함을 지른다.

"호랑이 주제에 여섯 영혼의 패싸움에 개입하려 시도하다니 이런 해괴한 일이 있을 수가 있나. 넌 거기에 끼어들면 안 되는 거야. 내가 공을 들여 남북한과 4강 영혼들이 한 판 붙고 있는데 네가 개밥에 도토리처럼 끼어들어 훼방을 놓은 거야."

"아니, 전 환웅천왕님의 지침에 따라 인간세계 한반도 평화통일에 도움이 되는 일을 하려고 한 것뿐입니다."

호 낭자는 자신의 행동이 떳떳했다는 것을 밝히려고 큰 소리로 말했다. 그러자 전쟁 영혼이 더욱 화를 내면서 큰 소리를 지른다.

"평화통일? 어떻게 하는 것이 평화통일인데? 전쟁이 통일의 지름길이야. 평화로는 절대 안 되는 거야. 그러니까 평화 영혼이 지금처럼 엉터리 짓을 하고 너를 몰래 이곳에 데려와 의식화 교육을 시키는 거라고."

"예, 예?"

전쟁 영혼은 평화 영혼이 호 낭자를 자기 처소에 데리고 와 전쟁의 파괴성과 평화의 유익함에 대해 여러 가지 사례를 들어 알려준 것을 비판하고 나선다. 호 낭자가 평화 영혼을 바라보니 별다른 표정 없이 앉아 있을 뿐이다. 전쟁 영혼이 평화 영혼에게 삿대질을 하면서 호통을 친다.

"평화 영혼 자네 말이야. 나하고는 항상 같이 다녀야 하는 건데 그 중요한 원칙을 깨뜨린 거야. 호 낭자에게 평화만이 좋단는 식의 일방적인 사실만 알려준 것도 문제야. 그렇게 하면 안 돼. 그건 우주의 관행에 어긋나는 거야."

전쟁 영혼은 평화 영혼에게 둘은 한 몸처럼 붙어 지내야 하고 행동도 그렇게 해야 하는 원칙을 평화 영혼이 깬 것을 비판했다. 평화 영혼은 "그야, 뭐 어쩌다 보니..."라면서 말을 흐린다. 전쟁 영혼은 그런 모습에 한참 더 비판을 가한 뒤 호 낭자를 보면서 말했다.

"이왕 이렇게 되었으니 균형을 맞추기 위해 지금부터 내가 호 낭자 너에게 평화와 전쟁, 전쟁과 평화의 관계에 대해 알려주겠다. 그래야 네가 균형 잡힌 지식을 가질 수 있을 게다. 평화 영혼에게서 들었던 것과 지금 내가 말하는 것을 잘 새겨들어야 네가 환웅천왕의 시험에 통과할 수 있을 거야. 우주에서는 어느 한쪽에 치우쳐서는 될 일도 안 된다는 것을 알아라."

"..."

호 낭자가 아무 말도 하지 않자 전쟁 영혼이 평화 영혼에게 "내가 호 낭자를 교육시킬 동안 자네는 침묵하고 앉아 있게. 알았지?"라고 말하자 평화 영혼이 "알았어."라고 짧게 대답하고 눈을 감아 버린다. 전쟁 영혼에게 너 하고 싶은 데로 하라는 의사표시였다.

전쟁 영혼은 평화 영혼에게 한 마디 더 해 쐐기를 박는다.

"호 낭자에게 자네가 교육한 시간만큼 나도 할 테니까 그 동안 입 다물고 앉아 있어. 하고 싶은 말이 있으면 나 끝난 다음에 하라고."

"알았다니까."

평화 영혼이 조금 짜증스럽게 말하자 전쟁 영혼이 만족한 표정으로 호 낭자에게 시선을 돌리며 입을 열었다.

"자, 이제 시작하자. 어디부터 할까? 그래 조금 전 평화 영혼이 전쟁의 파괴적인 측면을 얘기했으니 나는 반대편에 대해 말해 주겠다. 전쟁의 여러 의미는 호 낭자 자네를 처음 만났을 때 나하고 평화 영혼이 말싸움 하는 식으로 들려준 적이 있는데 그때 말한 것을 자세히 설명하는 것도 포함되겠다. 그러면 어떤 식으로 할까? 그렇지, 호 낭자 자네가 그토록 되고 싶어 하는 인간의 경우를 들어 설명해 주겠다."

"예, 그러시지요."

"들어 봐, 인간이란 원래 지구에 갇혀서 지구가 전부인 양 여기고 살아온 존재야. 지구 밖은 상상도 못했는데 이제 우주 탐험이다, 우주 식민지다 하는 말을 하고 노력 중이야. 굉장한 일이지. 엄청난 진화야. 그럼 인간이 이 정도 진화한 가장 핵심적인 이유가 뭔지 알겠어? 미개하던 인간이 미지의 세계 우주에 대한 비밀을 파악하게 된 결정적인 계기가 무언지 알고 있어?"

"열심히 노력한 덕분이겠지요."

"노력은 당연히 했지. 노력은 우주에서 기본 중에 기본이야. 그것 없이는 아무것도 되는 것이 없어. 하지만 어떻게 노력할 것이냐, 이게 중요하단 말씀이야. 그것은 전쟁을 통해 노력하는 거야. 그게 최선이야. 그건 몰랐지? 다시 인간의 우주 탐사 이야기로 돌아가지. 그것이 왜 가능했느냐? 그건 전쟁 통에 개발된 거야. 인간들이 2차 세계대전을 하면서 독일이 로켓을 개발해 마구 쏴댔잖아. 그때 무기로 썼던 로켓이 우주 탐사 로켓으로 개발된 것이고 그 덕에 우주 탐사를 5% 정도라도 하게 된 거야."

"…"

"지구에서 평화 시대만 지속되었어 봐. 인간이 우주 탐사를 할 능력을 개발했겠어? 아니지. 인간은 평화 속에서는 엉뚱한 생각을 하거나 게으름을 피우느라 아무것도 하지 않는 동물이야. 인간은 역시 전쟁을 해야 뭔가 새로운 단계로 과학이 발전하고 그것이 엄청난 결과를 가져온다니까. 인간은 전쟁과 같은 긴박한 상황이 되면 별짓을 다 하지. 평화 시보다 몇십 배, 몇백 배의 노력을 하지. 그러다 보니 로켓을 만들고 핵무기도 만드는 거야."

전쟁 영혼의 말을 듣던 호 낭자는 가만히 침묵을 지켜서는 안 될 것 같았다. 평화 영혼에게 들은 지식도 있고 스스로 신통력을 통해 파악한 여러 사실에 비춰 볼 때 전쟁 영혼의 논리가 문제가 있었기 때문이다. 그래서 전쟁 영혼이 무슨 말을 하려 하자 급히 제지하고 입을 열었다.

"너무 그런 식으로 몰아가면 안 될 것 같은데요. 전쟁 무기가 하나의 출발점이 되었을지는 몰라도 긴 세월 동안 우주 개발에 인간이 전력할 수 있었던 것은 전쟁이 끝나고 평화가 유지되었기 때문이라니까요. 만약 전쟁을 계속했다고 가정해 봐요. 언제 우주를 탐사하겠어요?"

호 낭자가 반론을 제기하는 동안 전쟁 영혼은 묵묵히 경청한다. 호 낭자가 말을 끝내자 천연덕스럽게 입을 열었다.

"자네, 중요한 것을 알고 있군. 그래, 그것도 좋은 의견이야. 그런 점은 인정하지. 하지만 내 말 더 들어 봐. 전쟁이 너무 중요한 거야. 전쟁 없이는 평화가 없어. 예를 들어 볼까, 전쟁을 준비하는데 발명된 무기가 전쟁을 억제하는 거야. 핵무기를 한 번 보자고. 인간들이 냉전시대를 거치면서 인류가 몇 번 멸망하고도 남을 핵무기를 개발한 뒤 어떻게 하고 있지? 핵전쟁을 하지 않는 거야. 그 핵무기를 다 터뜨리면 인류는 멸망하기 때문이지."

"…"

"그런 사실을 깨달은 인간들이 각성을 해가지고 핵무기를 감축하고 전쟁은 하지 말자고 했잖아. 전쟁의 공포가 전쟁을 막는 거고 평화를 가져왔다니까. 핵전쟁은 인류는 물론 지구상의 모든 생물체를 몽땅 전멸시킬 것이 분명하니까, 전쟁을 기피하게 된 것이잖아. 그런데 핵무기가 사용되지 않는다는 점이 확실하면서 생긴 평화 속에서 인간은 어떻게 했지? 인간들은 테러도 하고 테러와의 전쟁도 하는 것처럼 서로 죽고 죽이는 일을 멈추지 않아. 엄청 강력한 무기나 무시무시한 전쟁의 공포가 인간을 현명하게 만들고 평화를 소중하게 여기게 만든다니까. 호 낭자, 내 말을 어떻게 생각해?"

"…"

"무슨 말인지 모르겠어? 이해가 안 돼? 내가 다시 쉽게 설명해주지. 인간은 평화스러우면 전쟁을 생각하는 동물이라는 거야. 인간이란 등 따뜻하고 배가 불러 평화가 넘치게 되면 그것을 지겨워하게 된다고. 즉 전쟁의 욕구에 시달리고 그렇게 되면 남의 떡이 크게 보이기 시작하지. 그래서 인간은 평화 시기에 침략 전쟁의 준비를 하는 거야. 전쟁과 같은 상황은 인간에게만 해당하는 것은 아니지. 우주도 마찬가지야. 자네도 신들의 전쟁이라는 말 들어봤잖아. 신들도 폭력을 행사하고 전쟁도 해. 왜 그렇게 됐겠어?"

"모르겠는데요."

"자네가 알 턱이 없지. 내가 설명해 주지. 우주가 어떻게 생겼느냐? 대폭발, 즉 빅뱅이 발생하면서 우주가 생겼다는 거야. 우주도 폭발이라고 하는 평화와는 거리가 먼 상황에서 생성이 된

건데 이건 말이야. 신들이 전쟁과 같은 상황에 처해서 폭발을 일으킨 것은 아닐까, 생각하고 있어. 신들이 평화로운 상황에서 갑자기 폭발을 일으킨다? 이런 건 상상할 수 없잖아. 우주가 생긴 폭발은 어마어마해서 종래의 것을 파괴하는 과정을 생략할 수 없었을 거란 말씀이야. 이러니 우주가 생기기 이전에도 신들의 전쟁이 있었다는 가정이 성립된다고 할 수 있지. 신들의 전쟁이 있어서 대폭발이 일어나고 우주가 생성되면서 자네나 내가 이렇게 마주 앉아 대화할 수 있는 거야."

"꼭 그런 것 같지는 않은데요. 우주가 폭발에 의해 생겼다 해도 오랜 세월 동안 또 다른 폭발은 없었고 평화가 지속되니까 우리 모두가 존재할 수 있는 것 아닙니까?"

호 낭자가 전쟁 영혼의 논리를 반박하자 전쟁 영혼은 그런 말 할 줄 알았다는 표정으로 말했다.

"그렇기는 하지. 그러나 그런 상상은 적절치 않은 측면이 있어요. 즉 우리가 존재하는 우주 속에서 보면 자네의 상상이 맞을 수도 있지. 하지만 우리가 우주 밖의 상황은 모르잖아. 무슨 말인고 하니, 우주 밖에서 지금도 신들의 전쟁이 벌어지고 있을지 알 수 없다는 거야. 만약 그렇다면 오늘날에도 계속 다른 우주가 생기고 있다고 상상할 수 있지. 그렇다면 우주 본질 가운데 가장 중요한 것은 폭발이라 할 수 있지 않을까? 자네, 어떻게 생각하나?"

"그런 질문에 누가 답변할 수 있겠어요?"

호 낭자가 어처구니없다는 표정으로 대답하자 전쟁 영혼이 그럴 줄 알았다며 말을 계속했다.

"당연히 자네가 모르겠지. 그건 그렇고, 우리가 살고 있는 우주를 볼 때 우주의 종말은 무엇일까? 그 종말이 평화로운 것일까, 아니면 전쟁과 같은 파괴적인 것일까? 지금 우주는 137억 광년 동안 팽창했는데 지금도 우주 맨 끝부분은 빛보다 빠른 속도로 팽창하고 있지. 그럼 영원히 팽창하나? 그래서 지금과 같은 평온한 우주가 영원히 유지될까? 아니면 어떻게 될까, 자네 그것 알고 있나?"

"…"

"아무 말 하지 않는 것 보니 알고 있구만. 아직 확실치 않지만 어쨌든 우주는 현재와 같지 않을 것인데 그것이 파괴적인 형태가 될 거라는 거야. 예측해 보면, 우주는 결국 스스로 붕괴를 일으켜 완전히 소멸하거나, 우주 팽창 속도가 더 빨라져 모든 물질이 찢겨져 종말을 맞거나, 우주 팽창에 따라 원자를 포함한 모든 것들이 붕괴할 가능성이 있다는 것이지. 이걸 보면 모든 생성은 파괴와 소멸로 가는 거야. 여기에 예외는 없어."

"…"

"자네나 나도 언젠가는 이 우주에서 깡그리 없어지는 거야. 우주 속의 모든 것은 생성소멸의 과정을 꼭 거치게 되어 있어.

이러니 전쟁이나 파괴가 얼마나 중요한지 알 수 있는 거야. 우주만 보아도 그 시작과 끝은 평화와는 거리가 멀어. 파괴적이고 전쟁과 엇비슷하단 말씀이야. 이 점을 명심하란 말이야."

전쟁 영혼이 말을 마치는 듯하자 호 낭자가 입을 열었다.

"인간의 역사에서 전쟁과 평화를 보면 전쟁의 기간보다 평화의 기간이 더 길잖아요. 설령 전쟁과 같은 파괴가 우주에서 매우 중요하다고 해도 평화 속에서 유지되는 기간이 엄청 길다는 점은 중요하지 않습니까?"

"그런 생각을 할 수도 있지. 하지만 여러 각도에서 보아야 해. 다시 전쟁과 인간의 관계를 보자고. 전쟁은 싸우면서 파괴하고 적을 죽이려는 인간의 본성에서 비롯된 거 아니야? 인간의 역사는 전쟁의 역사라 하지 않아? 우주 속의 한 점에 불과한 지구에서 사는, 더 작은 점들인 인간이 전쟁을 일으키는 본성을 지니고 있다는 것은 중요한 거야. 전쟁은 인간의 숙명이라는 거지. 우주의 속성에 의해 유전자 속에 내재된 것이지. 우주 속에 존재하는 모든 것은 우주의 법칙이라는 한계를 벗어나지 못한다니까. 그래서 인간이 전쟁을 피할 수 없다는 거에요."

"…"

"우주의 존재 이유가 뭐냐? 그것은 언젠가 소멸한다는 목적을 위한 것이다, 이것이 해답이야. 삼라만상은 생성소멸의 과정을 거치고 우주도 예외가 아니지. 소멸과 생성은 어느 것이 먼저냐 할 때 닭과 계란의 비유를 들기도 하지만, 영원히 무로 돌아가는 것이 최종 단계라 이 말이지. 호 낭자가 그렇게 부러워하는 인간도 마찬가지야. 태어나서 죽는 과정을 거듭하지만 결국 우주의 소멸과 함께 영원히 무로 돌아가는 존재에 불과해."

"너무 비관적으로 말씀하십니다. 좀 긍정적으로 말씀해 주실 수 없어요?"

호 낭자가 가슴이 답답해져서 전쟁 영혼에게 짜증스럽게 말했다. 그러나 전쟁 영혼은 그 말이 와 닿지 않는지 천연덕스럽게 말을 계속했다.

"우주에는 긍정과 부정이 따로 존재하지 않아. 그것은 뒤섞여 있지. 이 점을 명심해야 돼. 어느 한쪽에 치우치는 것은 바보짓이야."

"우주가 파괴적인 과정을 거쳐 소멸하고 무로 돌아간다 하는데 그 무로 돌아간 이후의 우주가 어떻게 될 것이냐, 이것을 누가 알 수 있습니까? 당연히 모르죠. 그러니 최종적인 미래에 대해서 아직 해답이 없다고 해야 할 것입니다. 파괴니, 전쟁이니 하는 것을 최종적인 것으로 볼 수는 없을 것입니다. 안 그래요?"

"그, 그야 누가 그것을 알겠어?"

전쟁 영혼이 호 낭자의 질문에 말문이 막히면서 당황한 표정을 짓는다. 전혀 예상치 못한 상황에서 반격을 당한 것이다. 호 낭자가 그 모습을 보면서 말을 계속했다.

"우주의 궁극적인 미래를 찾는 것도 진리를 찾는 작업의 하나일 것입니다. 한반도 미래를 탐구하는 것도 마찬가지이지요. 진리는 불멸의 가치와 의미를 지니고 있으니 말입니다. 진리는 참된 이치. 또는 참된 도리이고 그것은 언제 어디서나 누구든지 승인할 수 있는 보편적인 법칙이나 사실입니다. 진리는 인간이 쓰는 단어 가운데 엄숙하고 진지한 느낌을 주는 단어가 아닌가요?"

"그래, 과연 그럴까?"

전쟁 영혼은 호 낭자의 말에 엷은 비웃음을 흘리면서 퉁명스럽게 반문했다. 이어 호 낭자의 말을 인정키 어렵다는 표정으로 말했다.

"세상은 하나지만 그것을 바라보는 시선은 여러 가지고 세상을 해석하는 것도 마찬가지야. 어떤 경우 동일한 것에 대해 정반대로 해석하기도 하지. 세상을 보는 시각만이 아니라 진리, 또는 진실이 무엇이냐에 대해서도 생각이 다르다는 것은 상식이라고. 진리, 진실이라는 말에는 신뢰와 믿음을 불러일으키는 신통력이 있다 해도 그 내용에 대해서는 신중히 판단해야 하지. 진리는 잡다한 작은 지식이나 이치들을 다 품에 안을 수 있는 큰 그릇과 같은 거야. 물론 그런 진리도 시시각각 변하기 때문에 계속 진리 탐구의 자세를 가져야 해. 한번 진리를 깨달았다 해도 그 진리는 시간이 지나면서 빛이 바래기 때문에 변화

된 새로운 진리를 찾기 위해 용맹 정진해야 한다니까."

"..."

"내가 쉽게 예를 들어주지. 평화를 사랑하라는 진리와 전쟁터를 지배하는 진리는 정 반대야. 평화는 서로 사랑하고 도와주면서 더불어 행복하게 사는 것을 목표로 하지. 하지만 전쟁터에서는 수단과 방법을 가리지 않고 적을 죽이는 논리가 진리야. 독실한 종교인, 평화주의자라 해도 징집되어 전쟁터에 투입되면 살아남기 위해 적군을 죽이는 일에만 열중하게 되는 것이지. 총탄이 쏟아지고 죽이고 죽는 전쟁터의 논리에 갇혀 가장 잔인하고 비이성적인 진리의 노예가 되어 버린다니까. 인간은 평화와 전쟁에 필요한 진리들, 그러니까 정반대의 진리를 한 몸에 지니고 살아야 하는 기묘한 동물이야. 인간은 필요에 따라 평화의 진리를 신봉하거나 전쟁의 진리를 실천해야 하는, 모순에 가득 찬 그런 존재라고."

"..."

"진리라는 것이 얼마나 위선적인 것인가 하는 사례를 하나 들려주지. 인간의 전쟁에서 전승국은 전쟁 범죄에 대한 일체의 책임을 지지 않는 것이 불문율이 되어 있지. 파괴도 큰 파괴를 하는 쪽이 정의야. 이런 관행은 아마 없어지기는커녕 지속될 가능성이 커. 인간이 체질적으로 전쟁을 좋아하기 때문이지. 전쟁을 벌이는 국가가 경쟁적으로 벌이는 집단 살해 행위인 전면전이 지구에서 중단될 가능성은 지금은 거의 없지."

"그래도 다수가 지지하는 진리를 찾아 실천하기 위해 노력해야 하는 것 아닙니까?"

"말이야 옳지. 하지만 현실은 그렇게 하기 쉽지 않아. 전쟁의 반대편에 평화가 있다고 하지만 평화가 여러 종류가 있듯이 전쟁도 마찬가지야. 전쟁은 총칼로 싸우는 것으로 다들 알고 있지만 그렇지 않아. 세 치 혀로 싸우는 심리전도 전쟁이야. 인간들은 무력을 동원하여 치열하게 싸우는 전쟁을 열전(Hot War)이라 하고 군사적 충돌이 없이 말이나 무역전쟁 등의 방법으로 벌이는 총성 없는 전쟁을 냉전(Cold War)이라고 하지."

"..."

"인간은 머리가 좋아서 전쟁도 열전과 냉전, 두 개로 나눠서 할 줄 안다니까. 이것을 보면 인간이 전쟁을 얼마나 좋아하는지 한눈에 들어나는 거야. 총칼로 죽이는 열전의 역할은 앞서 충분히 설명해 주었으니 이제 냉전을 한번 살펴보자고. 열전과 냉전을 비교할 때, 흔한 말로 칼은 눈앞의 적만을 죽이지만 세 치 혀나 글은 수천 리 떨어진 적을 죽인다고 표현하기도 하잖아. 인간의 전쟁에서 총칼만이 아닌 세 치 혀가 무서운 무기가 되고 있다는 것은 상식인데, 말로 하는 싸움이 얼마나 지독한가 하는 것을 남북한영혼의 사례를 통해 살펴보자고."

전쟁 영혼이 말을 마치고 호 낭자의 어깨에 손을 얹는다. 그러자 호 낭자의 눈앞에 중간세계 남북한영혼이 말싸움을 통해 심리전을 보이는 동영상이 떠올랐다. 그것은 너무도 생생해 바로 눈앞에서 벌어지는 것 같았다.

"파방!"

"피지지직~"

중간세계 한반도 군사분계선 지역 상공에서 사상·이념 전이 불꽃을 튕기며 진행된다. 대형 풍선에 상대진영 비방 삐라와 usb메모리, 주요 생필품을 넣어 날려 보내고 확성기 방송을 24시간 틀어댄다. 이런 전통적인 방식 외에 첨단 기법도 동원되고 있다. 서울과 평양 지휘부는 새로 개발한 사상·이념 전파를 발사한다. 이 전파는 수만 볼트 이상의 강 전기를 띄고 있어 엄청난 전파력과 감염력을 지니고 있다. 거기에 스치기만 해도 웬만한 귀신은 철저히 세뇌되거나 광신도처럼 사상·이념의 노예가 된다. 두 진영에서 발사되는 사상·이념 전파의 강도는 비슷해도 그 내용은 서로 달랐다. 각 진영의 핵심사상이 그 전파 속에 담긴 것이다. 남북영혼은 사상·이념 전파 제조 공장에 특명을 내려 상대방의 사상과 이념을 개조시켜 철저한 추종자로 만드는 최첨단 전파를 개발토록 지시했고 지금 그것을 실전에 사용하고 있는 것이다.

"파바바방~"

"뿌지직!"

남북영혼은 사상·이념 전을 진두지휘하느라 진땀을 흘린다. 그것은 한반도 분단 이후 끊이지 않고 지속된 남북 사상·이념 전쟁의 확대판이다. 한반도 분쟁의 본질이 사상·이념대결에서 비롯된 측면도 있어 비폭력 전투는 초반부터 활기를 띠었다. 남북영혼은 혼신의 힘을 다해 싸움에 임했다. 두 영혼은 상대방에게 치명적인 약점이 된다고 판단한 사상과 이념을 전파시킬 최첨단 무기를 DMZ 상공으로 쏘아 올렸다.

"자본주의 풍요탄 발사"

"사회주의 평등탄 발사"

남북영혼은 사상과 이념이 민족에 앞선다는 굳은 신념으로 상대의 사상·이념을 약화시키고 분쇄하기 위해 사력을 다한다. 같은 민족이래서 정치사상과 이념이 다른 것을 더 잘 확인할 수 있어 편리했다. 언어가 다르면 상대가 무슨 생각을 하는지 이해하기 힘들거나 자기의 생각을 전달하기 힘들다. 같은 민족, 같은 언어라서 그것은 식은 죽 먹기다. 사상·이념 탄 대량 제조도 매우 쉬워 장시간 치열한 교전이 가능했다. 공중에서는 사상·이념 탄이 쏟아내는 구호와 노래 등이 상대진영을 향해 쏟아진다.

"미국에 예속된 비자주적 정권아, 창피한 줄을 알아라!"

"웃기지마라. 자손대대로 정권을 세습하는 현대판 왕국이 말이나 되는 소리냐."

"1%의 탐욕 속에 99%가 깡통 찬 거지꼴인 재벌 천국, 자살 챔피언 국가, 이혼 일등 국가를 규탄한다."

"배곯아 굶어 죽는 게 사회주의 낙원, 노동자 천국이냐. 주민의 눈과 귀를 막는 독재국가, 언론자유 없는 인권 유린 국가."

"국가보안법으로 통일운동 탄압하는 파쇼독재국가."

"야당 하나 없는 노동당 독재, 탈북자 처형하는 독재국가."

"연방제 통일 만세."

"민족공동체 통일 만만세. 단계적 통일 만세."

"미군 철수, 평화협정 체결."

"핵무기 철폐, 남침 야욕 버려라."

남북영혼은 사상·이념이 다른 동족의 가슴을 향해 증오와 불신의 화살을 꽂는 전파를 쏟아 붇는다. 상대를 정신적으로 박살내면 승리를 쟁취한다는 확신으로 사력을 다한다. 한반도 출신이 아닌 영혼들이 듣기가 민망하다. 거칠고 야만스런 사상·이념전이 끝없이 이어진다.

"으아악"

"아이구, 나 죽네."

남북한귀신들이 상대진영이 쏜 사상·이념 탄에 치명상을 입거나 산송장이 되어 나뒹군다. 적과 내통하면서 암약하는 내부의 적을 색출, 파괴하는 작업도 동시에 벌인다. 같은 편이지만 이간책과 분열책으로 치명상을 입혀 중간세계의 황무지를 방황하는 원귀로 만들기도 한다. 인간이 그런 것처럼 영혼이나 귀신들도 감정을 가진 존재라서 그런가. 상대방에게서 쏟아진 사상·이념 탄에 가격당하면 총칼에 당한 것보다 더 지독한 고통 속에 죽어간다. 시간이 흐르면서 사상·이념전은 피아를 가리지 않는 전방위 전으로 전개된다. 남북영혼은 서로를 향해 쏘아댄 사상·이념 탄을 자기 진영의 내부 반대세력을 제거하는 무기로 적극 활용한다. 그들은 한때 자기편이었다가 정치적 입장이 달라 갈라선 옛 동지 영혼이나 귀신들도 사상·이념 탄으로 상처를 입혀 반신불수로 만들거나 심지어 죽게 만들었다. 평소 자신에게 도전한 정적의 경우 적의 정치 이념에 세뇌되었다고 뒤집어 씌워 감방에 처넣거나 매우 불명예스런 죄목으로 처치했다. 두 영혼은 자신의 내부 진영에서 정치적 희생양이 필요한 경우에도 역시 사상범이란 딱지를 붙여 처리했다.

남북 영혼은 사력을 다해 적을 박살 내기 위해 또한 자기 진영의 반대파 제거를 위해 최첨단 사상·이념 탄을 쏘아댄다.

"사상·이념이 다르면 동족이 아니다. 사상이념이 다른 동족은 어떤 적보다 더 위험하다."

"민족은 유한하고 사상이념은 영원하다. 사상이념은 피보다 진하다."

"우리식 사회주의 만세, 적화통일 촉진 탄 발사"

"혈통 세습 규탄한다, 유훈 통치 박멸 탄 발사"

남북영혼은 열심히 사상·이념 전을 벌이면서 상대진영이나 동북아, 더 나아가 지구 전체의 전폭적인 지지와 호응을 끌어내기 위한 선전전, 심리전에 몰두한다. 반백 년이 넘게 분단 갈등을 겪으면서 서로 쌓인 감정이나 사연은 풀어도, 풀어도 끝이 없었다. 그런데 남북영혼은 말 폭탄을 주고받으면서도 다른 작업을 부지런히 벌이고 있었다. 그들은 미국, 중국, 러시아, 일본 영혼 등에게 협상 메시지를 보내기 위해 필사의 노력을 전개했다. 둘은 서로 삿대질을 하고 목청을 높이는 것도 다른 목적이 더 있었다. 그것은 미국 영혼 등이 들으라고 하는 소리였다. 남북영혼의 치열한 선전, 심리전은 국제사회의 지지를 얻기 위한 외교전이기도 했다. 그들은 자신들이 진정한 평화 애호자라는 이미지를 과시하려 했다. 둘은 금방 육탄전을 벌일 기세였지만 그렇지는 않았다.

"너 죽고 나 사는 것이 진리다."

"우리가 같은 조상을 두고 있다는 것이 원망스럽다."

남북영혼은 분단 상황인 한반도에서는 사상·이념 전의 약발이 먹힌다는 것을 잘 알고 있다. 남북 대결에서 상대방은 당연히 무찔러야 할 적이고 자기 진영 내부의 이적행위를 발본색원할 필요가 있는데 사상·이념 검증은 매우 편리한 도구였다. 그것은 일벌백계의 효과가 컸다. 사상범을 몇 명 잡아들이고 언론을 통해 대대적으로 선전하면 사회 운동진영이 얼어붙어 입조심, 말조심, 글 조심을 철저히 했다. 언론이나 지식인 사회가 알아서 자기 검열을 실시했다. 전체 사회가 사상·이념 전에 앞장서 선전전과 심리전에 몰두했다. 정말 편리한 통치 수단이었다. 남북한영혼은 전 전선에서의 확성기 방송 확대와 대형 풍선을 통한 비라 살포 작업도 겸해서 벌이는 작업을 게을리하지 않았다. 그러나 사상과 이념 탄이 치명적인 살상 무기가 되는 경우는 사상과 이념으로 밥을 벌어먹거나 생존의 주요 목표로 삼고 있는 집단이라는 조건이 필요했다. 사상과 이념에 무관심한 집단에는 별 효과가 없었다. 그러니 한반도를 제외한 지역에서는 사상·이념전이 먹히지 않았다.

'남북한은 유별난 지역이야.'

사상과 이념에 대해 서로의 차이를 인정하고 공존하자는 논리가 지배하는 한반도 밖의 대부분지역에서 사상·이념전은 구시대의 유물에 불과했다. 지구촌 대부분의 지역은 사상·이념전에 무관심했다. 남북한이 죽기 살기로 벌이는 사상·이념전은 탈냉전시대를 맞은 저승 사회의 주목을 받지 못했다. 중간세계 대부분 지역은 지구처럼 오래전에 사회주의와 자본주의 대결이 끝나버린 상황이었다. 그래서 남북영혼이 사력을 다해 몰두한 사상전에 신경을 쓰지 않았다. 상당한 시간이 흘렀다.

"언제 사상이념전쟁이 끝났나? 요새 남북영혼들 뭐해?

어느 날 중간세계 영혼과 귀신들은 남북이 더 이상 사상·이념 전쟁을 벌이지 않고 있는 것을 발견했다. 남북영혼이 군사분계선을 사이에 두고 벌이던 사상·이념전은 시들해져 어느 틈에 종식되었다. 중간세계 대부분 지역의 관심 밖이었던 남북영혼의 사상·이념 대결이라서 그랬는지, 그 전투가 언제 끝났는지도 알지 못했다. 그러나 그 싸움은 남북한 귀신 주민들에게 깊은 상처를 주었다. 사상·이념 전으로 인한 정신적 피해는 컸다. 비록 총칼로 죽고 죽이는 싸움은 아니었지만 모두의 가슴에 적개심, 증오와 원한이 가득 차게 만들었다. 그것은 치명적인 정신적 상처였고 육체도 병들게 만들었다.

눈앞에서 전개되는 영상에 몰두했던 호 낭자는 어느 순간 그것이 중단되자 전신에서 기운이 쑤욱 빠지는 것을 느꼈다. 웅녀의 자랑스러운 후손들이 분단이 되어 벌이고 있는 대결이 너무 지독하고 그래서 서글펐다.

'같은 조상, 한 핏줄의 후손들인데 어쩌다 이렇게 원수 사이가 되어 죽고 죽이는가?'

호 낭자는 인간에 대한 부러움과 인간이 되고자 하는 욕망으로 오랜 세월 적막한 동굴에서 지내왔다. 인간이 되지 못한 서러움과 환웅천왕의 시험에 들지 못했던 못난 자신에 대한 분노를 안고 살아왔다. 그런데 중간세계와 인간세계의 모습에 큰 충격과 함께 실망감을 느끼고 어쩔 줄 모른다. 웅녀의 후손인 인간이란 매우 고상한 존재로 여기고 부러워했다. 그러나 그게 아닌 것 같았다. 한민족이 도대체 이처럼 갈라져 싸우는 이유는 무엇인가를 생각해 보았다.

'분단 상태에서 저렇게 다투는 것은 통일된 삼천리 금수강산을 통치하는 초대 최고 권력자가 되려고 그런 것인가? 권력에는 부자지간도 형제간 우애도 없다는데 남북분단은 그런 권력 욕구가 발동한 비극적 결과인가? 아니면 자기의 정치 철학이나 노선이 최선이라서 상대방과 도저히 타협할 수 없어서 싸우는 것인가? 서로 같은 모습을 하고 있고 같은 말을 쓰는 한 민족이라서 서로를 속속들이 알고 그래서 그토록 미운 것일까? 동족

간 대결은 이민족 간 대결보다 더 잔인하고 치열하다는데 한반도도 마찬가지인 것은 절망 실망스럽네.'

호 낭자가 가슴이 저려 아무 말도 못 하고 초점 잃은 시선으로 허공만을 바라보고 있는데 평화 영혼이 조용히 곁으로 와서 말했다.

"갑자기 너무 많은 것들을 접하다 보니 감당하기 힘든 모양이구나. 그러나 마음을 가볍게 먹도록 해라. 우주나 인간세계가 그렇게 간단치는 않단다. 잠시 빗나가는 일이 있다 해도 곧 정상화되거든. 그리고 중간세계나 인간세계가 때때로 놀라운 기적을 만들어내는 일이 적지 않으니 미래에 대해 너무 부정적으로 생각지 말아라."

평화 영혼이 말을 더하려 하자 전쟁 영혼이 이맛살을 찌푸리면서 퉁명스럽게 말했다.

"평화 영혼, 당신 말이야 좀 더 조용히 있어야 하는 것 아냐? 아직 내가 말할 것이 많은데 자네가 왜 또 나서나?"

"무슨 말이야? 자네도 내가 한 만큼 호 낭자에게 말을 다 했다고. 이제 나도 나설 차례가 됐다니까."

평화와 전쟁 영혼은 또 다툰다. 둘은 만나기만 하면 항상 다퉜고 지금도 마찬가지다. 우주가 생기고 이어 지구촌에서 최초의 인류가 처음 등장하면서 둘의 다툼은 시작된 것으로 전해진다.

'저 둘은 못 말려.'

평화와 전쟁 영혼의 말싸움은 과거에 그랬듯이 오늘도 그렇고 미래도 그렇게 벌어질 것이라고 중간세계의 모두가 입을 모은다. 그도 그럴 것이 둘은 정말 치열하다. 자기주장이 옳다면서 별짓을 다한다. 심지어 꼼수까지 서슴치 않는다. 인간세계를 상대로 평화 공작을 벌이는가 하면 전쟁 공작을 벌이는 일을 끊임없이 벌였고 지금도 그렇게 하고 있다. 평화와 전쟁 영혼이 벌이는 공작은 그 수법이 뻔했다. 평화 영혼은 아름다움, 사랑, 존경, 배려, 희생, 봉사와 같은 신통력을 사용했다. 전쟁 영혼은 살인, 파괴, 증오, 복수심, 잔인함, 대립 감정, 기만과 같은 피비린내 나거나 섬뜩한 신통력을 애용했다. 중간세계나 인간세계는 둘에 대해 애매한 태도를 취해왔다. 평화와 전쟁 어느 한쪽만을 좋아하거나 싫어하지 않았고, 그렇게 하지도 못했다. 엄밀히 말해 둘에게 코가 꿰인 채 지내고 있다고 해야 했다. 그러다 보니 별별 일이 다 일어났다. 평화와 전쟁 영혼은 상대방의 인간세계에 대한 공작을 훼방하거나 좌절시키는 일도 곧잘 벌였다. 그래서 평화롭던 곳에서 갑자기 전쟁이 나거나 전쟁이 날 것 같은데 평화가 지속되는 일이 벌어지기도 했다. 전쟁과 평화 영혼은 그래서 언제나 으르렁대거나 말다툼을 했고 호 낭자가 중간세계와 인간세계의 한반도에 대해 충격과 실망감을 감추지 못하는데 또 인간에 대한 말을 늘어놓기 시작한다.

"자, 그럼 중간세계와 인간세계 영혼과 인간들이 얼마나 파괴적이고 잔인하며 전쟁을 좋아하는지 호 낭자가 잘 알아듣게 대화해 보자구."

"아냐, 그들이 그렇게 간단한 존재가 아니지. 엄청 우수하고 존경할 만하며 어떤 면에서 신비할 정도로 그 능력이 우수한 존재라니까."

두 영혼의 말을 듣고 있던 호 낭자가 열을 받은 듯 볼멘소리로 말했다.

"두 영혼께서는 제가 인간이 되지 못해 오랜 세월 고통스런 나날을 보낸 사실을 알고 계십니다. 그리고 이번에 환웅천왕님의 배려로 인간이 되기 위한 시험을 치르고 있습니다. 그런데 제게 인간에 대해 헷갈리는 발언을 계속하시니 제가 듣기에 민망합니다."

호 낭자의 말에 두 영혼은 멋쩍은 표정을 짓는다. 호 낭자의 말을 듣고 자신들이 한 말과 행동을 돌아보니 적절하지 않았다는 생각이 들었기 때문이다. 두 영혼은 호 낭자를 등지고 한참 동안 둘이서만 이야기를 나눈다.

"우리가 실수까지는 아니지만 잘한 것 같지는 않네. 지금까지 해왔던 것처럼 인간에 대해 단편적으로 말하지 말고 주제별로 정리해서 들려주고 필요하면 중간중간에 반론을 제기하는 것과 같은 방식으로 해서 호 낭자가 스스로 판단하게 하자."

"그게 좋겠다. 호 낭자가 평생소원인 인간의 본질을 말하자면 그것이 복잡하고 어렵기도 하잖아. 더욱이 호 낭자의 최대 관심사인 인간에 대한 발언이니 반말과 같은 고압적인 자세로는 하지 말자고. 호 낭자의 입장을 최대한 존중해 반말이 아닌 존댓말로 하자."

"영혼이나 인간 모두 반말보다는 존댓말을 좋아하니까 그렇게 하는 게 좋겠다. 호 낭자가 진지하게 경청해서 이해하도록 우리가 인간에 대해 잘 정리된 내용을 알기 쉽게 말해 주자. 그렇게 해서 우리 둘의 주장 가운데 누구 말이 진실인지 호 낭자 스스로 판단하게 하자."

두 영혼은 발언 방식 등에 대해 충분히 의견을 모은 뒤 발언 순서를 정한다. 이어 먼저 말을 하게 된 전쟁 영혼이 호 낭자를 바라보면서 입을 열었다.

"자, 내가 먼저 말할 터이니 잘 들어주기 바랍니다. 호 낭자가 원하는 인간에 대한 이야기라서 예의를 갖춰 존댓말로 할 터이니 잘 듣기 바랍니다. 중간세계는 인간세계의 인간이 죽은 뒤 그 영혼이 가는 것이라 그 됨됨이가 동일합니다. 그래서 인간을 중심으로 말하겠습니다. 인간이란 욕망 덩어리에다 변덕쟁이예요. 태초부터 그랬어요. 욕망은 그 상한선이 없어 항상 그 수위가 높아집니다. 인간은 욕망을 채우느라 항상 허덕입니다. 인간은 어느 욕망이 충족되면 그것을 시시하게 여기면서 새로운 욕망을 찾아 나섭니다. 평생 이런 과정을 되풀이하는 것입니다. 인간이 지닌 변덕 때문입니다. 그에 따라 인간은 만족하지 못하고 평생 허덕이며 살아갑니다. 욕망과 변덕에 코가 꿰인 형국이지요. 인간은 영원히 만족할 줄 모르는 존재라서 지구상에 유토피아가 건설되는 일은 결코 없을 것입니다. 유토피아는 모두가 만족하고 살아가는 세상입니다. 그러니 인간에게 유토피아는 영원한 신기루일 뿐입니다. 이것뿐인가요? 인간은 마치 자기가 영원히 살 것 같은 착각에 빠져 지냅니다. 그러다 보니 죽기 직전까지 욕망을 추구합니다. 포기할 줄을 모릅니다. 게다가 의심이 많은 족속입니다. 절대자가 내려주신 진리나 가르침에 대해 항상 의심하거나 망각하면서 그릇된 길로 빠져드는 그런 나약한 존재이지요. 이런 존재는 절대자의 인도를 받아야 겨우 크게 빗나가지 않는 그런 삶을 살 수 있습니다."

전쟁 영혼이 잠시 숨을 고르자 평화 영혼이 그 틈을 비집고 들어가 입을 열었다.

"그 말씀에 동의하기 어렵네요. 인간은 그렇게 하찮은 존재가 아니고 위대한 존재입니다. 신비한 존재이기도 합니다. 왜 그럴까요? 그 설명은 좀 길게 해야 하는데, 우선 현존 인류의 조상이 하나라는 사실에서 출발합니다. 지구촌의 70억 인구 모두가 20만 년 전 아프리카 한 여인의 후손으로 모두 형제자매라는 것입니다. 이는 고고학자들의 과학적 연구 결과 밝혀졌습니다. 여기에서 정말 놀라운 사실이 유추가 됩니다. 그것이 무엇이냐? 5대양6대주의 다양하고 찬란한 문화와 문명에서 조상이 하나인 현존 인류의 위대한 유전적 능력과 적응력이 확인된다는 점입니다. 5대양6대주의 문화, 음악, 미술, 문학 등이 다 제각각의 특징을 지니고 있는데 이는 조상이 하나인 인간의 유전자가 지역과 시기별로 다양하게 발현된 것입니다. 언어의 예를 들어 볼까요? 현재 지구상에서 통용되는 언어는 약 5천여 개인데 과거에 수천 개가 소멸했다고 합니다. 이는 인간이 지닌 언어능력이 얼마나 깊고 넓은지를 드러내는 것입니다. 또한 누구나 외국어를 열심히 하면 배울 수 있다는 것을 주목해야 합니다. 모든 인간이 수천 개의 언어를 익힐 수 있는 유전적 잠재력을 지니고 있다는 것이지요. 스포츠, 음악 등을 보세요. 아프리카, 동양 출신이 훈련이나 교육을 통해 미국이나 유럽에서 세계적 스타가 되는 경우가 많잖아요? 누구든 세계 어느 곳의 문화, 예술을 익히면 대가가 될 수 있는 것입니다. 이것은 인간의 유전적 능력과 적응력이 헤아릴 길 없는 그런 존재란 것을 입증하는 것입니다."

평화 영혼이 자못 흥분한 상태가 되어 목소리가 높아지자 전쟁 영혼이 그만하시라는 식으로 손사래를 보낸다. 그러나 평화 영혼은 개의치 않고 더욱 진지한 표정으로 말을 잇는다.

"유사 이래 5대양6대주에 남긴 문화, 문명이 다 제각각 특색을 지니고 있어 마치 그 조상이 다른 종족의 업적처럼 보입니다. 하지만 그것은 인간의 능력이 환경에 따라 각각의 특색을 지닌 문화, 문명을 발전시킨 것입니다. 예를 들면 동서양의 의상, 식생활, 음악, 미술, 건축, 의상 등은 서로 다르죠. 아프리카 한 어머니의 후손들이 그런 엄청난 다양성을 보여 주는 것은 인간의 문화, 문명에 대한 유전적 능력이나 적응력이 측량할 수 없을 만큼 깊고 넓다는 의미로 해석할 수 있습니다. 이런 유전적 능력은 이민이나 귀화, 취업, 망명, 강제 이주 등으로 생활 터전을 바꾼 사람들이 새로운 환경에 잘 적응하는 것에서 입증됩니다. 아프리카 노예였던 흑인이 미국에서 대통령이 되기도 했지요. 유럽에서 시작된 일부 스포츠 종목에 흑인, 동양인들이 세계적인 스타가 되기도 합니다. 누구나 세계 모든 지역의 문화와 문명을 이해하고 배워 익힐 수 있는 자질을 지니고 있다는 것은 평범한 상식입니다. 즉 현존 70억 인구가 한 어머니의 후손으로 동일한 유전적 능력과 잠재력을 지니고 있다는 것을 입증합니다."

평화 영혼이 인간의 미래에 대해 엄청난 낙관론을 폈지만 전쟁 영혼은 동조할 수 없다는 표정을 짓다가 입을 열었다.

"인간을 너무 위대한 존재로 치켜세우지 마세요. 인간은 모순덩어리입니다. 인간은 유전자 속에 상반된 자질이나 감정 등을 지니고 있는 기이한 괴물과 같은 존재입니다. 천사처럼 선한 기질이 있는가 하면 어떤 악마보다 더 지독한 면도 지니고 있습니다. 가정에서는 천사 같은 가장이지만, 밖에서는 수천만 명을 죽이는 전쟁을 일으키는 폭군이 되기도 합니다. 인간은 공든 탑을 쌓기 힘들다는 것을 잘 알면서도 순식간에 공든 탑을 깨부수는 파괴적인 면을 지니고 있습니다. 인간은 신을 만들기도 하지만 신을 죽이는 일도 저지르는 데 익숙합니다. 인간은 같은 종족을 계급으로 차별하거나 지역 차이, 경제적 차이로 각종 차별이나 범죄를 저지르는 잔인한 면을 지니고 있습니다. 수백만 명을 학살하는 악독한 면도 지니고 있습니다. 인간은 유전자에 의해 조종되지만 또한 선과 악 가운데 하나를 선택할 수도 있는 그런 애매하고 괴상한 존재입니다. 이런 점을 고려하면 인간은 창조되었는지, 진화했는지가 분명치 않고 애매하지만 인류의 미래를 낙관하는 것에 동의할 수는 없습니다. 인간은 지구촌을 살기 좋은 낙원으로 만들기는 불가능한 그런 형편없는 존재에 불과합니다. 인간은 우주 속에 탄생하고 살고 있지만 우주가 소멸하면서 동시에 같이 사라질 그런 하찮은 존재일 뿐입니다."

전쟁 영혼이 잠시 말을 멈춘 사이에 평화 영혼이 재빨리 말을 시작했다.

"우주를 말씀하시는데, 인간보다 우주에 대한 탐구가 우선입니다. 우주가 먼저 생기고 인간이 그 후에 우주의 법칙 속에서 등장했기 때문입니다. 우주의 비밀이 풀리지 않으면 인간에 대해 왈가왈부할 수가 없지요. 그렇다면 이 우주가 왜 있는 것입니까? 그냥 생긴 것 같아요? 우연히? 아니면 어떤 필연적인 이유가 있어서 존재하는 것인가요?"

"그 질문에 답하기 전에 제가 하나의 제안을 하겠소."

"무슨 제안?"

"우리가 서로 하고 싶은 말이 많은데 주고받는 식으로 하다가는 그 내용이 혼란스럽게 되고 자칫 말이 길어질 우려가 있으니 발언 순서를 정해서 자기가 하고 싶은 이야기를 몽땅 하는 식으로 합시다. 그래서 호 낭자가 인간에 대해 정확하게 판단을 하게 만들자는 것이요."

"좋소. 찬성이요. 그럼 누가 먼저 하느냐 인데 내가 양보하리다. 전쟁 영혼이 먼저 발언하시오."

평화 영혼이 발언 순서를 넘겨주자 전쟁 영혼이 고개를 끄덕여 고맙다는 표시를 한 뒤 말을 시작했다.

"고맙소. 그럼 들어보시오. 지구인들은 자신들을 동물과 신의 중간에 있는 존재라고 얘기합니다. 그럴듯한 말이죠. 인간들은 영악스런 면이 있어요. 인간들은 생존을 위해 끊임없이 투쟁하면서 드러내는 인간 본성인 잔인성을 합리화시키는 재주가 뛰어나죠. 적자생존의 법칙이 적용되는 자연의 한 부분으로 인간이 존재한다는 거예요. 인간이 다른 인간을 착취하고 심지어 살해하는 것을 정당화하는 논리입니다. 인간의 잔인성은 지독합니다. 남의 고통에서 인간은 쾌락을 느낍니다. 과거 지구인 왕이나 황제들이 죄인을 사형을 시킬 때 보면 그 잔인성이 나타납니다. 오랫동안 가장 고통스럽게 죽이는 방법을 연구해놓은 것을 보면 굉장합니다. 십자가에 못을 박아 죽이거나 생선회를 뜨듯 사람의 피부를 조금씩 칼로 발라내고, 작은 벌레 굴속에 묶은 채로 넣어 벌레들의 먹이가 되게 하죠. 뾰족하게 송곳처럼 깎은 기둥을 등골 아래로 쑤셔 넣어 어깨 부근까지 밀어 올린 뒤 그 기둥을 수직으로 세워 땅에 박아놓는 방식도 있죠. 될 수 있는 한 오랜 시간 고통을 가하면서 서서히 죽이는 식입니다. 허리를 두 동강 내는 식으로 잘라 버리거나 끓는 물, 기름에 넣어 죽이고, 사지를 묶은 밧줄을 소가 끌게 해서 몸을 갈기갈기 찢어 죽게 하는 방식 등은 빨리 사망케 하는 것이라 상당히 인도적인 면이 있어요. 이런 사형 장면은 지구에서 1백 년 전까지 많은 국가에서 대중들에게 큰 구경거리로 제공되었어요. 잔인한 서커스와 같다 할까요. 대중들은 일벌백계의 효과를 노리는 지배자들의 명령에 따라 구경나오기도 했지만 사형수가 흘리는 피나 그들의 옷가지, 소지품, 그들을 사망케 한 밧줄 등을 구하려 했다지요. 그것들이 신통력이 있다면서 서로 가져가려고 난리를 쳤죠. 인간의 잔인성은 고문뿐 아니라 대량 학살로 나타난 것은 말할 것도 없지요. 인간의 역사나 기록은 상상을 초월할 만큼 잔인합니다. 예를 들어볼까요.

인간은 전쟁에서 많이 죽일수록 영웅이라고 칭송합니다. 전쟁은 인간을 악마로 만들지요. 세계 2차 대전 때는 최고 1억 3천만 명이 죽었고 세계 1차 대전 때는 1천 5백만 명이 죽었습니다. 히틀러는 세계대전을 일으키고 1천만 명이 넘는 사람을 독가스로 살해했습니다. 히틀러가 전쟁에 승리했다면 그는 영웅으로 기록되었을 것입니다. 기독교의 성경에 나오는 신은 분노의 신이고 동물조차 관용치 않은 존재로 묘사됩니다. 기독교 신은 물로 심판할 때 지구상의 모든 동물도, 노아의 방주에 남은 것을 제외하고 다 죽입니다. 인간 세상에서는 적이나 증오의 대상은 다 죽인다는 것이 일상화되어 있는 사고방식입니다. 지구인이 2차 세계대전 때 딱 한 번 썼다는 핵무기는 어떻습니까? 핵무기는 투하되는 지역의 모든 생명을 싹 쓸어버리는 것입니다. 종교의 절대자가 인간을 불로 심판해 몽땅 처치한다는 예언이 나와 있는데 인간이 스스로 멸망의 길을 개척하고 있는 꼴이라 할까요? 인간들이 즐기는 영화는 어떻습니까? 현실 속에서 죽이고 죽는 일이 반복되는데 그래도 질리지 않은 듯 또 죽이는 영화가 만들어지고 사람들은 돈을 주고 영화관을 찾아갑니다. 간접 살인을 즐기는 것입니다. 인간이 남을 죽이기 전에 다른 인간을 고통스럽게 하기 위해 고안한 고문은 또 어떻습니까? 골방에 가둬놓고 매질하거나 불로 지지는 것, 주리를 트는 것 같은 고문은 점잖은 편입니다. 일부 국가의 기록을 보면 말 뒤에 나체로 묶어 놓고 말을 대로변으로 달리게 하는 고문, 볼에 십자가 형태의 쇠로 지지는 고문, 손발의 근육을 끊는 고문, 바닷물 속에 묶어두는 고문, 큰길에 몸만 묻어 사람들이 밟고 지나가게 하는 고문 등 그 방법이나 고통을 주는 형식은 이루 말할 수 없이 다양합니다. 좀 더 예를 들어볼까요? 분뇨 속에 잠기게 해 놓고 방치하거나 대소변을 먹게 하는 방법, 타는 불 위를 맨발로 걸어가게 하는 방법, 거꾸로 매달아 놓고 밑에서 불을 때는 방법, 등에 상처를 내고 그곳에 펄펄 끓인 납을 붓는 방법, 머리카락을 천장에 매다는 방법, 발가벗겨 바늘 끝으로 전신을 찌르는 방법, 손톱을 모두 뽑아 놓고 손끝을 바늘로 찌르는 방법, 손가락, 귀, 코, 혀, 남근, 유방 등을 순서대로 잘라내는 방법, 뱀, 거머리, 거미, 벌, 개미, 독충 등을 통이나 상자에 가득 채워 알몸인 사람을 그 속에 방치하는 방법, 발바닥을 계속 깃털 같은 것으로 간지럽게 해서 웃다가 기진하게 만드는 법 등이 기록으로 나옵니다. 어떻습니까? 이런 인간의 속성이란 추악한 것 그 자체입니다. 지구상의 어느 동물도 고문을 행하지 않습니다. 인간만이 합니다. 인간의 추악한 면이 더 있습니다. 인간은 교활하기 짝이 없는 존재인 것입니다. 그것은 인간들이 신이라고 하는 절대자를 찾아 경배하고 의존하려는 데서 나타납니다. 인간들은 자신들의 범죄적 자질을 절대자 숭배를 통해 물타기 하려 합니다. 낮에는 온갖 범죄를 저지르고 밤에 절대자에게 기도하면서 자신의 죄를 용서해 달라고 비는 식입니다. 일주일 내내 남을 괴롭히고 사기 치다가 일요일이 되면 딱 몇 시간 동안 신을 경배하면서 자신의 죄가 다 씻어졌다고 자위하는 것이 인간입니다. 오른손이 범하는 죄를 왼손이 모르게 하는 식으로 스스로를 속이는 것이 인간입니다. 인간은 수많은 신들을 만들어 경배하면서 자신의 죄책감을 털어내고 있습니다. 과학이 발달한 오늘날에도 신과 종교를 찾는 인간의 열정은 식을 줄을 모릅니다. 그러면서 인간은 물리적인 힘을 가장 강력한 지배력으로 여기면서 그것을 소유하려 온갖 짓을 다 합니다. 그 힘은 정치, 경제, 문화, 스포츠 등을 통해 만들어집니다. 지구촌을 지배하는 가장 원초적인 힘은 역시 경제력과 무력이라는 것을 인간은 잘 알고 있습니다. 될수록 많은 재화와 강력한 무기를 지니는 개인이나 단체, 사회 또는 국가가 지배력을 행사합니다. 그래서 개인 간에도 끊임없는 쟁탈전이 벌어지고 있으며 단체나 사회, 국가 간에도 서로 땅을 빼앗고 재물을 차지하려는 싸움이 그치질 않습니다. 인간의 역사는 전쟁의 역사라고 할 수 있습니다. 평화란 전쟁하기에 지치거나 전쟁 준비를 하느라 싸움이 없었던 기간에 불과합니다. 이런 모습은 지구상에서 흔히 발견되는 동물의 세계와 다른 모습입니다. 동물들은 배고파서 살생을 하는 것이지 그것을 즐기기 위해 하지 않아요. 동물은 배가 부르면 아무리 맛있는 먹잇

감이 눈앞에 있어도 그냥 놓아두잖아요. 물론 동물들은 왕성한 생명력에 이끌려 자신의 영토를 지키려 하고, 한 무리 속에서 지배권을 다투면서 죽기 살기로 싸웁니다. 그러나 동물들의 그런 모습은 종족 유지라는 궁극적 목표에 집중됩니다. 그들은 가장 강한 수컷만이 암컷을 차지해 가급적 강한 자손이 태어나도록 합니다. 나이 들어 힘이 빠진 동물은 우선 외모에서부터 생기를 잃고 성적인 매력이 상실됩니다. 이는 매우 자연스런 현상입니다. 병들거나 노쇠한 동물의 새끼는 건강하지 않기 때문입니다. 인간의 속성에도 동물처럼 자신의 종족을 유지하려는 그런 본능이 태초부터 유전되어 내려오고 있습니다. 그러나 인간의 그런 속성은 동물보다 매우 복잡합니다. 왜 그렇게 되었을까요? 그것은 인간이 다른 동물과 달리 자기 자신을 들여다볼 수 있는 능력이 있기 때문입니다. 인간은 자신의 모습을 남이 바라보듯 할 수 있다는 것입니다. 그러다 보니 인생이 허무한 것이 아니냐는 고민을 태초부터 해왔습니다. 인간은 끊임없이 '나는 무엇이며 어디서 왔다가 어디로 가는 것인가'라는 의문의 무게에 짓눌려왔습니다. 인간이 무기를 내려놓고 휴식을 취할 때는 언제나 이 풀리지 않는 의문에 시달려야 했습니다. 그러다 보니 인간은 그 의문에서 벗어나기 위해 다시 무기를 들고 전쟁터로 달려나갔는지 모르겠습니다. 인간은 죽고 죽이는 과정 속에서 나타나는 불안과 공포를 짓누르고 좀 더 맹렬히 적을 죽이는 힘을 얻기 위해 자신들을 보호하는 수호신을 만들어 섬기기 시작합니다. 이런 수호신은 지구상의 거의 모든 종족들이 하나씩 만들어 섬기는 모습으로 나타납니다. 수호신은 전쟁터로 나가는 전사들이 좀 더 많은 적을 무찌르고 자신들은 무사히 돌아오게 보호하는 강력하고 무한한 힘을 지닌 존재로 만들어집니다. 생존경쟁에서 패배한 인간들은 자신들의 수호신을 포기해야 하고, 승리한 인간들의 수호신을 모셔야 하는 운명에 처합니다. 인간의 역사는 바로 이 수호신의 역사이기도 합니다. 전쟁에서 이긴 인간들이 숭배하던 수호신은 점차 그 지배영역을 넓혀가면서 일정한 교리에 따른 의식을 행하는 거대 종교의 형태로 되어갑니다. 21세기 지구상에서 남아 있는 내로라하는 종교란 강한 지배력을 지닌 인간들이 숭배하던 그런 종교입니다. 이런 과정을 거쳐 갈고 닦여져 온 종교 앞에 인간은 자기의 유한한 인생의 의미를 찾기 위해 몸부림치고 영생하기를 꿈꿉니다. 그리고 전쟁과 질병이 없이 행복만이 넘쳐나는 지상 낙원, 천년왕국을 꿈꾸게 됩니다. 때로는 지상에 그런 이상을 실현할 수도 있다는 야망에 불타기도 합니다. 그런 야망은 남의 종교를 공격하는 것으로 치닫게 되고 지구는 엄청난 전쟁과 증오로 뒤덮이게 마련입니다. 종교의 형태는 여러 가지입니다. 종교라는 이름이 붙은 것은 말할 것도 없고 종교와 전혀 관계가 없는 것 같은 사회과학과 같은 학문도 종교와 같은 면을 지니고 있습니다. 사회과학은 사회에 대한 과학인데 사회과학을 하는 학자들이 제시하는 이론을 보면 대부분 세상을 그 이론으로 구원할 수 있다는 강한 신앙심 같은 것이 그 바탕에 깔려 있습니다. 사회과학을 하는 사람들은 마치 학문으로 세상을 구원하려는 구도자, 메시아와 같은 욕망으로 학문을 하는 경우가 많습니다. 예를 들어 칼 맑스라는 사람을 봅시다. 그는 돈 없고 권력 없는 무산자 계급이 지상 낙원을 건설할 수 있다고 믿었습니다. 그는 돈과 권력을 다 소유한 자본가 계급을 무산자 계급이 물리치고 그들이 소유한 생산시설을 국가가 소유하고 관리토록 한다면 지상 낙원이 실현될 수 있다고 주장했지요. 그는 돈 없고 권력 없는 무산자 계급의 성향이 착하고 곧아서 그들이 지배하는 세상은 다툼과 고통도 없고 부족한 것이 없는 그런 지상 낙원이 될 것으로 보았습니다. 신을 대신해 인간이 지상 낙원을 만들 수 있다고 한 것입니다. 그가 그런 결론에 다다른 이유는 여러 가지 각도에서 생각해 볼 수 있습니다. 우선 그는 기독교 신앙의 핵심 부분인 신에 의한 심판, 인류 구원을 부정한 것입니다. 오직 신만이 인간을 고통과 질병 등으로부터 구원할 수 있다는 전통적 서구 종교 사상에 그는 정면으로 반기를 들었지요. 맑스는 절대자인 신 대신 인간, 그중에서도 무산자 계급이 인간을 구원하고 지상 낙원을 이룰 수 있다고 말한 것입니다. 즉 무산자를 새로운 신으로 내세운 것입니다. 인류 역사에서 그만큼 혁명적인 사상을 내세우고 큰 영향을 끼친 사람은 거의 없다고 할 수 있습니다. 그러면 그는 왜 무산자를 신의 위치로 끌어올린 것일까요? 기독교에서 부자가 천당에 가는 것은 낙타가 바늘구멍을 지나가는 것보다 더 어렵다는 말을 그가 상기한 것일까요? 그는 권력자에게 시달리고 착취당하는 무산자 계급의 성향을 착하고 언제나 최선을 다하는 합리적인 존재로 간주한 것일지 모릅니다. 그의 그런 논리는 신이 인간을 자신과 비슷하게 창조하고 지상의 법칙도 하늘나라의 그것과 유사하게 만들었다는 종교의 교리에 대한 도전일지도 모릅니다. 실제 그는 모든 종교는 아편이라고 생각하고 있었고, 모든 종교는 바로 이런 점 때문에 맑스와 그가 주장한 것들을 적대시하고 있는 것도 사실입니다. 그는 지상의 새로운 지배 질서는 눈앞에 보이는 세계를 갈아엎어 버리고 무산자 계급이 창조적으로 만들어야 한다는 논리를제시하고자 하는데 진정한 뜻이 있었을지 모릅니다. 맑스는 새로운 지배논리를 지상에 뿌린 것이라 할 수 있습니다. 그는 인간이 이데올로기를 앞세우면 지상 낙원을 만들 수 있다고 말했습니다. 종교와 신의 역할을 부인한 것이지요, 그러나 그의 이론은 소련과 동구권의 여러 나라에서 실천에 옮겼지만 백 년도 못가서 실패했습니다. 사회주의 국가인 소련, 중국, 베트남 등에서 부정부패가 매우 심한 것으로 나타난 것은 무산자 계급의 dna에 부정부패의 요소가 포함되어 있다는 것을 드러냅니다. 즉 무산자 계급도 자본가처럼 그 성향이 착하고 정의롭지 않았다는 것입니다. 무산자 계급도 자본가 계급처럼 역시 타락하고 부패하는 속성을 dna에 지니고 있었던 것입니다. 맑스는 이점을 못 본 것이지요. 맑스 시절에는 dna에 대한 과학이 발달하지 않아 그것을 몰랐던 것입니다. 인간의 핵심적인 속성에 대해 무지했던 맑스의 이론과 주장은 결국 밑바탕부터 흔들린 것입니다. 무산자계급을 지상의 왕으로 삼으려 한 맑스의 시도는 무참히 실패한 것입니다. 기독교가 제시한 절대 신에 의한 천년왕국을 인간이 건설할 수 있다고 주장했던 것이 거짓으로 드러난 뒤 인간 세상은 자본가 계급이 몽땅 말아먹는 논리가 횡행하고 있어요. 맑스의 시도가 좌절된 뒤 자본가 계급의 지배 논리인 자본주의를 부정하는 어떤 사상이나 이념도 새롭게 제시되지 않고 있어요. 자본가 계급이 지배하는 종래의 논리가 지상을 지배하게 되었습니다. 맑스는 자본가 계급 지배 논리가 반드시 소멸한다고 예언했으나 빗나갔고 대신 맑스 자신의 논리가 소멸할 운명에 처한 것입니다. 지금까지 말씀드린 지구와 인간에 대한 간단한 분석은 역시 한반도의 미래를 전망하는데 유익한 기본 자료가 될 것입니다."

전쟁 영혼이 인간에 대해 장광설을 늘어놓다가 잠시 멈췄다. 그 틈을 평화 영혼이 놓치지 않고 발언권을 낚아채 호 낭자에게 말하기 시작했다.

“탁월한 견해이십니다. 지구에 대해 그토록 자세히 분석하고 계시다니 존경스럽습니다. 저도 인간은 물론 그 귀신들을 상대로 오랜 기간 동안 관찰하고 연구해왔습니다. 그래서 짧게 인간들의 속성에 대해 한 말씀 드릴까 합니다. 전쟁 영혼께서는 주로 인간의 부정적인 면을 말씀하셨습니다. 그러나 그것은 인간이 지닌 다양한 여러 가지 특성 가운데 일부라 하겠습니다. 인간이 무엇이냐 할 때 여러 각도에서 설명할 수 있습니다. 한없이 작은 존재일 수 있고 한없이 큰 존재라고 할 수 있습니다. 인간은 광대한 우주 속에서는 티끌보다 작은 존재지만 그러나 지구에서는 만물의 영장입니다. 우주는 빛의 속도보다 빨리 팽창하고 있으니 인간의 물리적 존재는 더욱 왜소해지고 있는 셈이기도 합니다. 그러나 현존하는 인류의 다양한 문화, 전통, 언어 등이 계속 변화 발전하고 있는 것을 보면 인간의 잠재력도 우주가 팽창하는 것 못지않게 확대되고 있다고 할 수 있습니다. 같은 조상에서 출발한 인류의 잠재력이 무한대의 진화를 계속하는 것은 어떤 것으로 대신할 수 없는 신비 그 자체입니다. 또 다른 각도에서 인간을 설명할까요? 전쟁 영혼님 말씀처럼 인간은 모든 동식물처럼 생존경쟁을 하고 종족 번식에 물불을 가리지 않습니다. 하지만 그러나 총체적으로 보아 이기심과 이타심이라는 지향성, 욕망이 뒤섞어 있는 존재입니다. 인간은 모든 경우에 능소능대할 수 있습니다. 삶의 관심이 자기 자신에 국한하지만 연인, 가족, 공동체 일원, 지구촌 등으로 다양하게 확산될 수 있습니다. 인간이 이기주의의 포로가 될 경우 가장 잔인한 독재자가 되어 절대자처럼 군림하지만 신과 같은 이타심이 강한 사람도 있습니다. 인간이 한 없이 작거나 크게 될 수 있다는, 즉 능소능대할 수 있다는 것은 인간이 선택할 수 있다는 것을 의미합니다. 오늘날의 인류가 한 조상을 뿌리로 삼고 있고 지구촌에 너무 다양한 인종, 종교, 풍속 등이 존재한다는 것은 인간의 잠재력이 종교, 이념, 전통, 언어 등에서 상상하기 어려울 만큼 거대하다는 것을 의미합니다. 예를 들어 음악에서 사랑을 주제로 한 노래가 예로부터 가장 많이 애송되고 있지만 오늘날에도 수많은 사랑 노래가 쏟아지고 있습니다. 덧셈의 사랑, 뺄셈의 사랑, 동성애의 사랑 등 그 주제가 너무도 다양합니다. 사랑을 주제로 한 인간의 창조력이 한계가 없다는 증거입니다. 인간이 무엇인지, 왜 인간이 생겨났는지, 그리고 어디로 가는지, 가야 하는지는 아직 불투명합니다. 그러나 중요한 것은 무한한 잠재력을 지닌 인간에 대한 존경심을 가져야 한다는 것입니다.

인간은 신묘한 존재라는 것은 또 다른 각도에서 설명할 수 있습니다. 우주의 절대자께서 자신의 모습과 가장 흡사한 존재를 인간으로 만들지 않았나 싶은 생각이 들 정도로 희한한 존재입니다. 인간들은 얼핏 보면 생김새가 비슷하지만 그 생각하는 방식은 차이가 있습니다. 우선 세상을 보는 시각이 다양합니다. 세상을 싸움터로 보는가 하면 세상은 서로 화합하고 조화롭게 사는 곳이라고 생각하는 사람도 있습니다. 이들 시각은 사회라는 구조만 보지 그 사회를 이루는 개개인은 보지 않습니다. 또 다른 시각이 있죠. 세상은 개인들이 모여서 만드는 것이라고 주장하면서 개개인들을 가장 소중한 존재로 보는 시각입니다. 사회는 무시합니다. 이런 세 가지 시각은 세 개의 안경으로 비유할 수 있는데 어떤 안경을 쓰느냐에 따라 세상이 완전 다르게 보이게 됩니다. 그러면 어떻게 그런 시각을 갖게 되느냐 하는 것인데, 그것은 유전인자에 의해 그렇게 되기도 하고 태어나 생활하면서 그렇게 되기도 한답니다. 인간들이 세상을 살아가는데 차이를 나타내는 또 다른 구분이 있습니다. 그것은 세상을 바라보는 범위입니다. 즉 자기 자신만 보고 사느냐, 자기와 사랑하는 사람 둘만 보고 사느냐, 가족을 다 보느냐, 사회, 국가를 보느냐, 지구 전체 나아가 우주를 다 보느냐에 따라 삶이 확 달라집니다. 오직 자기 자신만 챙기는 인간은 뺀질거리는 개인주의 또는 지독한 이기주의자가 되겠죠. 둘만 챙기는 인간은, 예를 들면 자기와 애인만을 챙기는 경우입니다. 둘만 잘살자고 부모 형제까지 외면하는 경우도 생깁니다. 그렇지만 국가와 민족이나 지구인 전체를 관심의 대상으로 삼는 사람의 삶도 있습니다. 그러나 어떤 방식으로 사는 것이 가장 괜찮은 것이냐 하는 것에는 정답이 없습니다. 자기 자신만 챙기는 것이 편협하다거나, 우주까지 챙기는 인간이 굉장히 의미 있는 삶이라고 단정 지을 수는 없습니다. 다양한 방식으로 세상을 보는 인간들이 뒤섞여 살아가는 사회가 다채로운 사회이기 때문입니다. 실제 인간 사회를 자세히 살피면 개개인의 삶의 방식이 차이가 있다 해도 전체 사회라는 큰 테두리 속에서 어떤 질서를 이루면서 살아갑니다. 이런 면도 참 묘한 것입니다. 인간은 개개인이 차이가 있지만 사회라는 큰 틀 속에서 조화를 이루면서 살아가는 존재라 하겠습니다. 이런 면은 우주의 기본 법칙과 매우 유사합니다. 우주는 다양한 은하계와 다양한 위성들로 이뤄져 있지만 전체 우주라는 큰 틀 속에서 조화롭게 공존합니다. 수많은 다양성, 차이 등이 하나의 우주를 구성하고 있는 것입니다. 인간과 우주가 이런 측면에서 매우 닮은꼴인데 동의하시죠?"

평화 영혼이 말을 끝내면서 호 낭자에게 자기주장에 동의하는지 여부를 묻는다. 호 낭자는 침묵할 뿐 입을 열지 않는다. 두 영혼이 장시간 너무나 많은 것들을 이야기 하는 통에 그 내용을 다 소화하지 못하고 어색한 표정을 짓는다. 그 모습을 바라보던 전쟁 영혼이 말한다.

"우리가 한 말을 잘 들었지? 우리는 특별히 존댓말로 이야기하면서 성의를 다했지만 호 낭자가 우리가 한 말의 내용을 쉽게 이해하기는 어려울 거야. 그러니 지금 이 자리에서 어떤 결론을 내려 하지 말고 천천히 생각하면서 결론을 내도록 하라구."

전쟁 영혼의 말에 평화 영혼이 동의하는지 부드럽게 말했다.

"그렇지. 그 말이 옳구만. 호 낭자가 그토록 되기를 원하는 인간에 대해 우리가 한 말을 잘 들었을 터이니 시간을 두고 잘 판단해서 현명하게 처신하게나."

두 영혼은 자신들이 엄청나게 많은 내용을 쏟아놓은 것이 겸연쩍었는지 호 낭자에게 최종 판단은 나중에 하라는 식으로 말했다. 두 영혼의 부드러운 태도에 호 낭자는 긴장이 풀리면서 "알았습니다."라고 짧게 대답했다. 호 낭자는 누구의 말이 진실인지 갈피를 잡을 수가 없었다. 두 영혼의 말에 따르면 인간이란 참 복잡하게 여러 가지 능력이나 자질을 지니고 있는 존재라는 것은 분명한 것 같았다. 그러나 인간의 부정적인 면에 대한 전쟁 영혼의 말을 곰곰 짚어보면 인간에 대해 품어왔던 큰 기대감이 환상이 아니었나 하는 생각이 들었다. 하지만 평화 영혼의 말을 생각하면 인간에 대해 부정적으로만 판단할 일은 아니었다.

'알 수가 없네.'

호 낭자가 갈피를 잡지 못해 심각한 얼굴로 침묵을 지키자 두 영혼은 그 모습을 지켜보다가 약속이나 한 듯 거의 동시에 일어난다. 그러면서 "우리도 할 일이 많아 더 이상 호 낭자 자네와 시간을 보낼 수 없다. 우린 갈 테니까 자네 일은 자네가 판단해 알아서 하라구."라고 말하면서 방을 나간다. 호 낭자는 엉거주춤한 자세로 두 영혼의 꽁뒤를 향해 "고마웠습니다. 안녕히 가세요."라고 인사를 한다.

두 영혼은 방문을 나오더니 홱 등을 돌리고 반대 방향으로 걸어간다. 둘은 감정이 상했는지 인상이 구겨져 있다. 호 낭자를 사이에 두고 장시간 긴 연설을 해야 했던 것이 기분 좋은 일은 아니었기 때문이다. 간단히 처리할 일을 힘들여 어렵게 한 것에 혈압이 올라 있었다. 둘은 각자 반대 방향으로 씽씽 걸어가다가 딱 멈춰 섰다. 약속이나 한 듯이 그렇게 했다. 그리고 홱 돌아서서 상대를 째려보기 시작했다. 그동안 많은 감정이 쌓였는지 매의 눈으로 바라본다. 그들은 새삼스럽게 부아가 나는지 몸을 부르르 떨었다. 평화 영혼은 전쟁 영혼이 한반도 군사분계선 지역을 둘러싸고 여러 가지 공작을 벌이면서 자기를 방해하고 있다는 생각이 들자 화가 치솟았다. 전쟁 영혼도 마찬가지 생각을 하자 뚜껑이 열리면서 속이 들끓었다. 둘은 중간세계와 인간세계 한반도의 평화와 전쟁을 놓고 서로 경쟁을 하고 있었던 것이다. 둘은 언제나 그랬듯이 이날도 마찬가지였다. 그러나 둘의 힘은 막상막하여서 쉽게 결론이 나지 않고 있었다. 평화가 진전되는 듯싶더니 전쟁에 평화가 밀렸다. 그 반대의 현상이 일어나기도 했다. 둘은 매 순간 힘겨루기를 하고 있었다. 그 때문에 중간세계나 인간세계의 여기저기에서 전쟁과 평화, 평화와 전쟁이 목격되고 있었다. 둘은 서로를 노려보다가 횡하니 돌아서서 제 갈 길을 가버린다. 그러면서 똑같이 속으로 외쳤다.

"반드시 한반도에 평화를 정착하게 만들겠다."

"한반도에서 전쟁이 나게 만들고야 말겠다."

5
분단 지옥에 가다

호 낭자는 평화와 전쟁 영혼과 헤어진 뒤에도 우울하게 가라앉은 기분이 풀리지를 않아 발길 닿는 데로 걸음을 옮긴다. 중간세계 군사분계선 지역은 인간세계의 그것처럼 숲과 나무가 무성하고 새와 동물들이 뛰어놀고 있다. 그러나 그것만이 아니었다. 거기에도 두 패로 나뉜 군인 영혼들이 서로 총구를 겨누고 대치하고 있었다. 그들은 교묘하게 위장을 하고 숨어 있어서 자세히 보아도 눈에 잘 띄지 않았다. 호 낭자는 터벅터벅 걷다가 어느 한적한 곳에 털썩 주저앉아 다시 생각에 잠긴다.

'어디로 가지?'

우선 갈 곳을 정해야 했다. 하지만 신바람이 나지 않는다. 웅녀 후손인 인간들의 이런저런 모습에 충격을 받고 실망했기 때문이다. 하지만 인간에 대해 생각이 복잡하다 해도 시간 낭비를 할 수는 없었다. 마지막까지 최선을 다해 봐야 하겠다는 생각은 변함없었다. 환웅천왕의 지침은 될 수 있는 데로 많은 곳을 찾아다니면서 현장을 살피고 인간세계의 남북한이 평화통일이 되도록 도움을 주는 일을 하라는 것이었다. 그런데 그것이 막막했다. 무엇을 어떻게 해야 할지 여전히 갈피를 잡을 수 없었다.

'어디로 가서 무얼 하지?'

호 낭자는 머릿속이 복잡하고 마음이 무거우니 몸도 무겁다는 것을 느낀다.

평화와 전쟁 영혼이 보여 준 인간의 밝고 어두운 면을 볼 때 어두운 면이 더 두드러지게 보이고 머릿속에 생생하게 기억이 났다. 웅녀가 인간이 되고 자신은 실패한 뒤 가슴 속에서 키워왔던 인간에 대한 동경은 어쩌면 환상일지 모른다는 생각이 들었다. 인간에 대해 굴속에서 오랫동안 부러워하면서 가졌던 큰 기대를 더 이상 가질 수 없을 것 같았다. 그러나 가만 생각해보면 인간만이 그런 것은 아니었다. 세상만사가 다 그랬다. 밝은 면이 있으면, 어두운 면이 있고 선한 면이 있으면 악한 면을 생략할 수 없었다. 호 낭자는 인간도 우주의 일부분이라서 우주가 지닌 여러 가지 면을 인간도 마찬가지로 지니고 있는 것은 당연하다는 생각이 들었다. 환웅천왕이나 웅녀를 생각할 때 열심히 움직이는 것이 도리라고 느껴졌다. 그래서 자리에서 벌떡 일어선다.

‘움직이자. 움직여야 한다. 환웅천왕이 두 번째 인간이 될 기회를 준 것만 해도 얼마나 고마운 일인가. 그런 점을 생각해서라도 내가 열심히 해야 한다. 일어서서 움직이자.’

호순이는 기분이 가벼워지면서 평상시처럼 편안한 마음이 되었다. 그래서 무언가 자기가 해야 할 일이 기다리는 것처럼 느껴지는 방향을 향해서 열심히 달려가기 시작했다. 얼마 쯤 가자 숲과 나무가 우거진 비옥한 땅이 끝나고 사막처럼 황량한 벌판이 나온다. 그곳을 지나면서 호 낭자는 공중으로 뛰어올라 날아가기 시작했다. 얼마쯤 비행했을까, 저 멀리 한눈에 보아도 괴기한 곳이 눈에 띈다. 삼엄한 기운이 감싸고 있는 그곳에는 큰 산, 작은 산들이 엎드려 있고 산 아래는 뿌연 안개가 잔뜩 끼어 있어 아무것도 보이지 않았다. 호 낭자는 서서히 그곳을 향해 내려가기 시작해 지상에 가까이 다가갔다. 그때 이상한 소리가 들리기 시작했다. 귀를 기울여 들어보니 처절한 비명 소리였다. 피가 튀고 살이 찢기는 고통 소리가 하늘과 땅 사이를 가득 채우고 있다.

‘저게 무슨 소리지?’

호 낭자는 깜짝 놀라 웬일인가 살폈지만 잔뜩 낀 안개 때문에 산 아래 쪽이 잘 보이지 않았다. 그러나 내면에서 큰 호기심이 발동한다. 비명소리가 진동하는 이곳이 무엇을 하는 곳인지 확인하고 싶었다. 호 낭자는 기괴한 지역을 조심스럽게 살피면서 땅에 닿을락 말락 한 높이로 비행한다. 그렇게 얼마나 더 날아갔을까. 커다란 집이 한 채가 눈앞에 나타났다. 엄청나게 큰 집이었다. 그 집은 뿌연 연기 속에 우뚝 서 있었다. 집 주변은 안개 때문에 아무것도 보이지 않는다. 가까이 다가가자 그 집 대문 앞에 서 있는 문지기가 같은 존재가 보였다. 그 존재는 험상궂은 도깨비 모양을 한 괴물을 닮았다. 호 낭자는 왠지 그 집 앞으로 가고 싶었다. 꼭 그래야 할 것 같았다. 어떤 힘에 이끌리듯 호 낭자는 잔뜩 긴장한 채 그 집으로 다가간다. 호순이가 집 앞에 사뿐 내려앉자 괴물이 큰 소리로 말했다.

"어서 오시게. 여긴 중간세계 군사분계선을 방문한 분이 꼭 들려야 할 필수 코스라네."

"?"

호 낭자는 괴물이 자기를 환영하는 모습에 눈을 동그랗게 뜨고 멀뚱멀뚱 바라본다. 그렇게 할 수밖에 없었다. 다른 행동을 취할 수가 없었다. 전신이 갑자기 마비된 듯 움직이지 않는다. 갑자기 기력이 다 빠져나간 것이다. 호 낭자는 안간힘을 쓰면서 신통력을 발휘하려 했으나 헛수고였다. 호 낭자는 진땀을 흘리며 허수아비처럼 서 있을 뿐이었다. 그러자 괴물이 다가와 호 낭자의 덜미에 손을 얹더니 큰 소리로 말했다.

"호 낭자, 이곳은 군사분계선 지옥 파견소다. 이곳은 한반도 분단과 관련이 있는 존재들이 꼭 방문해야 할 곳이지. 나는 이곳을 지키는 저승사자다. 네놈이 이곳에 제 발로 걸어 온 것을 보니 한반도 분단과 무슨 관련이 있는 것이 틀림없다. 분단이 얼마나 심각한 것인가 하는 것은 수많은 지옥 방의 고통을 하나하나 맛보면 실감하게 될 것이다. 남북한 분단으로 인해 생긴 죄악과 비극의 종류만큼 다양한 고통의 지옥 방이 마련되어 있다."

호 낭자는 그 말을 듣고 속으로 '이곳이 지옥이라고? 내가 왜 지옥에 가야 하지?'하면서 크게 놀랐다. 그래서 '나는 한반도 분단과 관련이 없고 분단 해소를 위해 왔을 뿐이다.'라고 외쳤으나 말소리가 입 밖으로 나오지 않았다. 호 낭자는 꺽꺽거리며 도망가려 했지만 그렇게 되지 않는다. 전신에 기운이 없어 발가락 하나 움직일 수가 없다. 호 낭자가 간이 콩알만 해진 채 눈만 멀뚱멀뚱하면서 통나무처럼 서 있자 저승사자가 커다란 손으로 목덜미를 낚아채듯 움켜쥐었다. 그리고 겁에 질려 벌벌 떠는 호 낭자의 몸뚱이를 번쩍 들고 집안으로 들어간다. 호 낭자가 끌려 들어간 집 안쪽에는 여러 개의 복도가 있고 복도 좌우에 많은 방들이 보였다. 방마다 위쪽에는 붙어 있는 작은 판자에 무슨 무슨 지옥 방이라고 쓴 글자가 보였다. 저승사자는 입구 맨 앞쪽에 있는 한 지옥 방 앞에 멈춰서더니 호 낭자에게 큰 소리로 말했다.

"네가 이곳에 온 것을 환영한다. 자, 서두르자. 네가 들려야 할 지옥의 방이 너무 많아 서둘러야 한다. 너는 이 지옥 방들을 순차적으로 돌아다니며 분단이 얼마나 심각한 것인지 절실히 느끼게 될 것이다. 내가 차례로 네놈을 여러 지옥 방으로 안내하마."

저승사자는 맨 먼저 호 낭자를 칼산 지옥 방으로 끌고 갔다. 호 낭자는 자신이 환웅천왕의 지침을 이행하기 위해 이곳에 왔을 뿐이니 지옥 방에 들어갈 이유가 없다고 외쳤으나 소용없었다. 저승사자는 발버둥 치는 호 낭자를 칼산 지옥 방에 처넣는다. 그 방은 입구에서부터 산등성이처럼 생겼고 그곳 전체에 칼날로 박혀있었다. 호 낭자는 맨발로 그곳을 지나가야 했다. 칼날은 마치 열대림의 수풀처럼 빼곡히 박혀 있다. 그곳을 지나가는 동안 그의 발과 다리는 살이 갈라지고 뼈가 부서졌다. 엄청난 고통으로 정신이 가물가물해졌다. 저승사자는 그를 채찍으로 몰아간다. 호 낭자가 칼산을 넘어가는 동안 몸은 갈가리 찢어졌다. 그런데 신기한 일이 벌어지고 있다. 몸이 넝마처럼 찢어졌는가 하면 어느 틈엔가 다시 원상태로 돌아왔다. 이런 고통의 과정이 수없이 되풀이 되었다.

"살려주세요."

"이놈아, 맛이 어떠냐? 한민족은 원래 하나였다가 남북한으로 찢어진 것 아니냐. 칼날로 찢기는 것은 분단으로 생긴 이산과 이별과 사별의 아픔을 상징한다. 분단의 책임이 누구에게 있든 간에 분단을 해소하지 못하고 서로 갈라져 살면서 세월을 보냈다면 그 죄가 크다. 분단국의 모두에게 무한 책임이 있는 거다. 그러니 억울하게 생각하지 말거라. 네놈이 죄 값을 치르다보니 그 맛이 어떠냐? 말 안 해도 잘 알지. 그럼 다음은 맷돌 지옥으로 가 볼까. 서로 갈라져 치고받고 전쟁까지 한 죄에 대한 죗값을 치러야 하는 곳이 그곳이니라."

저승사자는 호 낭자를 맷돌 지옥 방에 발로 차 처넣었다. 그곳은 호 낭자의 몸과 영혼을 맷돌에 넣고 콩을 갈 듯이 갈아댄다. 호 낭자의 살과 뼈, 피는 물처럼 갈라져 맷돌 밖으로 질질 흐른다.

"으아악."

호 낭자는 형언할 길 없는 고통에 비명을 지르고 또 질렀다. 맷돌에 갈려 나온 그의 영혼과 몸은 다시 원상대로 돌아간다. 그러면 또다시 맷돌질이 시작되었다. 동일한 과정이 끝없이 되풀이된다. 그는 참을 수 없는 고통 속에 외쳤다.

"잘못했습니다. 그러나 저는 분단에 책임이 없습니다. 그러나 앞으로 분단을 방치하는 죄를 저지르지 않겠습니다."

그는 맷돌 지옥에서 벗어나게 해달라고 저승사자에게 필사적으로 매달렸다. 그러나 저승사자는 무표정한 얼굴로 바라볼 뿐이다. 호 낭자는 사력을 다해 저승사자에게 빌며 도와달라고 외쳤다. 아무 소용이 없다. 얼마나 그런 고통의 시간이 지났을까. 저승사자는 맷돌 지옥에서 호 낭자를 끄집어낸다. 이어 송곳 지옥 방에 그를 내던진다. 전신을 빈틈없이 송곳으로 찌르는 형벌이다.

"분단된 조국으로 인해 겪어야 할 고통은 바늘방석에 앉아 있는 것과 같다."

저승사자는 호 낭자의 귀에 대고 소리쳤다. 호 낭자가 겪는 고통이 심할수록 저승사자는 입가에 잔인한 미소를 짓는다. 즐기는 듯했다. 호 낭자는 지은 죄만큼 송곳질의 고통을 견뎌야 했다. 송곳 지옥 다음은 불지옥 방이다.

"분단의 죄를 태워 없애야 한다."

저승사자는 호 낭자를 수천, 수만 도의 불바다 속에 던져 넣었다. 남북 분열과 대립 과정에서 저지른 편 가르기 죄업을 말끔히 태워 없애야 한다는 것이었다. 호 낭자의 살과 뼈가 불길 속에 타서 없어진다. 그러면 몸이 다시 원상태로 돌아와 불에 타는 고통이 반복된다. 그는 형언할 수 없는 고통에 시달린다. 까무러쳤다가 깨어나기를 수없이 되풀이 한다. 뼈를 재로 만들어 버리는 불길 속에서 나뒹굴기를 얼마나 했을까. 저승사자가 숱 덩이가 된 그를 불구덩이에서 끄집어 올렸다. 이어 호 낭자가 던져진 곳은 얼음 지옥 방이다.

"분단의 차가운 고통에 대한 죗값을 치러라."

분단으로 인한 서러움과 애간장이 타들어 가는 이산가족의 슬픔, 동족끼리 증오를 주고받은 죄가 몸속에서 고드름이 되어 몸 밖으로 튀어나왔다. 살을 짓이기고 뼈를 부러뜨리는 얼음 고드름으로 호 낭자의 몸은 넝마처럼 찢어발겨졌다. 신경 마디마디가 모두 얼어붙다가 파열되는 과정이 끝없이 이어졌다. 얼음 지옥의 고통이 끝난 뒤 호 낭자는 벌레 지옥 방에 던져졌다.

"분단으로 망가진 것들에 대한 죄가 얼마나 큰지 아느냐."

저승사자는 호 낭자에게 분단으로 멀쩡했던 것들이 망가진 것에 대해 속죄하라고 외쳤다. 분단의 파괴에 대한 업보를 털어내는 지옥이었다. 장미꽃이 벌레의 밥이 되듯 호 낭자의 몸뚱이 모든 땀구멍에 벌레들이 파고든다. 살을 파먹고 피를 빨았다. 전신의 살과 뼈가 파 먹히면 다시 몸뚱이가 재생된다. 그 과정이 반복된다. 고통이 전신을 파먹는다.

"다음은 태풍 지옥 방의 맛을 즐겨라."

분단에 대한 형벌이었다. 원래 하나였던 강토가 찢어지면서 외세에게 동족이 시달리게 한 죄를 묻는 지옥 방이다. 초강력 태풍의 수십 배 되는 바람 앞에서 호 낭자의 몸뚱이는 헌 옷처럼 찢어져 허공에 흩어졌다. 아무것도 남아 있지 않게 된 순간 호 낭자의 몸이 다시 원상태로 복원된다. 이어 태풍으로 몸이 찢어지는 고문이 되풀이 되었다. 그다음은 망치 지옥 방이었다. 분단의 고통에 연루된 죄에 대한 문책을 하는 곳이다. 호 낭자는 온몸을 쇠망치로 짓이겨 종잇장처럼 얇게 될 때까지 두들기는 망치 지옥 방에서 고통을 당했다. 망치는 그의 전신을 두들겨 밀가루 반죽처럼 만들었다. 그 과정에서 고통은 그 이전의 지옥에서 보다 더 지독했다. 종잇장처럼 얇아진 몸뚱이는 이어 원상으로 회복되어 같은 형벌이 가해졌다. 호 낭자는 이어 아귀 지옥 방으로 떨어졌다.

"분단으로 인한 배고픔의 죄가 무엇인지 확인해 봐라."

아귀 지옥 방에서 호 낭자는 지독한 배고픔에 시달리다 제 살을 뜯어 먹는 참혹한 고통을 겪었다. 저승사자는 분단으로 인해 발생한 식량난 속에서 인육을 먹어야 할 정도의 참상이 벌어진 것에 대한 죗값이라 했다. 아귀 지옥 방에 떨어진 존재들은 하나같이 배고픔에 시달리다가 이것저것 마구 먹을수록 더 심해져 오는 배고픔에 시달렸다. 그러다가 결국 제 손과 발, 그리고 제 몸뚱이의 살을 파먹는 참혹한 고통을 당했다. 호 낭자도 자신의 살과 뼈를 다 먹고 입만 남았을 때 다시 전신이 재생되었다. 이어 또다시 제 살을 뜯어 먹는 참혹한 과정을 되풀이 했다. 다음은 전투 지옥 방이었다.

"분단 속에서 살육을 행한 죗값을 치러야 한다."

저승사자는 남북으로 나뉘어 죽이고 죽는 크고 작은 싸움을 벌인 죄에 대한 형벌이 행해지는 전투 지옥 방에 호 낭자를 내던졌다. 그는 그곳에서 헤아릴 수 없이 반복되는 죽임을 당하고 다시 살아나 또 죽는 과정을 되풀이해야 했다. 그는 죽기 직전의 지독한 공포, 죽음을 당하는 과정에서의 끔찍한 공포와 고통 등을 당해야 했다. 호 낭자가 그 뒤로 끌려간 지옥 방은 회칼 지옥 방이었다. 그곳에서는 칼을 든 악귀가 호 낭자를 기둥에 묶고 날카로운 칼로 호 낭자의 살을 조금씩 베어내면서 끔찍한 고통을 주었다. 악귀는 호 낭자의 전신을 돌아가면서 이승의 생선 횟집에서 회를 썰듯 3백 번이 넘게 그의 살을 조각조각 잘라냈다.

"분단으로 인한 고통이 어떤 것인지 맛보거라."

악귀는 분단으로 가족과 헤어지거나 죽고 다치면서 당한 고통에 비하면 호 낭자가 당하는 고통은 아무 것도 아니라면서 칼질을 해댔다. 악귀가 호 낭자 전신의 살을 조각조각 떼어내 호 낭자가 혼절하게 되면 다시 전신의 살을 복원시켜 작업을 또 시작했다. 호 낭자는 회칼 지옥 방에서 헤아릴 수 없이 여러 번 죽었다가 다시 살아나는 과정을 되풀이했다. 호 낭자가 그다음에 끌려들어간 지옥 방은 고문 지옥 방이었다. 그곳의 악귀는 지구의 여러 나라에서 행해진 고문들로 호 낭자를 괴롭혔다.

"분단 속에 행해진 고문의 죗값은 치러야 한다."

고문 지옥 방에서 호 낭자는 맨발로 뜨거운 돌 위를 걷고, 발가벗겨진 채 바늘 끝으로 전신을 찌르는 형벌을 당했다. 그리고 손톱을 모두 뽑아 놓고 손끝을 바늘로 찌르는 고문을 당했다. 그 뒤로 호 낭자는 이름을 붙일 수조차 없는 여러 지옥 방들을 차례로 돌면서 분단에 따른 죄가 그토록 많은 것에 전율했다. 호 낭자는 저승사자가 끊임없이 자신을 새로운 지옥 방의 입구에 처박을 때마다 한없는 절망감 속에 애원도 하고 울부짖으며 용서를 빌었다. 그는 다시는 분단의 죄를 짓지 않겠다고 외치면서 저승사자에게 매달렸다.

"살려주세요. 다시는 남북이 분열되어 싸우는 죄를 짓지 않겠습니다. 평화롭게 재통일이 되도록 제 모든 것을 바쳐 노력하겠습니다. 그러니 제발 이 고통은 면케 해주세요. 살려주세요."

호 낭자는 목청껏 외치며 간절히 애원했다. 그러나 저승사자는 들은 척도 하지 않고 다른 지옥 방으로 끌고 다닌다. 한참 뒤 저승사자는 호 낭자에게 "이제 지옥 방 순례는 끝났다. 너는 네 갈 길로 가거라."라고 말하면서 어디론가 끌고 간다. 호 낭자는 기진맥진해서 눈을 뜨지도 못한 채 저승사자에게 끌려가면서 '나는 분단과 아무 관계가 없는데 억울하게 고통을 받았다.'고 외치려 했으나 역시 목소리는 입 밖으로 나오지 못했다. 그러다가 어느 순간 정신을 잃었다. 그리고 얼마나 지났을까. 호 낭자는 '살려 주세요'라고 외치다가 제 목소리에 놀라 퍼뜩 눈을 떴다. 공포에 질려 창백해진 그의 얼굴에 진땀이 구슬처럼 흘러내리고 있다. 눈을 떴어도 눈앞이 흐릿해서 앞이 보이지 않는다. 연신 눈을 껌벅였다. 눈앞이 차차 밝아졌다. 그런데 옆에 누군가가 있는 것이 흐릿하게 보였다. 호 낭자는 '저승사자가 와 있나?'하는 생각이 들어 벌떡 일어나 살폈다. 저승사자는 아니었다. 낯익은 얼굴이었다. 눈을 씻으며 다시 자세히 보니 옛 친구 웅녀였다. 웅녀가 그의 옆에 앉아서 자신을 돕고 있었다. 세상에 어찌 이런 일이 생기는 것인가. 호 낭자는 깜짝 놀라 벌떡 일어나면서 외쳤다.

"웅녀, 어찌된 일이야? 어떻게 이곳에 왔어?"

호 낭자는 너무 반갑고 고마워 큰 소리로 물었다. 웅녀를 이처럼 가깝게 만나는 것은 웅녀와 둘이 마늘과 쑥을 먹고 같이 지낸 이후 처음이었다.

"아니, 내가 여기 있는 걸 어떻게 알고 왔어, 고맙다."

웅녀는 호 낭자가 반가워 어쩔 줄 모르며 고마워하자 환하게 미소를 지었다. 그러면서 호 낭자가가 옆에 있는 소나무에 등을 기대고 편히 앉도록 도와준다. 호 낭자가 편안한 자세를 취하자 맑은 목소리로 말했다.

"오랜만이야. 호 낭자 정말 이렇게 만나니 반갑다."

"웅녀야 그런데 여기는 어디야? 내가 어디에 와 있는 거야?"

호 낭자가 묻자 웅녀는 빙그레 웃으며 품속에서 나뭇잎처럼 생긴 약초를 꺼내 호 낭자의 가슴에 붙이면서 주문을 외웠다. 숨을 헐떡이던 호 낭자가 진정되면서 생기를 되찾았다. 호흡도 정상으로 돌아왔다.

"끄응."

호 낭자는 기력이 회복되는지 몸을 뒤척였다. 그러자 웅녀가 물었다.

"이제 몸이 회복되었지?"

호 낭자는 "그래, 몸과 마음이 예전처럼 말짱해졌네. 고마워," 라고 말하면서 벌떡 일어나 앉으려 했다. 웅녀는 호 낭자를 부드럽게 만류하면서 다시 소나무에 등을 기대고 편히 앉게 하면서 말했다.

"고생했지? 그런데 저승사자와 악귀가 너를 지옥 방에서 괴롭힌 것은 실제 일어난 일이 아니야. 네가 꿈속에서 경험한 거야. 그건 몰랐지? 호호호."

"무엇이라고? 그것이 다 꿈이었다고?"

호 낭자는 웅녀의 말이 믿어지지 않았다. 그녀의 말을 들으면서 호 낭자는 큰 충격을 받았다. 마치 머리를 둔기로 얻어맞은 것 같았다. 그토록 처절하게 자신을 괴롭힌 지옥 방이란 원래 존재하지 않았다니, 세상에 이런 일이 있나 싶었다. 자신이 그토록 생생하게 지옥을 경험하지 않았는가 말이다. 호 낭자가 고통을 당했던 지옥은 칼산 지옥 방, 맷돌 지옥 방, 송곳 지옥 방, 벌레 지옥 방, 태풍 지옥 방 등 얼마나 그 종류가 다양했던가.

'그런 지옥이 전부가 실재하지 않는다니, 말이 되나.'

호 낭자는 생각할수록 믿어지지 않았다. 얼마나 긴 시간 동안 처절하게 저승사자에게 지옥의 여러 방을 끌려 다니며 끔찍한 고통을 당해야 했던가. 그런데 그게 모두 꿈이었다? 그녀 말을 도저히 믿을 수 없었다. 그 생생한 고통의 순간들이 몽땅 꿈속에서 일어난 것이라고? 그럴 수 없다고 되뇌다가 눈을 감고 생각에 잠겼다. 지옥 방에서 겪었던 뼛속까지 저려 오던 아픔은 난생 처음 겪은 지독한 것이었다. 더욱이 칼날 지옥과 맷돌 지옥 등을 돌면서 당해야 했던 분단 책임에 대한 질타와 징벌의 과정은 얼마나 괴로웠던가? 자신이 분단과 관련이 없는데도 그런 고통을 당하는 것이 너무 억울했다. 저승사자가 자신의 말을 들으려고도 하지 않아서 분통이 터져 죽을 것 같았고 더욱 고통스러웠다. 그런데 그것이 몽땅 꿈이었다니, 믿어지지 않았다. 자신이 끌려간 수많은 지옥과 그곳에서 되풀이되던 무서운 고통의 기억은 너무도 생생했다. 온몸에서 아직도 그때의 아픔이 절절하게 남아 있다. 현장의 모습들도 눈앞에서 훤하다. 그는 몸서리치면서 전신의 털들이 곤두서는 것을 느꼈다. 식은땀이 뜨겁게 솟았다. 그것이 꿈이었다니, 믿을 수가 없었다. 하지만 웅녀가 그렇게 말하니 그럴 수도 있을 법했다. 웅녀가 거짓말을 할 리 없었다. 웅녀가 그렇게 말하면 믿어야 한다. 하지만 웅녀와 이렇게 만난 것은 꿈이 아니니 얼마나 좋은가. 웅녀가 자신을 위로하고 있다는 것만으로도 좋았다. 기뻤다. 호 낭자는 웅녀와 더 이야기하고 싶고 같이 뭐라도 하고 싶어 자리를 털고 일어나고 싶었다. 그래서 전신의 신통력을 운행시켜 기운을 되찾고자 했다. 그러나 도무지 자신의 마음대로 되지 않는다. 환웅천왕이 주신 강한 신통력으로 무장되어 있는 그였다. 그러나 웬일인지, 도무지 기운을 차릴 수가 없다. 몸이 천근만근 무겁다. 눈꺼풀도 무거워 눈을 뜨고 있을 수가 없었다. 호 낭자는 눈을 감아야 했다. 그러다 스르르 잠에 빠져들었다. 그러나 얼마 지나지 않아 악몽을 꾸다가 벌떡 일어났다. 지옥에서의 그 지독한 형벌 방에 내던져지는 꿈을 꾸다가 깬 것이다.

"아악, 호랑이 살려."

호 낭자는 무서운 지옥 속에서 고통받는 악몽에서 깨어나면 식은땀을 흘린다. 그러다가 갑자기 몸을 부르르 떨면서 공포에 질렸다. 까맣게 잊었던 몇 개의 지옥 방 기억이 갑자기 되살아났기 때문이다. 너무 끔찍해서 잊고 싶었고, 기억 속에서 지우려 했던 두어 개 지옥 방 고문이 생각난 것이다. 저승사자가 호 낭자를 처박았던 지옥 방 가운데 가장 참혹했던 몇 개 지옥 방에 대한 기억들은 생각하는 것 자체가 큰 고통이었다. 하지만 지옥이란 존재치 않는다는 웅녀의 말이 불쑥 생각난 것이다.

'그렇다 해도 너무 끔찍했다. 끔찍했어.'

호 낭자가 공포에 질려 어쩔 줄 모르고 진땀을 흘리지만 웅녀는 옆에 앉은 채 아무 말 하지 않고 지긋이 바라만 본다. 그녀는 입을 다문 채 아무 말도 하지 않는다. 호 낭자는 답답해 다시 물었다.

"웅녀야, 내가 정말 꿈을 꾼 거야?"

호 낭자가 벌떡 일어나 앉으며 웅녀의 위로를 받고 싶어 그녀의 손을 덥석 잡으려 했다. 그러나 호 낭자의 손은 허공을 휘저었을 뿐이다. 곁에 앉아있는 웅녀의 손을 잡을 수가 없다.

'이상하다. 왜 이러지?'

호 낭자는 맘이 급해지면서 웅녀의 손을 잡으려 애를 썼다. 그러나 번번이 허사였다. 호 낭자가 웅녀의 손을 잡으려 하면 웅녀의 손은 증기가 증발하듯 보이지 않았고 호 낭자의 손은 허공을 잡을 뿐이었다. 호 낭자는 더욱 애가 탔다. 웅녀의 손을 잡으려 그녀에게 다가가려 했다. 하지만 그녀의 손이 잡히지 않는다.

"웅녀, 왜 그러는 거야?"

호 낭자는 가슴이 터질 것처럼 속이 타서, 있는 힘을 다해 웅녀에게 손을 뻗쳤다. 그러나 웅녀의 손은 잡히지 않고 웅녀는 조금 더 자신에게서 멀어진다. 손을 더 힘껏 뻗어 보지만 웅녀는 더 멀어진 곳에 앉아 있다. 호 낭자는 가슴이 터질 것 같았다. 그런데 도무지 어떻게 할 수가 없다. 몸이 마음대로 움직여지지 않는다. 호 낭자가 안타까워 몸부림치는 동안 웅녀는 그에게서 더 멀어지고 있었다. 아무리 버둥거려도 멀어지는 웅녀를 따라갈 수가 없다. 웅녀는 그에게서 점점 멀어지기만 했다. 호 낭자는 웅녀를 향해 손을 내뻗으며 애처롭게 외쳤다.

"웅녀, 웅녀야."

호 낭자는 웅녀가 한 말을 받아들일 수가 없었다. 혼자서 엎치락뒤치락 하며 고통 속에 생각해 보았지만 시원한 해답이 머릿속에서 떠오르지는 않았다. 긴 시간 고민 고민하다가 잠이 들었다. 호 낭자는 꿈 속에서 또 웅녀를 만났다. 웅녀는 호 낭자에게 상냥한 미소를 지으며 말했다.

"네가 한반도 분단하고는 아무 관련이 없는데 분단 죄인처럼 고통을 당하는 꿈을 꾼 것은 환웅천왕님이 분단 해소가 얼마나 중요한 것인가를 네가 확실히 인식했으면 해서 그렇게 하신 거란다. 네가 분단 해소를 위해 열심히 노력해서 인간이 되도록 하려고 너에게 그런 꿈을 꾸도록 하신 거라고."

"그랬어?"

"그래. 그러니 네가 열심히 노력해서 꼭 인간이 되었으면 해. 나도 진심으로 그렇게 되기를 바라고 있어. 항상 기도할게."

"고맙다."

호 낭자는 꿈속에서도 웅녀가 너무 고마웠다. 그리고 웅녀와 대화를 한 뒤로 심신이 편안해 지는 것을 느꼈다. 그래서 그런지 호 낭자는 깊은 잠에 빠져 들었고 오랜 시간이 지난 후 깨어났다. 이번에는 악몽을 꾸지 않았다. 평화롭게 긴 잠을 푹 잔 것이다. 호 낭자는 잠에서 깨어나면서 자신의 몸이 가뻔해진 것을 느꼈다. 상쾌한 느낌도 들었다.

'웅녀가 지옥 방 고통은 꿈이었다고 말해 내 마음속의 상처가 치유 되었나.'

호 낭자는 문뜩 웅녀가 고맙다는 생각이 들었다. 그녀에게 지옥이 없다는 이야기를 듣기 전에는 여러 지옥 방에서 당한 그 무지막지한 고통으로 얼마나 괴로웠던가. 몸과 마음이 참혹한 고통 속에 완전히 망가진 것이란 절망감에 사로잡혔었다. 그래서일까, 손가락 하나 움직일 수 없었다. 그런데 지금은 그게 아니다. 전신에 기운이 예전처럼 넘치고 꿈틀거린다. 환웅천왕이 선물한 신통력의 기운도 분명히 느껴진다. 호 낭자는 벌떡 일어나 사지에 힘을 주면서 힘차게 기지개를 켠다. 이제 일어나 움직여야 한다. 이곳에서 잠든 지 오래된 것 같았다. 호 낭자는 주변을 살피니 울창한 소나무 숲이었다. 자신이 몸을 기대자고 있던 커다란 소나무 밑동이 따뜻한 것을 보니 오랜 시간 잠들어 있었던 것 같았다. 자신이 어떻게 이런 곳에 와있었는지 궁금했다. 웅녀가 도와준 것이 틀림없었다. 그렇지 않고는 이렇게 편안한 잠자리에서 숙면을 취했을 리 없었다. 호 낭자는 웅녀에게 다시 뜨거운 감사의 마음을 전하면서 자리를 털고 일어난다.

'이곳이 어딘가부터 알아보아야 하겠다.'

호 낭자는 신통력을 작동해 주변을 살펴보니 군사분계선 지역에서 남쪽으로 조금 떨어진한 산등성이였다. 수려한 산들이 겹겹이 둘러싸인 소나무가 무성한 깊은 숲속이었다. 새벽 시간이어서 주변에서 새와 벌레들이 잠을 깨어 움직이며 노래하기 시작했다. 호 낭자는 자신이 더 이상 이곳에 있어서는 안 될 것 같았다. 빨리 열심히 움직여 환웅천왕의 시험에 합격하기 위해서 노력해야 한다고 생각했다.

6

신선들과의 대화

호 낭자가 소나무가 무성한 깊은 숲속을 막 출발하려고 할 때 갑자기 이상한 기운이 피부에 느껴져 바위 뒤로 몸을 숨긴다. 혹시 저승사자가 또 오는가 싶어 두려웠다.

'보통 기운이 아닌데..'

호 낭자는 머리를 갸우뚱하지 않을 수 없었다. 하늘나라에서도 신령들에게 흔히 느꼈던 그런 기운이 아니었기 때문이다. 그 순간 누군가 호 낭자의 머리를 툭 치면서 호령하는 것이 아닌가.

"정신 차려라. 이 호랑이야."

호 낭자는 화들짝 놀라 위를 올려다보았다. 그리고 용수철 튕기듯 땅을 박차면서 몸을 일으켰다.

'중간세상에서 나를 알아보는 이가 있다니. 세상에 이럴 수가?'

소나무 가지가 바람에 흔들리다가 멈췄을 뿐 호 낭자 주변에서의 별다른 낌새는 없었다. 그런데 감미로운 향기와 함께 신묘한 음악이 들려왔다. 호 낭자는 전신의 털이 일시에 곤두서는 것을 느꼈다. 그리고 이마 위에 와 닿는 충격이 무엇이었나 알아내려 하다가 문득 깨달았다.

'이 향기와 음악은 하늘나라의 높으신 분이 내려오신 기척이다. 그분이 내 이마를 쳤구나.'

호 낭자는 얼른 공손한 자세를 취했다. 순간 호 낭자 눈앞에 수증기 같은 기운이 어른어른 하는가 싶더니 고구려 시조 왕인 동명성왕이 나타나는 것이 아닌가. 호 낭자는 그 이름이 고주몽인 동명성왕을 잘 알고 있었다. 동명성왕은 환웅천왕과 절친한 천제(天帝)의 손자였다. 환웅천왕이 천제의 아들인 해모수가 비범한 재주를 지녔다고 칭찬하던 것을 호 낭자는 기억하고 있었다. 그러니 호 낭자로선 긴장하면서 걱정하지 않을 수 없었다.

'혹시 동명성왕이 내가 늘어져 잠이나 잔다고 천제에게 말씀드리고 그러다가 환웅천왕님의 귀에 들어가면 어떡하지? 내가 인간이 될 수 있느냐 없느냐의 시험을 받고 있는 것을 동명성왕이 어떻게 알고 여기까지 오셨을까?'

이런 생각 저런 근심이 머릿속을 휙휙 지나가면서 호 낭자의 표정도 어색하게 일그러졌다. 수증기 같은 기운이 어느 틈엔가 가시고 동명성왕이 우뚝 호 낭자 앞에 버티고 섰다. 우렁우렁한 동명성왕의 목소리가 호 낭자의 머리통 위로 쿡쿡 와서 박혔다.

"이 덜된 호랑이야. 그런 잡생각에 휘감겨 시달리니 이번에도 인간이 되는 게 쉽진 않겠구나. 나는 너 때문에 이곳에 온 것이 아니니 염려 말아라. 내가 이곳에 온 것은 이곳이 하늘나라의 신령들에게 지정된 휴식 장소이기 때문이다. 하늘나라의 계율에 따라 우리는 중간세상이나 인간 세상의 일정한 장소에서만 머물게 되어 있느니라. 신당이나 삼신각 등이 그런 곳이 아니더냐? 네가 쉬고 있던 이곳도 옛날에는 신당이 있었지만 웅녀의 후손들이 개발을 한다고 헐어내 버렸단다. 네가 이곳에 와서 편히 쉰 것도 다 하늘나라의 계율에 이끌림을 받았기 때문이다. 하늘나라에서 온 나나 너는 아무 곳에서나 쉴 수가 없게 되어 있단다. 오늘 나는 다른 두 분하고 이곳에서 잠시 머물다 가련다. 어흠."

동명성왕은 호 낭자에게 하고 싶은 말을 마쳤는지 소나무 밑의 큰 바위 쪽으로 걸음을 떼어놓았다. 동명성왕의 타이르는 말에 호 낭자는 몸 둘 바를 모를 만큼 부끄러워져서 다른 두 신령이 누구인지를 쳐다볼 엄두조차 내지 못했다.

'아이쿠, 동명성왕은 내 생각을 다 알아채시고 있구나. 그런데 다른 두 영혼은 누구지?'

호 낭자는 신통력을 이용해 다른 두 영혼이 누구인지를 알아내고 깜짝 놀랐다. 그 유명한 백제의 계백장군과 신라의 김유신 장군이었기 때문이다. 호 낭자가 긴장해서 어쩔 줄 모르는 사이에 두 장군이 동명성왕의 옆으로 다가온다.

"자 앉읍시다."

동명성왕이 바위 위에 걸터앉으며 말하자 두 장군은 적당한 거리를 두고 자리를 잡고 앉는다. 두 장군은 서로 머뭇거리는 움직임을 보였는데, 이를 눈여겨보던 동명성왕이 말을 계속했다.

"두 분은 이제 옛일을 잊고, 오늘날 한겨레가 다시 통일을 시도한다니 같이 기뻐하십니다. 하늘나라의 계율에 따라 무릇 인간은 세상을 등지게 되면 모든 것을 흐르는 물에 흘려보내듯 속세의 것을 망각해야 되는 것 아닙니까? 특히 인간 세상에 하늘나라의 계율이 티끌만큼이라도 영향을 미쳐서는 안 되는 만큼, 우리는 그저 기쁜 마음으로 한민족의 통일이 잘되도록 지켜봅시다."

동명성왕의 말이 끝나가 계백장군이 입을 열었다.

"오늘 한반도가 통일을 위해 노력하는 것을 보면서 한없이 기쁘면서도 그 옛날 1300여 년 전 백제가 신라와 당나라에게 패망하면서 당한 일이 다시 생각나 마음이 무척 괴롭습니다."

계백장군의 목소리는 가늘게 떨렸다. 그는 격정을 누르려는 듯 눈을 질끈 감았다. 눈꺼풀이 파르르 떨리며 경련을 일으킨다. 그 모습을 외면하려는 듯 고개를 돌리고 있던 김유신 장군이 자그맣게, 그러나 또렷한 음성으로 말문을 열었다.

"당시 상황으로는 신라가 살아남기 위해 불가피했습니다. 삼국이 모두 최선을 다했다고 보아야 하며, 신라가 당나라와 연합해 백제, 고구려를 정벌한 것은 역사의 필연이었습니다."

김유신 장군의 말이 채 끝나기도 전에 계백장군의 노기 어린 목소리가 튀어나왔다.

"역사적 필연이라구요? 그래 나-당 연합군이 백제로 밀려올 때의 초토화 작전도 역사적 필연이었습니까? 눈에 보이는 모든 백제의 것은 다 파괴하고 불 질러 버렸다는 것은 오늘날 인간 세상에서도 개탄하고 있지 않소이까? 그래, 삼국 중에 가장 후진국이었던 신라의 열등감이 이런 식으로 폭발했던가요? 나·당 연합군이 백제인을 무차별 살육한 것은 어떻게 설명하시겠습니까? 본인이 전장에 나아가기 전에 처자식을 다 죽인 이유를 아시나요? 포로로 잡혀 노예가 될지 모르니 살아서 욕보는 것보다 차라리 죽는 것이 낫다고 생각해 그랬던 것입니다. 당시 상황이 얼마나 처절했으면 제가 그랬을까요?"

계백장군이 울분에 찬 말을 쏟아내자 김유신 장군이 썩 나서면서 말했다.

"계백장군, 장군이 출전하기에 앞서 처자를 모두 죽인 것이 오히려 군사들의 사기를 떨어뜨려 결국 백제군이 패한 것 아닙니까? 장군과 결사대 5천여 명은 신라군 5만여 명을 압도할 만큼 잘 싸웠지만 관창 등 어린 화랑의 죽음으로 사기가 오른 신라군에 패했습니다. 장군이 처자식을 죽여 결사대를 독려했다면, 신라군은 화랑을 백제군이 죽이도록 해서 승리한 것입니다. 이런 차이를 아시나요? 죽음이 전쟁의 수단으로 동원된 두 사례지만, 그 결과는 판이했습니다. 또한 전쟁은 정치의 연장입니다. 전쟁에서 이길 수도 있고 질 수도 있습니다. 저를 보십시오. 저의 증조부는 신라에 투항한 금관가야의 구해왕이었습니다. 저는 가문에 비우호적인 보수적 신라 왕족, 귀족 틈에서 살아남기 위해 싸워야 했고, 그래서 백제와 고구려와도 전쟁을 해야 했습니다."

그러자 계백장군이 손을 저의며 김유신 장군의 말을 가로챘다. 그의 목소리는 아까보다 더 떨려 나왔다.

"장군은 죽음의 의미를 함부로 비교하지 마시오. 본인이 처자를 죽인 것은 3천 궁녀가 낙화암에서 투신자살한 것 등을 살필 때 그 처절한 의미가 설명될 것입니다. 나·당연합군의 잔혹성이 너무 끔찍했습니다. 그들에게 잡히는 것보다 죽는 것이 나은 절박한 상황이었습니다. 본인이 처자를 죽인 것과 궁녀들의 집단자살은, 전투에서 승리하기 위한 잔인한 이기주의 때문에 죽음으로 내몰린 어린 화랑의 죽음과 단순 비교될 수는 없습니다. 장군은 어린 화랑의 목숨을 미끼 삼아 전체 신라군의 백제군에 대한 분노를 촉발시킨 것이지요. 참 대단한 발상입니다. 죽음도 수단으로 삼는 장군의 비상한 머리에 경의를 표합니다. 저는 우매해서 장군의 지략에 미치지 못했습니다. 처자를 제 손으로 죽인 것은 저도 죽음을 각오하고 전장에 나간다는 것을 확인시키기 위해서였습니다. 장군의 비상한 전략, 전술과 처세술에 경의를 표합니다. 장군은 언제나 타의 모범이 되어야 한다는 태도로 살았다고 들었습니다. 장군은 후세에 어떻게 기록된 지 아십니까? 제가 그것을 구했는데 지금 가지고 있어 읽어드리겠습니다. 들어보세요.

—스스로를 엄격히 단속하며, 신라 다중(多衆)의 결속과 사기를 북돋으려는 한결같은 노력을 계속했다. 연속되는, 출정에서 가족들이 기다리는 집 앞을 돌아보지도 않고 지나친다든가, 혹독한 추위 속의 지친 군사들의 앞을 어깨를 드러내놓고 앞장선다거나, 아들 원술이 당나라군과 전투에서 패배하고 도망해 오자 왕에게 참수형에 처하라고 건의하고 끝까지 용서하지 않은 일 등은 스스로를 엄격히 단속하며 신라 다중의 사기를 북돋으려 노력한 것의 단면들이다.—

지금 읽어드린 것만으로도 장군이 살아남아 최후의 승자가 되기 위해 얼마나 애를 썼는지 잘 나와 있습니다. 이토록 남의 눈만을 의식하고 살면서 타인의 자신에 대한 경계심을 살핀 끝에 결국 부귀영화를 누린 장군의 생애에 경의를 표합니다."

계백장군의 말을 듣던 김유신 장군의 표정이 크게 일그러졌다. 분을 참지 못하겠다는 듯 자리를 박차고 벌떡 일어섰다. 분위기가 험악해지고 있었다. 호 낭자는 눈이 휘둥그레졌다.

'아니, 인간 세상을 살다간 고귀한 영혼들이 왜 이런다지? 까마득히 다 지난 옛일인데...'

호 낭자는 계백장군과 김유신 장군의 말다툼을 동명성왕이 왜 말리지 않나 의아한 생각이 들었다. 동명성왕은 눈을 지긋이 감은 채 두 장군의 흥분상태를 모른 척하고 있었다. 동명성왕 또한 자신이 건설한 고구려가 나·당연합군에게 망한 것을 화상하고 있어서일까 하고 호 낭자는 생각했다. 김유신 장군에 이어 계백장군도 자리에서 벌떡 일어나자 동명성왕이 감았던 눈을 번쩍 떴다. 그리고 큰 소리로 말했다.

"두 장군은 진정하시오."

동명성왕의 목소리가 얼마나 우렁찼던지 두 장군은 물론 호 낭자도 움찔했다. 동명성왕의 말이 계속됐다.

"장군들은 왜들 그러시오. 두 장군이 하늘나라의 계율을 지키면서 고귀한 영혼의 길을 걸어온 지도 적잖은 세월이 흘렀지 않소이까? 한민족의 통일을 위한 노력이 행해지는 상황에서 두 분이 인간 세상에서 벌어졌던 일로 흥분하다니 딱합니다. 더욱이 우리 옆엔 인간이 되려고 애쓰는 호랑이가 지켜보고 있는데 인간 세상 때의 일로 말다툼을 하시다니, 부끄럽지 않소이까?"

위엄이 가득한 동명성왕의 말에 두 장군은 흥분을 가라앉히려 노력하며 제 자리에 도로 앉았다. 그제 서야 호 낭자의 뛰던 가슴도 진정되었다. 동명성왕이 다시 입을 열었다.

"두 분은 이미 아시는 바와 같이, 계백장군의 생애는 인간 세상에서 약간의 논란이 있었지만 조선 시대의 유학자들에 의해 충절의 표본으로 받아들여지는 등 대략 결론이 난 것 아닙니까? 예를 들면 서거정 등은 당시 백제가 망하는 것은 필연적인 사실이기에 자신의 처자가 욕을 당하지 않도록 몸소 죽이고 자신도 싸우다 나라와 더불어 죽은 그 뜻과 절개를 높이 사야 한다고 했지요. 물론 조선 유학자들의 평가가 21세기의 인간 세상에서는 받아들여지지 않을 수 있지요. 예를 들면 계백장군의 행동은 국가 우선주의에 너무 기운 것 아니냐 하는 비판을 받을 수 있다고 하오. 그러나 인간들의 사고란 자유 분망한 것이니 그냥 내버려 둡시다. 인간들이야 처해진 상황의 제약에서 크게 벗어날 수가 없다는 것을 하늘나라에서는 오래전부터 꿰뚫어 보고 있는 것 아닙니까?"

동명성왕의 차분한 논리 전개에 두 장군은 귀를 기울이는 듯 했다. 그 모습을 바라보면서 동명성왕이 말을 계속한다.

"하지만 두 장군의 말씀을 듣고 보니 고구려를 세웠던 나로

서 고구려 패망에 대해 그냥 지나칠 수가 없습니다그려. 고구려가 내분으로 허망하게 나-당 연합군에 무너진 뒤 대조영 장군이 발해를 세웠지만 나의 후예들은 결국 왕권을 다시 쥐지는 못했소. 만주 벌판을 누비던 고구려 왕족 고 씨의 기백은 크게 꺾인 것이지요. 그리고 어찌된 셈인지 한반도 남쪽에는 고 씨 성 가진 인간들이 자신들의 조상이 제주도에서 발원했다고 믿고 있다 하오. 제주도에는 고 씨 말고도 양 씨와 부 씨 등 세 가지 성의 시조가 탄생했다는 삼성혈이 있어 사적으로 지정, 보호되고 있는데, 이처럼 굴에서 시조가 나왔다는 신화는 한반도의 다른 성씨의 건국신화가 흔히 그 시조는 하늘에서 내려오든가, 알에서 태어나는 내용으로 된 것과 매우 다른 점이 있소. 추정컨대 제주도의 3성과 관련된 신화는 일본이나 동남아에서 흘러온 것으로 보입니다. 특히 탐라국이라는 이름이 생긴 때가 신라가 백제와 고구려를 깨뜨린 뒤입니다. 통일신라는 두 나라 왕족과 귀족의 성씨를 없애고 그 후손들을 분산, 이주시켜 왕국 부흥 운동 시도와 같은 후환을 없애려 했소. 이런 신라의 입장에서 삼성혈은 크게 쓸모가 있었을 것이요. 왜냐하면 고 씨의 발원지가 만주 대륙이 아닌 제주도로 좁혀지면 고구려 부흥 운동이 일어난다 해도 대외적으로 설득력이 떨어지거나 미약해질 테니 말이죠. 특히 고구려의 뒤를 이은 발해는 대 씨가 왕권을 잡으면서 고구려 왕족 고 씨의 위상이 크게 흔들리며 약해졌는데, 결국 고 씨는 발해나 신라 두 나라의 협공을 받아야 했던 것 아니겠소?"

동명성왕은 길게 말한 뒤 김유신 장군의 얼굴을 바라본다. 신라가 고구려 고 씨를 제주도에 처박아버린 짓을 했느냐 하는 것을 묻는 표정이었다. 동명성왕은 김유신 장군의 대답을 듣고 싶어 하는 눈치였다. 그러나 김유신 장군은 눈길을 피하면서 입맛을 쩍쩍 다실뿐이다. 세 영혼 사이에는 불안한 침묵이 흐른다. 동명성왕은 계백장군과 김유신 장군의 말다툼을 말린다면서 길게 이야기하는 동안 얼굴이 상기되어 있었다. 그의 목소리도 차분함을 잃은 듯 했다. 동명성왕이 다시 입을 열려하자 계백 장군이 먼저 말을 시작했다.

"동명성왕이시여, 진정하소서. 동명성왕의 말씀은 좀 더 연구조사를 해봐야 할 듯합니다. 그리고 김 장군과 저를 이 자리에 불러 말씀을 주시기로 했던 주제가 무엇인지 들려주시기 바랍니다. 벌써 저희들이 하늘나라로 돌아갈 해 뜰 시간이 가까워 오고 있습니다."

동명성왕은 조금 겸연쩍은 미소를 짓다가 얼른 자세를 가다듬고 말을 시작했다.

"오늘 두 장군과 자리를 같이 하자고 한 것은 신라가 백제, 고구려를 패망시킨 것이 통일인지 여부에 대해 다시 얘기를 나누려 했던 것이오. 그럼 먼저 김 장군께서 말씀해 보시오."

동명성왕의 말은 통일신라의 업적이 한반도 최초의 통일국가인지를 놓고 벌어진 바 있는 논란에 대한 것이었다. 김유신 장군이 그 질문을 기다리고 있었다는 듯 입을 열었다.

"예, 제가 주도했던 역사적 사실이라 저의 소견보다는 인간세상 역사학자들의 견해, 즉 사관을 소개해 드리겠습니다. 참고로 말씀드리면, 소개해 드리는 사관은 주로 한반도 남쪽 학자들이 내놓은 것입니다. 현재 남한 학계에서는 신라에 의한 통일이 비록 외세인 당나라 세력에 의존해 성취되었고, 고구려의 영역이었던 만주 지역을 상실한 부분적인 통일에 불과하다는 한계가 있지만 이를 계기로 세 나라 국민이 처음으로 한 울타리 안에서 민족공동체를 이룩할 수 있었다는 점에서 신라의 삼국 통일이 큰 의의를 가지는 것으로 이해하고 있습니다. 신라의 삼국 통일에 대해서는 고려와 조선을 거치면서 역사적으로 무거운 의미를 지닌 것으로 평가되었다는 점도 말씀드리고 싶습니다. 즉 신라의 삼국 통일이 한반도 최초의 통일이라는 것은 남한 학계에서 새로 제시된 견해는 아니고, 고려와 조선을 거치면서 내려온 전통적 인식의 연장선상에 있다는 것입니다."

김유신 장군의 말이 끝날 즈음 멀리서 닭 우는 소리가 호 낭자의 귀에 들리는 듯했다. 세 영혼도 서로 얼굴을 마주보며 서둘러야 한다는 기색을 내비쳤다. 그런 분위기를 감안한 듯 계백장군이 빠른 어조로 입을 열었다.

“저는 옛 북한 쪽 역사학자들의 견해를 조사해 가져왔습니다. 원문대로 소개해 드리지요. 자 읽겠습니다. 잘 들어보시지요.

—신라 통치배들이 외세를 끌어들여 고구려와 백제를 멸망시켰으나 고구려 북쪽 땅은 당나라의 강점 밑에 놓여 있었고 신라는 조선 반도의 대동강 이남만 병합하였을 뿐이다. 고구려의 옛 땅에는 또한 그 유민들이 말갈족과 함께 고구려의 장군인 대조영의 지휘 밑에 발해국을 세웠다. 그리하여 우리나라에는 북쪽에는 발해, 남쪽에는 신라가 서로 병립한 국면이 조성되었으며, 이런 국면은 근 230년간 지속되었다. 따라서 신라는 통일국가가 아니라 국토의 남쪽 지역을 차지한 조선의 한 개 지역 왕조에 지나지 않았으며, 우리나라의 첫 통일국가는 고려라는 것이 과학적으로 밝혀지게 되었다. 고려 태조 왕건은 처음부터 주체적인 역량에 의하여 통일 위업을 추진시켰으며 고구려 고지의 수복을 통일 위업 달성의 중요한 부분으로 간주하였다. 9세기 말, 10세기 초에 조성된 복잡한 대륙 정세로 고구려 고지의 전부를 수복하지 못한 채통일 위업을 완수하였다. 그러나 고려 태조 왕건의 주체성 있는 입장은 고구려 고지의 적지 않은 부분을 수복하여 조선 반도의 통일을 달성하였으며, 발해 인민의 많은 부분이 고려에 인입되었다.—

제가 더 많은 분량의 자료를 입수했지만 시간이 없어 이 정도로 줄이겠습니다. 제가 읽어드린 옛 북한 쪽 견해는 이해하시겠지요? 이왕 말씀드린 김에 한 가지만 더 추가하면, 발해에 대한 연구는 아직도 미흡해서 러시아 연해주의 크라스카노 지역에 있는 발해 고분 3백 기중 발해 멸망 후 1천 수십 년이 지난 20세기 초까지 역사학자들에 의해 발굴된 것은 1기에 불과했다고 합니다."

계백장군의 말이 끝나자 동명성왕은 신음 소리처럼 들리는 낮은 목소리로 말했다.

"어허, 남북한이 하나의 역사를 보는 눈이 이토록 다르구나. 이걸 어쩐다지? 두 장군은 어떻게 했으면 좋겠소?"

두 장군은 그 질문에 대답이 궁한 듯했다. 모두 허공만을 바라보고 있다. 그 모습을 본 호 낭자는 가슴이 쿵쿵거렸다. 너무 중요한 동명성왕의 질문에 두 장군이 답변을 하지 않는 것이 답답했고 자신이 나서서 말을 하고 싶은 생각이 굴뚝처럼 치밀었다. 곧 날이 밝으면 세 영혼은 이곳을 떠나게 된다. 그들이 가기 전에 자기라도 답변을 해야 하겠다는 생각을 억누를 수 없었다. 호 낭자는 더듬거렸지만 큰 소리로 "그런 견해차를 좁히려면 시간이 더 걸리겠고 그것은 언젠가는 해소되겠지요."라고 말해버렸다. 그러자 세 영혼은 동시에 호 낭자를 바라보면서 눈을 동그랗게 뜨고 놀란 표정을 짓는다. 동명성왕이 노기 띤

음성으로 호 낭자를 꾸짖었다.

"무례하다. 호랑이 주제에 감히 어디서 함부로 입을 놀리는가!"

호 낭자는 호통 소리에 몸 둘 바를 모르고 쩔쩔맨다. 그래서 고개를 푹 숙이면서 중얼거리듯 변명의 말을 두서없이 늘어놓았다.

"제가 경솔했습니다. 그냥 바라만 보고 있기에는 너무 심각한 문제 같아서 그만…"

동명성왕은 호 낭자를 바라보다가 동녘이 희뿌연해지는 것을 눈여겨 바라본다. 그러다가 두 장군을 돌아보며 말했다.

"장군들 오늘은 이만 돌아갑시다. 방금 제가 두 장군께 드린 질문은 나중에 적당한 기회를 잡아 다시 이야기를 나누도록 하십시다."

호 낭자가 엎드린 채 머리를 들지 못하고 있는 사이에 세 영혼이 수증기 같이 어른거리는 모습으로 변했다가 홀연히 사라진다. 그 모습을 호 낭자가 살짝 눈을 치켜뜨고 훔쳐보았다. 세 영혼은 호 낭자에게 아무 작별 인사도 없이 가버린 것이다. 호 낭자는 그 점이 섭섭했지만 세 영혼이 사라진 방향을 바라보면서 작별 인사를 드린다.

"안녕히 가십시오."

호 낭자는 인사를 드린 뒤에 세 영혼이 서둘러 가신 이유가 궁금해졌다.

'신라 삼국 통일 당시를 회상하다가 세 분이 마음이 상해서 급히 가신 것인가, 아니면 혹시 호랑이 주제에 난데없이 그분들의 대화에 끼어들자 화가 나셔서 그런 것인가?'

호 낭자는 어느 쪽일까를 생각했지만 얼핏 가닥이 잡히지 않았다. 그런데 갑자기 허공에서 무슨 소리가 들려 호 낭자는 깜짝 놀라 귀를 기울인다. 동명성왕의 목소리였다.

"호랑아, 가다 보니 네가 한 말이 옳은 것 같다. 더 시간을 두고 후손들이 연구하는 방법이 최선이겠다. 두 장군도 네 의견에 반대하지 않으셨다. 내가 이 말을 네게 해주려고 돌아왔다. 넌 참 기특하고 영특한 호랑이다. 인간이 될 자질이 충분하다. 환웅천왕의 지침을 잘 준수해서 소원성취하기 바란다. 참, 두 장군도 네게 작별 인사를 전해주라고 부탁하더구나. 잘 가거라."

호 낭자는 감사하는 마음에 머리를 조아린다. 그러면서 씩씩한 목소리로 말했다.

"감사합니다. 안녕히 가십시오."

호 낭자는 한동안 땅바닥에 엎드려 있다가 살그머니 머리를 들어 하늘을 바라보았다. 세 영혼은 어디로 갔는지 그 흔적도 보이지 않는다. 동녘에서는 옅은 어둠이 서서히 걷히고 있었다. 하늘을 온통 짙은 회색이었다. 구름인지 안개인지 구별이 되지 않았다. 하루가 시작되고 있으니 호 낭자가 새로운 여행을 시작해야 할 시간이었다.

'서두르자.'

호 낭자는 어디로 가야 할까 하고 잠시 생각에 잠긴다. 하지만 망설이면서 시간을 낭비해서는 안 될 것 같았다. 호 낭자는 몸을 날려 세 영혼이 떠나버린 장소를 뒤로 하고 마음이 내키는 방향으로 달려가기 시작했다.

"얏호, 아름다운 아침이다."

호 낭자는 새벽바람을 가르면서 신나게 달린다. 고귀한 세 영혼의 덕담을 들은 터라 기분이 아주 좋아서 휘파람을 불고 싶을 정도였다. 시간이 흐르면서 동쪽 하늘이 점점 더 밝아지면서 어둠은 슬슬 꽁무니를 빼고 있었다. 모든 생명 있는 것들은 새 아침을 맞이하기 위해 기지개를 켜고 있었다. 호 낭자가 화살처럼 날아가는데 광활한 평야 지대에 우뚝 솟은 수려한 산이 눈앞으로 다가왔다. 톱날 같은 능선이 이어져 신비한 느낌을 주는 그 산의 꼭대기에는 수십 명이 둘러앉을 수 있을 만큼 펑퍼짐한 바위가 보였다.

'아, 웅장한 산이다!'

호 낭자는 감탄을 하면서 그 산 주위를 맴돈다. 이곳은 그냥 지나쳐서는 안 될 것 같았다. 그런 느낌이 강하게 와서는 산 정상 부근에 있는 큰 바위 위에 사뿐 내려앉았다. 새벽안개가 엷은 비단결처럼 산을 감싸고 있다. 바위 위에서 아래를 굽어보니 사방으로 뻗어 나간 깊은 골짜기들에는 곳곳에 기암절벽과 폭포, 물웅덩이들이 울창한 숲과 함께 아름다운 자연미를 연출하고 있었다. 호 낭자가 사방을 넋을 놓고 바라보고 있는데 누군가 어깨를 톡톡 치는 게 아닌가.

"누구시오?"

호 낭자가 흠칫 놀라 뒤를 돌아다보니 흰 수염이 무릎까지 내려온 신선이 서 있었다. 호 낭자는 그 신선이 누군지 얼핏 생각나지 않았지만, 낯선 얼굴이 아니라는 느낌이 들었다. 호 낭자는 그 신선의 얼굴에 웅녀의 얼굴이 떠오르는 환각에 사로잡혔다. 그러자 몸에 전기가 와 닿는 것 같은 충격을 느낀다. 호 낭자는 바위 위에 몸을 납작 엎드리며 외치듯 말했다.

"단군왕검이 아니신가요?"

신선은 옛 친구 웅녀의 아들이면서, 환웅천왕의 아들인 고조선의 시조 단군이었다. 단군은 얼굴에 부드러운 미소를 띠고 호 낭자를 내려다보면서 입을 열었다.

"어머니의 옛 벗이었던 그대를 이렇게 만나게 되어 기쁘오. 그대가 환웅천왕의 명을 받들어 통일된 한반도를 둘러보는 시험을 받고 있으니 격려해주라는 어머님의 당부도 있었고, 또 마침 이곳에 볼 일이 있어 왔다가 이렇게 기다리는 참이요."

단군은 신선의 등급으로 호 낭자보다 천상계에서 그 위상이 월등이 높았지만 호 낭자를 대하는 태도가 깍듯했다. 호 낭자가 아직 호랑이 신세를 면치 못한 하급 영혼이지만, 한때는 그의 어머니 웅녀의 벗이자 라이벌이었던 특별한 관계를 십분 고려한 태도였다. 호 낭자는 그런 배려 깊은 마음에 감동한 데다 단군의 위엄에 눌려 눈을 들지 못하고 쩔쩔맸다. 그렇지만 까마득히 오래전 단군이 어릴 적 뛰어놀던 모습이 눈앞에 떠올랐다. 그때가 언젠지 확실히 기억나지 않았지만, 웅녀가 단군을 데리고 상심에 잠겨 있던 호 낭자를 찾아온 적이 있었다. 당시 웅녀는 슬픔에 잠겨 동굴 속에 칩거하고 있었다. 웅녀는 그런 호 낭자를 위로하기 위해 동굴을 찾았던 것이다. 웅녀는 따뜻한 표정으로 호 낭자를 위로하면서 말했다.

"이제 더 이상 괴로워하지 말고 신선의 길을 걷기 위해 열심히 도를 닦아. 알았지?"

그 말이 너무 고마워 호 낭자는 가슴 속이 울컥해져서 울음이 터질 듯한 목소리로 말했다.

"그래, 고맙다. 이렇게 찾아와 줘서 고마워. 넌 환웅천왕을 잘 모시면서 단군을 잘 키워 훌륭한 큰 신선이 되도록 해."

호 낭자는 화려한 복장의 아름다운 여인의 모습을 한 웅녀가 너무 부러웠다. 웅녀와 호 낭자가 다정하게 이야기를 하는 동안 단군은 동굴 안팎을 드나들며 천진난만한 모습으로 뛰어놀고 있었다. 둘은 시간 가는 줄 모르고 이야기를 나누다가 헤어졌다. 그 후 호 낭자는 웅녀를 다시 만나지 못했다. 그러다가 단군이 기원전 2333년 평양성에 수도를 정하고 조선이라는 나라를 세운 뒤 1500년간 통치로 1908살까지 인간 세상에서 살았다는 이야기를 바람결에 들었던 기억이 되살아났다. 그 단군이 호 낭자 앞에 신선이 된 늠름한 모습으로 서 있다. 단군의 기품 넘치는 신선의 기운이 사방에 퍼지면서 영롱한 무지개가 피어오른다.

"황공하옵니다."

호 낭자는 단군의 드높은 신선의 경지를 온몸으로 느끼자 몸 둘 바를 모른 채 머리를 조아린다. 그러자 단군은 엎드린 채 얼굴을 들지 못 하는 호 낭자를 부축해 일으키며 말했다.

"자, 일어나세요. 어머니의 옛 친구분을 이렇게 뵙게 되었으니 기쁜 일입니다. 모처럼 이곳에 오셨으니 제가 이 산의 안내부터 해드리지요. 이 산이 바로 유명한 구월산입니다. 인간들은 내가 이 산에 올랐다 하여 단군대, 또는 내가 활을 쏘았다 하여 사궁석이라고 이름 붙이면서 저와 결부된 여러 전설이 이곳에 많습니다. 그러나 이는 친일 세력들이 다수 동조한 식민사관에 따라 단군신화에 나오는 지명을 요서나 요동이 아닌 한반도 안으로 국한시키려 하는 데서 만들어졌었다는 주장도 제기되고 있는 모양입니다만. 허허허."

"아하, 그랬어요?"

"그렇지요. 그런데 북한에서는 단군인 제가 건국 신화 속에 나오는 주인공이 아니라 기원전 3187년 고조선을 건국한 시조라면서 제 왕릉까지 만들었지요. 평양직할시 강동군 대박산 기슭의 능선 마루에 고조선의 시조 단군 관련 능이 있습니다. 북한은 단군신화에 대해 말하기를, 우리 민족을 세운 부족이 곰을 숭상하는 부족과 호랑이를 숭상하는 부족이 있었는데 도중에 호랑이를 숭상하는 부족은 제외되고 곰을 숭상하는 부족만 우리나라를 세우는 데 관여를 했다는 것을 나타낸다고 해석하고 있습니다. 그러니까 제가 곰을 숭상하는 부족의 영웅으로 고조선을 건국한 것을 부각시키기 위해 그런 신화가 만들어졌다고 합니다."

"아하, 그랬어요? 그럼 어느 쪽이 진실인가요?"

"허허허. 글쎄요. 인간세계와 천상계는 서로 영향을 주고받는 것이라서 인간들이 정해서 주장하면 그런 방향으로 천상계도 움직이거나 변화하고 그 반대의 현상이 나타나기도 하지요. 우주의 법칙이라는 것이 오묘하고 변화무쌍한 것 아닙니까? 이런 점을 살펴서 그 질문에는 나중에 해답을 드리기로 하지요. 오늘은 제가 이 구월산의 여러 명소를 안내해 드리겠습니다. 같이 가시죠."

"예."

"허허허. 제가 앞장서겠습니다."

단군은 크게 웃으면서 호낭자를 안내하며 걸음을 옮기기 시작했다. 호 낭자는 그의 뒤를 따라가면서 신통력을 작동시키다가 곰곰 생각에 잠겼다. 호 낭자는 단군에 대한 신화가 삼국유사에 기록되어 있고 일제 강점기에 민족사학자로 유명한 신채호 선생의 기록에도 나온다는 것을 누군가에게 들은 적이 있는 것 같았다. 그리고 북한에서는 서기 1993년 10월에 발표한 '단군릉발굴보고'를 통하여 이 지역에서 두 사람분의 유골 86개가 발견되었는데 감정 결과 하나는 남자, 다른 하나는 여자의 것으로 확인되었고, 남자의 뼈를 '전자상자성공명법(電子常磁性共鳴法)'을 적용해 2개의 전문연구기관에서 현대적 측정기구로 각각 24회, 30회씩 측정한 결과 그 연대가 5천 년 전의 실존 인물이라고 주장한 것도 풍문에 들었던 것이 생각이 났다.

'어느 것이 진실일까?'

호 낭자가 궁금해서 단군을 바라보았다. 하지만 단군은 얼굴에 인자한 미소를 지으면서 앞장서 걸어간다. 호 낭자는 단군이 무슨 말을 해주지 않을까 기대하면서 급히 그의 뒤를 쫓아갔다. 단군은 그러나 호 낭자의 그런 마음을 아는지 모르는지 열심히 걸음을 재촉한다. 그러다가 호 낭자를 구월산의 명소를 소개하면서 그곳의 유래 등을 말해 주었다.

"이곳은 7년 가뭄에도 마르지 않았다는 산허리의 이름난 물웅덩이인 석담입니다. 그러면 산 동쪽에 있는 맑은 물이 흘러내리는 석성천, 서쪽의 한일천, 장연 남대천, 북쪽의 한이천 등을 돌아보시지요."

단군의 안내로 구월산의 경치 좋은 곳을 구경하다 보니 해는 지평선 위로 두 뼘만큼 올라와 있다. 호 낭자가 빼어난 경치를 넋을 놓고 바라보고 있는데 단군이 미소를 지으며 말했다.

"요즘 나의 후손들이 통일국가를 이루기 위해 노력하고 있다니 기쁘기 짝이 없습니다. 남북한이 같은 민족이면서 분단이 되어 서로 너 죽고 나 살자고 다투는 통에 남의 나라 시조들 앞에서 창피해서 얼굴을 들 수 없었소이다. 우여곡절 끝에 통일을 위해 노력한다 해서 체면이 조금 섰습니다만 안심이 되지 않습니다."

"뭐가 그리 근심되십니까?"

"한두 가지가 아니지요. 우선 남북한이 고조선 건국을 놓고 신화냐 아니면 실화냐를 놓고 의견이 갈라져 있는 것이 마음에 걸립니다. 그다음으로 남북한이 구월산에 대해서도 서로 다른 의미를 부여하고 있서 저를 난처하게 만든단 말입니다. 남한은 구월산에 대해 6.25전쟁을 전후해 반공유격대가 공산주의에 저항해 격전을 벌인 저항정신의 맥이 이어져 내려온 곳이라고 주장했지요. 하지만 북한은 어땠나요? 조국해방전쟁 시기에 인민유격대의 근거지였다고 목소리를 높여왔지요. 나의 후손들이 역사적으로 유서 깊은 곳이나 역사에 대해서 관점을 달리하고 있는데 이런 부분에서도 입장을 달리하고 있으니 이런 문제가 통일 노력을 통해 해결되었으면 합니다."

"예. 옳은 말씀입니다."

호 낭자는 단군의 말에 동의하면서 고개를 끄덕인다. 자신이 생각해도 단순한 문제가 아니었다. 환웅천왕의 말씀에 따라 굴에서 출발한 뒤 군사분계선 부근을 여행하면서 남북한이 통일을 위해 해결할 과제가 엄청 많다는 것을 확인했기 때문이다. 호 낭자가 걱정스런 낯으로 단군의 다음 말에 귀를 기울였다.

"나의 어머니께서 한반도 통일에 특히 신경을 쓰게 된 사연 하나가 있습니다. 어머니의 후손들이 산 곰에서 쓸개즙을 빼내 보신용으로 먹고 있다는 사실을 알고 크게 노하신 것입니다. 인간들이 산 곰의 살을 뚫어 쓸개에다 깔때기를 꽂고 즙을 빼내 먹는 것을 아시고 그 잔혹성에 식음을 전폐하실 만큼 큰 충격을 받으셨지요. 그러나 어쩔 도리가 없었답니다. 인간 세상에서 벌어지는 일들을 지켜볼 수밖에 없는 것이 천상계의 법칙이 아닙니까?"

호 낭자는 웅녀가 얼마나 마음이 아팠을까 생각하니 가슴이 메어지듯 저려 왔다. 숨이 컥 막히는 것 같았다. 쓸개즙을 빨린 곰은 먼 옛날 웅녀의 동족이 아닌가. 한민족의 깊은 뿌리가 한 가닥쯤은 그 불쌍한 곰과도 연결된 것은 아니었을까. 호 낭자는 화가 나면서 비통한 생각이 들어 떨리는 목소리로 물었다.

"그, 그래서 어떻게 되었습니까?"

"천상계에서 어머니는 발을 동동 구르며 남한 쪽을 바라볼 수밖에 없었지요. 천상계에서 인간 세상에 함부로 개입하거나 잘못된 짓을 한다고 벌을 내릴 수도 없는 법이니까요. 그런데 말입니다. 산 곰에서 쓸개즙을 빼내 먹던 잔인한 행위가 어느 날 갑자기 사라졌어요. 정말 다행스런 일이 생긴 겁니다. 곰을 동정하는 인도주의자들이 일부 인간의 무도한 행위를 비판하고 여론이 집중공격을 퍼붓자 중단된 거예요."

"아. 그렇군요."

"예, 제 어머니는 식음을 전폐하고 괴로워하시다가 살아 있는 곰이 겪어야 했던 무서운 고통을 당하지 않게 된 것을 보시고 처음에는 기뻐하셨습니다. 하지만 곰에 대한 남한 쪽 후손들의 잔인한 행동이 언제고 다시 되풀이되지 않을까 염려하시면서 불안해하고 계십니다. 인간이란 하던 짓을 안 하기도 하지만 안 하던 짓을 하는 그런 면이 있어서입니다."

"…"

호 낭자는 단군의 말을 들으면서 웅녀가 얼마나 가슴이 아팠을까, 그리고 지금도 얼마나 불안한 마음일까를 생각하니 아무 말도 할 수가 없었다. 단군은 먼 산을 서글픈 눈초리로 바라보면서 말했다.

"남한에서 살아 있는 곰의 쓸개즙을 먹는 것이 말이 되느냐 하는 비판여론이 나온 상황을 보면 비관적인 생각을 하지 않을 수 없답니다. 곰에 대한 동정론이 인간에 대한 동정론을 덮어 버리면서 쓸개즙 먹는 일이 중단되는 일이 벌어졌기 때문입니다. 그것은 지금 생각해도 지극히 비상식적인 일이였지요. 그러니 곰쓸개를 먹는 일이 언제 다시 시작될지 불안하기 짝이 없습니다."

"예? 그게 무슨 말씀입니까?"

"예, 제가 입으로 올리기에도 싫은 일입니다만, 이왕 말씀이 나왔으니 설명해 드리지요. 그러니까 산 곰에게서 쓸개즙을 뽑아내 먹는 일이 잔인하다는 여론이 나온 것은 남한에서 민주화 운동이 거세게 일어났던 1991년 7월 중순쯤이었지요. 이 시기는 그해 4월에서 6월 사이에 일어났던 충격적인 분신정국 직후였지요. 당시 노태우 정권 후반기로 공안 통치, 김영삼-김종필과의 3당 합당 등 정치적 격변기였고, 수서지구 특혜 분양 사건, 국회의원 뇌물 외유 사건, 대구 페놀 방류 사건 등으로 대표되는 각종 비리가 발생한 시기였습니다."

단군이 남한에서 벌어진 과거사를 줄줄 입에 올리자 호 낭자가 놀라운 눈초리로 바라볼 뿐 입을 열지 못한다.

"…"

호 낭자가 침묵하자 단군이 평상시 같지 않은 목소리로 말을 계속했다.

"그러니까, 1991년 4월 26일 명지대학교 강경대 학생이 시위 도중 경찰의 쇠파이프에 맞아 사망하자 이를 계기로 전국적으로 집회와 시위가 연이어 일어나 모두 12명의 젊음이 노태우 정권에 항의해 분신, 투신, 의문사로 사망하는 유례없는 비극이 발생했습니다. 그해 5월 8일 아침 김기설이 분신 사망하자 경찰은 7월 12일 강기훈이 유서를 대필했다는 식으로 조작해 세상을 놀라게 했습니다. 그리고 비슷한 시기에 남한의 한 TV가 살아 있는 곰의 쓸개즙을 사람들이 빼먹는 장면을 방영하자 당시 남한 정부는 이에 대해 잔인한 비인도적 행위라며 펄펄 뛰는 모습을 보이며 분신 정국을 잠재우는 데 악용했습니다. 민주화와 정의 실천을 요구하던 젊은이들이 목숨을 던지며 항쟁하는데도 움쩍도 하지 않던 당시 남한 정부가 곰에 대해 엄청난 동정심을 보이는 조치를 취한 것입니다. 재빨리 이를 금지하는 법을 통과시킨 것이지요."

"그랬어요?"

"예. 당시 남한 정부 관리들은 유서 대필 조작까지 하면서 순수한 젊은이들의 숭고한 항거를 격하시키기 위해 수단과 방법을 가리지 않았어요. 그것은 만물의 영장인 인간이 남을 위해 헌신하는 이타적인 분노와 하나뿐인 생명을 민주 제단에 제물로 바치며 순절한 것에 대한 지독한 모욕이었습니다. 국가 공동체의 일원이면서 납세자, 유권자이거나 그 아들딸들이 그렇게 처절하게 죽어가는 데도 냉혈한의 표본과 같은 지독히 비정한 모습을 보인 그들은 산 채 고통당하는 곰에 대해 뜨거운 동정과 사랑, 그리고 웅담을 채취당하는 것에 대한 분노를 표시했습니다. 당시 반민주세력으로 지탄받던 권력자들이 앞다퉈 동물 가혹행위에 대해 응징해야 한다고 외쳤고 그것을 방지하는 법을 만든 것입니다."

"그래도 다행이네요. 웅녀는 곰이 더 고통받지 않게 된 것을 다행으로 여겼겠네요. 그렇죠?"

호 낭자가 웅녀가 자신의 후손인 곰들이 남한 주민들에게 더 고통당하지 않게 된 것을 긍정적으로 받아들이지 않았느냐고 묻자 단군은 슬픈 표정으로 입을 열었다.

"천상계에서 이 모양을 지켜보던 어머니는 슬퍼하셨어요. 어머니께서는 후손인 곰들이 지독한 고통을 당하지 않게 된 것은 다행스럽게 여기신 것은 잠시뿐이었고 목적을 위해 수단과 방법을 가리지 않는 비정한 남한 정부 관리들을 보시며 가슴을 치면서 분노하고 괴로워하셨습니다. 남한 정부 관리들의 위선적 행위가 너무 지독했기 때문입니다. 젊은 청년 학생이나 국민의 목숨에 대해서는 냉혈한 같은 태도를 보이다가 곰에 대해서는 인도주의가 철철 넘치는 언행을 한 것입니다. 분신 정국을 가라앉히는 교활하고 소름끼치는 짓을 지켜본 저도 그 생각만 하면 소름이 돋습니다."

"…"

"그 당시 남한 집권층의 사고방식은 너무 상식과 거리가 멀었습니다. 당시 노태우 대통령은 1987년 대통령선거에서 당선되었다는 점을 앞세워 비합법적인 시위, 집회 등은 용납할 수 없다는 확신으로 무장하다 보니 반대 세력을 인격을 지닌 같은 인간으로 생각하지 않은 것 같았습니다. 즉 당시 정부를 규탄하는 세력은 정부 지지 세력과는 무관할 뿐 아니라 미래에도 남으로 선을 긋고 살아야 할 존재로 인식하는 것 같습니다. 같은 민족이지만 내 편, 네 편으로 갈라서 보는 이분법적 사고가 무섭습니다. 환웅천왕과 어머니는 이 점을 매우 슬퍼하고 계십니다."

"…"

"정치적 반대세력에 속한 개인들의 처절한 죽음 앞에서 그토록 차갑고 의연했던 정치가들과 그 지지 세력은 곰에 대해서는 지극한 인간적 애정과 동정을 홍수처럼 쏟아내는 박애주의자로 변신했습니다. 동족에게 잔인무도했던 자들이 곰이 당하는 고통에 참을 수 없다는 듯 격렬한 동정과 분노를 표시한 것입니다. 물론 당시 언론이나 일반 사회 일부 또한 이런 비정한 구도에 박수갈채를 보내주었습니다. 동족에게 무자비했던 권력자들의 모습 대신 동물에 대한 지극한 동정심을 지닌 지극히 인간미 넘치는 모습으로 바꿔 치는 작업에 언론 등의 역할이 컸다고 합니다."

"그랬군요."

"그렇습니다. 그 모습을 보면서 2차 대전 때 수용소에서 유태인을 학살한 독일 군인들이 생각이 났습니다. 유태인이면 남녀노소 가릴 것 없이 독가스로 대량 살해한 자들이 퇴근 후 집에 와서는 사랑스런 배우자이면서 자상한 아버지로 변신할 수 있었다는 것은 놀라운 일입니다. 유태인들의 유해를 태울 때 생긴 연기가 옷에 배어 시체 냄새가 진동했을 터인데 그것에 무신경한 채 수용소에서 퇴근한 뒤 부근의 자기 집에 돌아와 한 가정의 가장 역할을 했다는 것은 상상하기 어려운 인간의 또 다른 모습입니다. 유태인 집단 수용소를 관리하던 독일군들은 유태인 수감자로 구성된 악단이 연주하는 음악을 듣고 감격해서 눈물까지 줄줄 흘렸다는군요. 인간의 이중성이 이토록 전율을 금할 수 없게 만드는 측면이 있는데 곰에 동정심을 표한 남한의 노태우 정부 관리들과 어떤 차이가 있는지 알 수가 없습니다."

"…"

"곰과 관련된 남한에서의 비극은 그렇게 끝난 것이 아니었습니다. 어머니를 슬프게 만든 것은 또 있었지요. 한때 남한 주민들이 웅담이 몸에 좋다며 동남아시아 여러 나라를 관광하면서 웅담은 물론 곰 고기까지 먹는 보신 관광이 유행했다고 합니다. 자신들을 곰의 후손이라 믿는 남한 사람들의 몰지각한 짓을 생각하면 치가 떨립니다."

단군은 이야기를 하면서 화가 솟구치는지 눈꼬리가 위로 치켜지고 수염이 곤두섰다. 호 낭자는 숨을 죽인 채 귀를 기울이고 서 있었다.

"어머니께서는, 제 동포의 줄을 잇는 죽음에 냉혈한 같은 공세를 취하면서 상처받은 곰에겐 눈물어린 동정을 표하는 일부 한민족이나 외국에 가서 몸에 좋다며 웅담을 먹는 보신관광객들을 보시곤 괴로워하셨답니다. 그들은 제 욕심 때문에 언젠가는 곰을 더 잔인한 방법으로 도륙할 것 같다고 지금도 두려워하고 계십니다."

긴 한숨과 함께 말을 마친 단군은 흰 수염을 바람에 나부끼며 떠오르는 아침 해를 등진 채 허공을 응시하고 서 있다. 호 낭자는 숨소리도 크게 내지 못하고 그 모습을 힐끗 훔쳐보았다.

'...'

호 낭자는 햇빛에 눈이 부셔 단군의 모습을 똑똑히 볼 수는 없었지만 그래서 더욱 단군이 신령스럽게 느껴졌다. 단군은 자신의 감정을 달래려는 듯 "허허험" 하고 헛기침을 한 뒤 허공에서 시선을 거두어 호 낭자를 따뜻한 시선으로 바라보며 입을 열었다.

"자, 이제 그만 가보시지요. 부디 환웅천왕님의 당부 말씀을 잘 지키어 꼭 인간이 되는 소원을 이루도록 빌겠습니다."

호 낭자는 감사하다는 말을 연거푸 하면서 이마가 땅에 닿도록 깊숙이 절을 했다. 웅녀에게 안부 인사를 전해달라는 말을 할까 망설이는데 단군이 호 낭자에게 묻는다.

"이제 어느 곳을 가시려고 하시는지요? 혹시 정하신 데가 있습니까?"

"아직 정하지 못했습니다."

호 낭자가 다음 행선지가 아직 미정이라고 말하자 단군이 입을 열었다.

"중간세계 평양에 한번 가 보시지요. 제가 추천하고 싶습니다."

"평양이요?"

"예, 그곳은 한번 가 보실 만합니다. 그곳에 가시면 우선 평양 지신, 그러니까 평양 수호신을 찾아 평양 지리를 익히면 많은 도움이 될 것입니다."

"예, 그렇게 하겠습니다."

"참 한 가지 말씀 드릴 게 더 있는데 요즘 도회지 지신은 체질이 많이 바뀌었다고 합니다. 인간이 발명한 전기 등 인공 불빛 때문이지요. 평양 지신도 예전에는 주로 밤에만 활동했었는데 지금은 밤낮을 가리지 않고 활동하다 보니 신경이 예민해졌다는 소문을 들었습니다. 평양 지신을 만나시면 그런 점을 살피시기 바랍니다."

"예, 잘 알겠습니다. 그럼 평양 지신은 어디로 가야 만날 수 있을까요?"

"평양에 가면 높은 탑 두어 개가 있는데 그곳을 찾아보세요. 평양 지신은 요즘 암벽 맨손 등반에 취미가 붙어 그 탑들을 오르는 재미에 푹 빠져 지낸다고 합니다."

"아, 그렇습니까? 알려주셔서 고맙습니다."

호 낭자는 깊숙이 머리를 숙여 감사를 표하고 눈을 들어보니 단군은 이미 사라지고 그 자리에 없었다. 호 낭자가 놀라 주위를 두리번거리는데 머리 위 까마득한 허공에서 큰 목소리가 들려왔다.

"잘 가시오. 그리고 소원 성취하시오."

호 낭자는 단군의 목소리가 들렸던 쪽으로 다시 큰절을 올린다. 그리고 호 낭자 자신을 잊지 않고 단군을 보내 격려해준 웅녀가 천상에서 오래오래 행복하게 지낼 것을 빌었다.

'고맙다. 웅녀야. 내 평생 네 고마움을 잊지 않을 거야.'

동녘은 조금 전보다 더욱 붉게 물들어 있고 새벽잠에서 깨어난 새들이 하나둘 하늘로 날아오르면서 숲이 활기를 되찾기 시작하고 있었다. 저 멀리 산자락 아래에 깔려 있던 어스름도 시시각각 엷어지고 있다. 새로운 하루가 시작되고 있었다. 호 낭자는 구월산을 하직하기로 마음을 먹는다. 그래도 막상 떠나자니 발이 떨어지지 않는다. 호 낭자는 몇 번을 뒤돌아보며 구월산에게 이별을 고했다. 그리고 힘차게 달리기 시작했다. 얼마를 달렸을까, 중간세계의 평양 같은 도시가 눈에 들어왔다. 호 낭자는 한눈에 평양을 알아보고 가슴 속으로 인사를 한다.

'안녕? 여기가 평양이구나.'

인간세계의 평양을 그대로 옮겨놓은 중간세계의 그곳은 아직 새벽의 고요한 정적 속에 잠겨 있었다. 수많은 주택과 숲, 그리고 도로들이 눈에 들어온다. 평양 시내 한가운데를 흐르는 대동강은 검은 비단 끈처럼 보였다. 단군이 말했던 높은 탑들도 보이기 시작했다. 호 낭자는 평양 상공을 서서히 배회하면서 평양 지신을 찾으려고 탑들을 눈여겨본다.

'저 탑이 아닐까?'

대동강 변에 솟은 높은 탑을 눈여겨보던 호 낭자는 탑 중간쯤에 매달린 희끄무레한 존재를 발견했다. 가까이 다가가 보니 그 존재는 틀림없는 평양 지신이었다.

"안녕하십니까?"

호 낭자가 반가워 인사를 드린다. 평양 지신은 그러나 호 낭자의 목소리를 듣는 둥 마는 둥 거들떠보지도 않는다. 그는 흰 화강암으로 쌓아올린 탑을 맨손으로 끙끙대며 오르고 있었다. 평양 지신은 화강암 사이의 눈에 보일 듯 말 듯한 틈새에 손가락을 갈고리처럼 만들어 집어넣고 끙하고 힘을 주며 몸을 위로 끌어올린다. 새벽바람에 평양 지신의 옷자락이 수평으로 곤두서 앵앵거렸다. 호 낭자는 그런 모습이 우스꽝스러웠다.

"하하하, 평양 지신께서는 하늘을 오르고 나는 신통력을 지니셨는데, 이게 무슨 일이랍니까? 한달음에 훌쩍 오르시지 않고서."

"너는 웬 호랑이냐? 새벽부터 남의 일에 참견 말고 냉큼 없어져라!"

"그렇게 문전 박대하지 마십시오. 저는 큰 신선님의 말씀을 듣고 지신님을 뵈러 오게 된 것입니다."

호 낭자는 단군에게 소개받아 오게 된 경위를 설명했다. 그러나 평양 지신은 등반을 멈추지 않으면서 귀찮다는 듯 말을 내뱉었다.

"나는 정신과 체력을 더 단련해 지신의 등급을 높이려 수련하고 있는 중이다. 신통력은 강건한 신체에서 나오는 것인 만큼 강철같이 단단한 몸을 가꾸기 위해 노력하고 있다. 네가 보는 것처럼 나는 신통력은 절대 사용치 않고 온몸의 근육만을 사용해 벽 타기를 하는 것이다. 맨몸으로 탑 오르기를 하는 것은 정말 좋다. 너도 시간이 나면 한번 시도해 보거라. 내가 적극 권하고 싶다."

"말씀은 고맙습니다. 다음 기회에 시간을 내서 배우겠습니다."

"그래, 그래야지. 그래야 더 높은 영혼의 경지로 쉽게 올라가게 될 거야."

"예, 잘 알겠습니다."

"그럼 지금부터 내가 이 탑을 오르는 것을 잘 지켜보거라. 그냥 멍하니 구경하지 말고 네가 직접 오르고 있다고 상상하면서 보도록 해라. 내가 지금 기어오르고 있는 탑은 주체사상탑 가운데 봉화탑이다. 이 탑은 높이가 170m다. 탑신, 즉 탑 몸체는 70단으로 모두 2만 5천 500개의 백색 화강암으로 축조되어 있다. 70단은 김일성 주석의 70회 생일을, 2만 5천 500개의 화강암은 김 주석이 살아온 70년의 일수를 계산한 것이다. 암벽등반이나 벽 타기를 할 때는 그 장소의 유래를 파악하면서 하는 것이 괜찮다. 아무것도 모른 채 몸 단련만 한다고 무작정 기어오르는 식은 피하는 것이 좋다. 그럼 넌 내가 오르는 것을 잘 지켜보아라. 이제 절반만 올라가면 정상에 다다를 수가 있다."

평양 지신은 말을 마치고 탑 벽을 타고 오르려다 잠시 멈추고 품에서 종이 한 장을 꺼내 호 낭자에게 내밀며 말했다.

"받아라. 평양을 소개하는 자료다. 내가 꼭대기에 오르는 동안 평양이 북조선 수도로 과거 수십 년간 어떤 역할을 해왔는지 한눈에 볼 수 있는 이 자료를 잘 읽어보아라. 이 자료는 북조선이 펴낸 백과전서에 나와 있는 평양에 대한 기록이다. 내가 줄 수 있는 것은 이 자료뿐이로구나."

"이걸 읽어야 합니까?"

"그렇단다. 이 자료에 보면 평양의 주요 시설이 어떤 연유로 만들어졌는지 알 수 있다. 평양은 6.25 한국전쟁 때 미군 폭격으로 거의 완전히 파괴되어 휴전이 된 뒤 계획도시로 만들어진 것이다. 특히 김일성 주석이 죽기 십여 년 전까지 많은 기념물 등이 건립되었다. 김 주석은 1912년 4월 15일 태어나 1994년 남한의 김영삼 대통령과 정상회담을 하기로 정해놓고 갑자기 사망했는데 그 날짜는 7월 8일이었고 82세였다. 평양시의 주요 기념물은 김 전 주석의 70회 생일을 축하하는 의미에서 만들어졌다. 이런 점을 미리 알게 되면 평양시를 돌아다닐 때도 도움이 될 것이다. 알겠느냐?"

"예, 알겠습니다. 고맙습니다."

"알았다. 그럼 나는 탑 등반을 계속해야 하겠다."

평양 지신은 호 낭자가 자료를 받자 다람쥐처럼 날렵한 동작으로 탑을 기어오르기 시작했다. 호 낭자는 평양 지신이 탑을 오르는 모습을 눈여겨보다가 탑 밑으로 내려와 그 자료를 읽기 시작했다.

*

평양은 위대한 수령 김일성 동지께서 탄생하시어 어린 시절을 보내시었으며, 부모님으로부터 애국주의 교양을 받으시면서 조국 광복의 큰 뜻을 키우신 조선혁명의 요람이며, 우리 인민과 세계 혁명적 인민들의 마음의 고향 만경대가 있는 영광의 땅이다. 평양은 위대한 수령님께서 간고한 항일혁명투쟁을 승리에로 조직령도하시어 조국광복의 력사적 위업을 이룩하시고 평양에 개선하신 그때로부터 주체 조국의 수도로 오늘날과 같이 온 세상에 자랑 떨치게 되었다. 위대한 수령 김일성 동지께서는 다음과 같이 교시하시었다.

"평양은 조선 인민의 심장이며, 사회주의 조국의 수도이며, 우리 혁명의 발원지입니다."(김일성 저작집 12권 623페이지)

평양은 혁명의 영재이시며, 민족의 태양이시며, 전설적 영웅이신 위대한 수령 김일성 동지께서 계시며, 조선로동당 중앙위원회와 공화국 정부가 자리 잡고 있는 조선의 심장이며, 우리나라 정치, 경제, 문화의 중심지를 이루는 사회주의 조국의 수도이다. 평양은 위대한 수령님의 주체사상을 지도적 지침을 하여 조선혁명의 정확한 로선과 정책이 수립되어 전국에 퍼져나가며, 위대한 수령님과 영광스러운 당 중앙의 현명한 령도 밑에 전당적, 전국적 사업이 조직 진행되는 혁명의 발원지이다. 하기에 우리 인민들은 평양을 주체 위업의 한길로 인도하는 혁명의 수도로, 전국에 혁명적 영향을 주는 본보기로 삼고 오늘과 래일을 수도 평양과 밀접히 결부시켜 평양을 따라 배우며 본받고 있다.

평양은 미제와 그 앞잡이들의 파쑈 통치를 짓부수고 남조선 혁명의 승리와 조국의 자주적 통일을 위하여 굴함 없이 용감하게 싸우고 있는 남조선 혁명가들과 애국적 인민들에게 승리의 신심을 안겨주고 투쟁의 앞길을 환히 밝혀주는 희망의 등대이다. 평양은 또한 재일동포들을 비롯한 모든 해외동포들에게 공화국의 공인된 민족적 긍지와 자부심을 안겨주며 진정한 행복을 마련해주는 사회주의 조국의 수도이다.

국제공산주의운동과 세계혁명의 탁월한 전략 전술이 제시되고 있는 조선민주주의인민공화국의 수도 평양은 오늘 세계 진보적 인민들에게 진정한 삶과 투쟁의 앞길을 밝혀주는 국제적 도시로 더욱 융성 번영하고 있다. 하기에 세상 사람들은 평양을 '주체조국의 수도', '희망의 등대'라고 칭송하고 있다. 평양시에는 위대한 수령 김일성 동지를 영원히 높이 우러러 모시며 경애하는 수령님의 영광 찬란한 혁명력사와 불멸의 혁명업적, 령도의 현명성, 크나큰 은덕을 만대에 길이 전하며 따라배우려는 우리 인민들의 한결같은 념원을 담아 모신 위대한 수령님의 동상과 혁명박물관, 혁명사적관, 기념관, 혁명사적기념비들이 있다.

평양 만수대의 드넓은 언덕 위에는 우리 인민들을 항상 승리와 영광, 행복과 번영의 한길로 인도하시며 국제공산주의운동과 세계혁명 발전에 거대한 공헌을 하고 계시는 위대한 수령님의 동상이 모셔져 있다. 또한 김일성종합대학, 만경대혁명학원, 평양학생소년궁전, 조선예술영화촬영소, 창덕학교, 대동문인학교, 승호구역 승호 1동을 비롯한 시 안의 여러 곳에는 경애하는 수령님의 동상이 모셔져 있다. 평양의 중심부인 김일성광장 맞은 편 대동강 변에는 위대한 수령님의 불멸의 주체사상을 만대에 길이 빛내기 위하여 건립한주체사상탑이 높이 솟아 있으며, 모란봉 서쪽 기슭에는 위대한 수령님께서 조국 광복의 큰 뜻을 품으시고 만경대를 떠나신 불멸의 혁명업적을 만대에 길이 전하기 위하여 건립한 개선문이 있다. 주체사상탑과 개선문은 위대한 수령님의 탄생 70돌에 즈음하여 세웠다.

평양에는 또한 인류해방투쟁사에 길이 빛날 위대한 수령 김일성 동지의 불멸의 혁명사적을 후손만대에 길이 전하며 이를 통하여 당원들과 근로자들을 경애하는 수령님의 위대한 주체사상과 령도의 현명성, 고매한 공산주의 도덕성으로 교양하는 주체사상 교양의 전당 조선혁명박물관을 비롯하여 당창건사적관, 만경대 혁명사적관, 칠골혁명사적관, 전승혁명사적관, 조국해방전쟁승리기념관 등 박물관, 사적관, 기념관들이 있다.

그리고 만경대 갈림길, 혁명자석비, 개선나루터혁명사적비, 전승혁명사적비, 문수봉 혁명사적비, 룡악산 혁명사적비, 당창건 사적비, 평양과수농장유래비, 보통강개수공사유래비와 기념탑 등 위대한 수령 김일성 동지의 불멸의 혁명사적을 만대에 길이 전하기 위하여 세운 혁명사적 기념비들과 기념탑이 있다. 평양시에는 경애하는 수령님의 혁명 일가 분들의 혁명 활동 사적도 깃들어 있다. 위대한 수령님의 아버님이시며 불요불굴의 혁명정신이 깃들어 있는 봉화혁명사적지에는 김형직 선생님의 동상이 모셔져 있으며, 선생님께서 쌓아올리신 불멸의 혁명사적비가 세워지고 봉화혁명사적관이 꾸려져 있다. 위대한 수령님을 낳아 키우신 조선의 어머니 강반석 녀사께서 탄생하시어 어린 시절을 보내신 칠골혁명사적지에는 열렬한 공산주의자이시며 우리나라 녀성운동의 탁월한 지도자이신 강반석 어머님의 동상이 모셔져 있다. 대성산의 주작봉에는 위대한 수령님을 가장 몸 가까이 모신 친위전사이시며 항일의 녀성 영웅이신 김정숙 동지를 비롯한 항일혁명렬사들을 안장한 혁명렬사릉이 있다.

호 낭자는 참을성 있게 자료 읽기를 마친 뒤 탑 위를 올려다보니 평양 지신은 150m의 탑신을 다 올라간 뒤 20m 높이의 붉은 색 횃불 위로 오르고 있었다. 봉화탑을 중심으로 정면에는 노동자, 농민, 인텔리를 상징하는 3인 군상이 서 있고, 그 오른쪽에는 주체공업, 철벽의 요새 등이라고 명패가 붙은 조각품들이 서 있었다. 호 낭자가 주체사상탑이 이렇게 봉화탑과 여러 조각품으로 이뤄져 있구나 생각하고 있는데 강 가운데에서 갑자기 수욱 하고 엄청난 물줄기가 솟는 소리가 들렸다. 돌아다보니 두 개의 대형 분수가 대동강 한가운데에서 솟구쳐 올라오고 있었다. 물줄기는 봉화탑 탑신 높이까지 치솟는 것으로 보아 그 높이가 150m쯤은 될 성 싶었다. 허공으로 솟아오른 두 개의 거대한 분수는 봉화탑과 함께 묘한 조화를 이루고 있었다. 마침 동녘 하늘이 황금빛으로 물들고 있어 인공조형미와 자연미가 어우러진 광경은 호 낭자의 눈에 환상적인 아름다움으로 비춰졌다. 호 낭자가 넋을 빼앗긴 듯 그 모습을 바라보고 있는데 누군가 어깨를 툭 치며 말을 걸어왔다. 돌아다보니 평양 지신이었다.

"이봐, 호랑이 정신 차려. 자네 모습을 보니 조선에서 김 부자가 날리던 시절 이곳을 구경하려 밀려오던 인파들이 생각나는구만. 다들 이 광경을 멍청이 바라보면서 말들을 잃었다고."

"언제 내려오셨습니까? 아직 위에 계신 줄 생각했는데."

"자네가 왔는데 위에서 꾸물댈 수 있나. 꼭대기에서 뛰어 내려왔지. 그런데 자네 아까 내가 준 자료 잘 읽어보았나?"

호 낭자는 평양 지신의 질문에 그저 건성으로 그렇다고 대답했다. 그랬더니 평양 지신이 대뜸 질문을 던진다.

"그 자료 중에 수령 김일성 동지와 수령님이라는 말이 몇 번 나왔지?"

평양 지신의 질문에 호 낭자는 가슴이 뜨끔했다. 자료의 분량이 적지 않아 눈으로 쑤욱 훑었을 뿐 머릿속으로 되새김질하면서 읽은 것은 아니었다.

“예? 그건 잘 모르겠는데요.”

“거봐. 자네 건성으로 읽었지. 다시 잘 읽으면서 세어보게나.”

“아, 예.”

호 낭자는 자료의 처음부터 마지막까지 찬찬히 보면서 평양 지신이 말한 그 단어들의 숫자를 헤아려 보았다.

“예, 8번, 12번입니다.”

“응 대충 그렇게 될 걸세. 내가 왜 그 숫자를 세어보라고 했는지 짐작하겠지?”

“…”

“모르겠어? 그럴 테지. 별건 아니고. 그 숫자 속에 김일성 주석의 정치적 위상이나 북조선의 실상이 잘 나와 있다는 것이지. 자네가 그것을 알아야 평양시를 파악하는데 도움이 될 거야.”

“아, 예.”

호 낭자가 고개를 끄덕이며 평양 지신의 말뜻을 이해하겠다는 표시를 했다. 평양 지신은 “신이란 천상에만 존재하는 것이 아니고 인간 세상에서도 만들어지기도 하지.”라고 말하면서 의미심장한 미소를 짓는다. 호 낭자가 잘 이해가 되지 않는다는 표정을 지으며 아무 말도 하지 않자 평양 지신이 다시 입을 열었다.

“아, 상쾌하다. 암벽 맨손 등반은 역시 기발한 심신단련 스포

츠야. 인간들이란 머리 굴리는 데는 대단한 구석이 있어. 자네도 나중에 한번 해보게. 지금 내가 한 말을 이해할 수 있을 거야. 그건 그렇고 나와 같이 평양 시내 구경이나 해 볼까."

말을 마친 평양 지신이 앞장서서 평양 상공을 날면서 호 낭자에게 이곳저곳에 대해 설명해 주었다.

"저곳이 평양 중심지인 만수대 언덕이고, 저 개선문은 높이가 60m이지. 개선문 앞에 있는 게 천리마 동상이고, 저기 있는 것이 높이 34m의 조국해방승리전승기념비인데, 그 옆 건물이 조국해방전쟁승리기념관이지. 저것은 청춘거리라고 하는데 경기장들이 많이 있고, 저기가 만경대, 김일성 주석이 태어나 어린 시절을 보냈다는 곳이고, 그 옆에 만경대 유희장이 보이지? 면적이 20만 평이라네. 이쯤해서 대충 둘러본 것 같은데, 어때, 구경한 소감이?"

"처음 봐서 잘 모르겠지만, 도시가 어느 도시계획가의 설계대로 지은 듯해서 좀..."

"그런 면이 있기는 하지. 하지만 6.25 전쟁 때 미군 폭격으로 평양은 모든 건물이 파괴되어 폐허가 되었고 1백 년이 걸려도 다시는 일어나지 못할 것이라는 얘기도 있었지. 그때는 정말 참담했어. 그런데 그 뒤 이렇게 반듯한 계획도시로 복구되었지."

"그랬군요?"

"더 알고 싶은 것 있어? 없으면 가봐."

평양 지신이 자기 하고 싶은 말만 한 뒤 이제 호 낭자에게 그만 꺼지라는 말을 한다. 그러자 호 낭자도 더 이상 같이 있고 싶지 않았던 터라 고개를 끄덕이면서 하직 인사를 드린다.

"오늘 고마웠습니다. 안녕히 계세요."

호 낭자가 숙인 고개를 들기도 전에 그는 벌써 저만치 달려가고 있었다. 호 낭자는 평양 지신의 뒷모습을 보고 작별 인사를 드린 뒤 평양시가지 상공을 천천히 배회한다. 뭔가 새로운 구경거리를 찾고 싶어서였다. 호순이는 평양의 의학 대학병원, 당창건 사적관을 지나 조금 더 가자 해방산 언덕 위에 서 있는 인민군렬사탑이 눈앞에 다가왔다. 기관총을 두 손으로 들고 배포 자락을 날리는 높이 6.13m의 인민군 전사 조각상이 서 있는 전체 높이 24.13m의 탑이었다. 탑 앞쪽 양옆에 있는 큰 돌에는 1950-1953년 이라는 조국해방전쟁 연대가 새겨져 있고 4각으로 된 탑 아래 밑단의 네 면에는 헌시와 육해공군 용사들의 모습이 새겨져 있었다. 호순이는 헌시를 읽어 보았다.

"... 위대한 조국해방전쟁에서 전사한 조선인민군 장병들을 추모하노니 사람들이여. 영원히 기억하라, 불멸의 그 이름들을..."

호 낭자가 긴 헌시를 읽어 내려가는데 머리위에서 다투는 듯한 소리가 들려왔다. 호 낭자가 신경이 쓰여 탑 아래 밑단의 어두운 곳에 몸을 웅크리고 조심스럽게 위를 올려다본다. 탑 위의 인민군 전사 조각상 곁에 커다란 봉황새가 날개를 펄럭이고 공중에 떠 있었다. 호 낭자는 가만 쳐다보니 그 봉황새는 구리로 만든 조각품인데 살아 있는 것처럼 움직이고 있었고, 그 봉황새 몸뚱어리 위에는 국군 용사가 타고 있었다. 중국 신화에 나오는 상상의 새인 봉황새가 낯익어 보였다.

'어디서 저 봉황새를 보았지?'

호 낭자가 계속 살피자 봉황의 앞가슴의 동작동 국립묘지라는 표시가 눈에 들어왔다. 호 낭자는 신통력을 통해 그 정체를 검색하다가 놀란 표정을 짓는다. 그 새는 중간세계 남한 동작동 국립묘지인 현충원에서 날아온 봉황이었다. 그 봉황이 북한 수도인 평양에 와 있는 것이다. 분단 상태에서 서로 총부리를 겨누고 산화한 남북한 병사 영혼의 상징들이 평양의 참전용사 기념 시설에서 만나고 있었다.

'저 봉황새가 왜 여기에 와 있지?'

호 낭자는 영문을 알 수 없어 올려다보고 있는데 인민군 전사와 국군 용사 영혼은 계속 설전을 벌이고 있었다. 남북한 병사들의 상징과 같은 조각상들이 마치 살아 있는 사람처럼 핏대를 올리고 있는 것이다. 인민군 전사 영혼의 목소리가 갑자기 크게 들렸다.

"인민해방전쟁은 미제 침략자들과 그 주구 리승만 괴뢰도당이 1950년 6월 25일 조선 인민을 반대해 일으킨 침략전쟁입네다. 38도선 일대에 집중 전개하고 있던 남조선 괴뢰군은 미제에 의해 미리 준비된 침략전쟁 도발계획에 따라 미제 침략군 고문단 놈들의 직접 지휘 밑에 1950년 6월 25일 이른 새벽 38도선에 걸쳐 공화국 북반부에 대한 무력 침공을 감행하였디요."

인민군 전사 영혼이 말을 더 하려 했지만 국군 용사 영혼이 가로막고 나섰다.

"아니죠. 6.25 전쟁은 북한의 남침입니다. 과거 북침을 주장했던 중공은 공산당사 자료집에서 북한과 중공, 소련이 사전 모의해 도발한 전쟁이라고 공인하지 않았는가요? 그리고 러시아 교과서 또한 소련과 북한의 협의 아래 북한 지도층이 남한을 침략했다는 내용을 담고 있지 않은가 말입니다."

"쯧쯧쯧 쓸데없는 소릴 하구 있구만. 많은 학자들도 6.25는 미제와 남조선 괴뢰정부가 반동적인 보수 우파적 정책을 전쟁을 유도하기 위해 군사적인 선제 도발을 감행했다구 주장하지 않습네까?"

"지난 1970년대 중반, 2차 대전 이후 미국의 국제적 역할을 팽창주의로 규정하고 비판하려던 시각을 가진 수정주의 이론가들이 6.25의 남침설을 부정하지만 오늘날 별다른 영향력을 발휘하지 못하고 있지 않은가 말입니다. 특히 중국과 옛 소련에서 남침설을 입증하는 역사적 자료가 발견된 마당에 그 같은 수정 주의론은 무의미해졌지요."

"동무, 생억지를 쓰지 마오. 1953년 7월 27일 미제국주의자들은 침략 전쟁을 도발한 그 자리에 주저앉아 영웅적 조선 인민 앞에 무릎을 꿇고 정전협정에 조인하지 않았소? 결국 조선 인민은 조선해방전쟁에서 불멸의 위훈을 세우고 위대한 승리를 이룩함으로써 세계력사에서 처음으로 미제국주의 침략자를 타승한 영웅적 인민으로 되었수다. 당시 유엔군 사령관 클라크는 '...나는 력사상 승리하지 못하고 정전협정에 조인한 최초의 미군사령관이라는 명예롭지 못한 이름을 남기게 되었다'고 통탄하며 '본관은 이 시간에 있어서 기쁨을 느끼지 못한다... 우리는 적이 패배당하지 않은 채로, 그리고 이전보다 더 강력하고 위협적인 존재로 남아 있다는 의미에서 패배를 한 셈이다.'라고 실토한 사실을 모르오?"

"그렇다면 이런 말은 들어보았소? 6.25 전쟁은 미국과 옛 소련을 대신해 남북한이 벌인 자본주의와 공산주의 진영의 전쟁이었다는 논리 말입니다. 일본이 1945년 항복하기 전부터 미소 간에 중국과 남북한을 무대로 동북아 패권경쟁이 벌어지고 그것이 결국 6.25 남침 전쟁으로 발화되었다는 것입니다. 중공군이 참전한 것을 보아도 두 진영이 한반도에서 각축전을 벌인 것이라고 설명해야 한다구요."

"난 그런 주장 인정치 않습네다."

"그래요? 그렇다면 6.25 전쟁으로 발생한 인명 피해를 봅시다. 3년 동안 벌어진 전쟁의 비참함은 당시 전쟁 기간 동안 발생한 인적 손실이 한민족의 군인과 민간인 등과 유엔군, 중공군을 포함해 대략 665만 명이고, 특히 민간인의 손실이 전쟁사상 유례가 없을 만큼 컸다는 것이요. 한국전쟁 당시 유엔군 초대 사령관인 맥아더 장군은 1951년 미 의회청문회에서 '평생 전쟁 속에서 보낸 본인 같은 군인에게 조차 이러한 비참함은 처음이어서 무수한 시체를 보았을 때 구토하고 말았다'고 고백했었소."

"무슨 말을 그리하오? 맥아더는 한국전쟁을 중국의 참전을 중단시키기 위해 조선과 중국 국경 1천 3백여km에 원폭 24발을 터뜨려 피폭지역으로 만들어 방사능 문제가 해소되는 1백년간 아무도 피폭 지역에 들어올 수 없게 만들어야 한다고 주장하다가 미국 대통령에 의해 해임되고 말았단 말이요. 만약 당시 원폭이 사용되었다면 얼마나 많은 사람이 죽었을지 모르오. 일본의 히로시마, 나가사키 피폭 지역에서의 사상자를 보면 짐작할 것이오. 맥아더는 구토했다고 하는데 원폭으로 대량 살상을 주장하던 자가 어찌 그런 뻔뻔스런 말을 할 수 있겠오? 그건 새빨간 거짓말이외다."

북조선과 남한 군인 혼백간의 논쟁은 꼬리에 꼬리를 물고 이어졌다. 둘은 수많은 전쟁고아와 1천 만 이산가족의 설움 쪽으로 이야기가 옮아가면서 시간이 흘러갔다. 호 낭자는 두 영혼의 토론에 귀를 기울이다 깜박 잠이 들어버렸다. 하늘나라 동굴에서 한반도에 나온 뒤 오랜 시간이 지나면서 피로가 쌓였던 모양이었다. 얼마나 지났을까, 호 낭자가 퍼뜩 정신이 돌아와 두 영혼이 있는 위쪽을 살피니 두 영혼이 침묵한 채 악수를 한 모습으로 허공중에 우뚝 서 있었다. 둘은 공중에 세워놓은 조각 작품처럼 한참 동안 움직이지 않고 서 있다. 둘 사이에 가로놓인 무거운 침묵은 국군 용사 영혼이 입을 열면서 깨졌다.

"한반도가 통일이 되면 과거는 역사 속에 묻어야 하겠지요. 우리가 살았던 그 시대의 역사는 이제 돌이킬 수 없습니다. 우리가 다퉈봐야 무슨 소용이 있겠습니까? 우리 다음에 만나면 우리 다투지 맙시다. 그럼 나는 이만 돌아갑니다."

국군 용사 영혼의 말이 끝나자 인민군 전사 영혼이 입을 열었다.

"역사의 수레바퀴는 지금도 돌아갑니다. 6.25 전쟁과 같은 역사적 비극은 시대의 흐름 속에 그 진실이 가려지면서 올바르게 평가될 것입니다. 이 작업은 통일 작업을 벌이는 우리 후손들의 몫입니다. 다음에 만나면 우리 술이나 나누면서 미래를 이야기합시다. 안녕히 가세요."

둘은 굳게 잡은 손을 힘차게 흔들고 아쉬운 듯 헤어진다. 국군 용사 영혼이 봉황을 타고 남쪽으로 날아간다. 인민군 전사 영혼이 손을 흔들어 아쉬움을 표한다. 국군 용사 영혼이 구름 속으로 사라지자 해방산 언덕 위에는 무거운 정적이 흘렀다. 인민군 전사 영혼은 원래의 조각상 모습으로 돌아갔다. 조각상은 약간 앞으로 숙여진 자세로 서 있는데 그 모습은 무언가 골똘히 생각에 잠겨 있는 것처럼 보였다. 호 낭자는 그 모습을 보면서 가슴 속에서 안타까움과 함께 분노같이 치미는 것을 느꼈다. 만약 남북한이 대화를 통해 힘을 합쳐 하나의 정부를 세우는 것과 같은 중대사를 하나하나 풀어가면서 6.25 전쟁이 일어나지 않았었더라면 얼마나 좋았을까를 상상한 것이다. 호 낭자는 전쟁이란 인간 세상에서 일어나서는 안 된다는 것을 절감하면서 생각에 잠긴다.

'같은 민족이면서 이념이 다르다 해서 서로 죽고 죽임을 당하는 전쟁을 한 것은 정말 불행한 일이다. 그 전쟁을 일으킨 자는 지옥에 떨어져 고통을 받아야 한다. 그자는 6.25 전쟁 속에서 죽고 다친 사람과 그 가족 친지들이 겪었을 고통을 지옥에서 맛보아야 한다. 전쟁에 끌려가 숨진 불쌍한 두 영혼의 명복을 빌어야겠다.'

호 낭자는 인민군렬사탑 맨 밑단에 서서 묵념을 한 뒤 탑 주위의 계단과 우거진 나무숲 등을 바라보았다. 그러다가 탑에 새겨져 있는 헌시의 마지막 부분에 눈길이 갔다.

'후손 만대를 두고 노래할 당의 아들딸들이여! 그대들의 그

이름, 그 위훈은 조국의 력사와 함께 길이 빛나리라.'

호 낭자는 그 의미를 생각하며 인민군렬사탑을 떠나면서 다음 행선지로 어느 곳을 가야 하나 생각하니 남한을 찾아가는 것이 순서일 것 같았다. 북한의 평양을 방문했으니 남한의 서울을 가보자고 맘을 먹는다. 호 낭자는 평양 시가 상공을 몇 바퀴 돌면서 '이제 가면 언제 이곳을 올 수 있으려나.'하는 생각과 함께 아쉬움을 달랜다. 그리고 방향을 남쪽으로 잡고 남한을 향해 날아갔다. 잠시 후 군사분계선이 나온다. 그곳은 숲이 울창하고 검은 띠처럼 동서로 뻗어있어 그 위아래 지역과 확연히 구별이 된다. 철조망이 끝없이 이어진 군사분계선을 지나 남한 땅으로 접어들었다. 거미줄처럼 만들어진 크고 작은 도로 위를 차량들이 왕래하는 것이 보인다. 호 낭자는 계속 남쪽을 향해 힘껏 달린다. 평양과 같은 거대한 도시가 저 아래에 펼쳐진다. 도시 중간에 큰 강이 가로지르는 것은 평양과 빼 닮았다. 큰 도로, 작은 도로가 보이고, 큰 빌딩과 작은 집들로 꽉 차 있는 것도 비슷했다. 중간세계의 서울이다. 화려하고 높은 고층건물들이 평양보다 더 많고 인파도 그런 것 같았다.

'어디를 가볼까?'

호 낭자는 웅녀 후손들이 사는 서울 상공을 빙빙 돌면서 마음이 끌리는 곳을 찾는다. 평양은 단군의 추천으로 지신을 만나보았지만 서울은 마음 내키는 곳에 가서 새로운 경험을 하고 싶었다. 분단 해소를 위해 호 낭자 자신이 뭔가 기여를 할 수 있는 경험을 할 만한 곳이 어디일까를 찾는다. 그러다 강력하게 호 낭자를 끌어당기는 한 장소가 발견되었다. 바로 그곳으로 가야할 것 같았다. 그 장소는 호 낭자의 눈길을 사로잡았고 몸은 자연스럽게 그곳으로 움직여 간다. 그곳은 서울 중심가에서 한참 떨어진 변두리에 있는 작은 집이었다. 그곳에서 무언가가 호 낭자를 끌어당기고 있었다.

'저 집에 무엇이 있을까?'

호 낭자가 가슴 속에서 강하게 작동한 호기심에 이끌려 내려간 곳은 경사가 꽤 가파른 산등성이에 볼품없는 집들이 제멋대로 들어선 산동네였다. 옛날에 산이었을 그 곳은 나무 대신 집들이 빼곡히 들어 서 있다. 경사를 깎아 만든 협소한 평지 곳곳에는 누추하고 작은 집들이 다닥다닥 붙어 있고 손바닥처럼 비좁은 빈터에 듬성듬성 초록색 식물이 자라고 있었다. 집들은 건물주의 취향보다 주어진 공간에 맞게 지어진 듯 서로 직각으로, 또는 코가 맞닿은 듯 바짝 마주 본 모습으로 서 있었다. 집 사이에 가느다란 골목이 이리저리 뚫려 있었다. 골목길에는 좌우에 쓰레기 더미가 쌓여 있거나 개똥이 길 한가운데에서 햇볕에 말라 새까맣게 변해있었다. 호 낭자는 끊어질 듯 이어지는 골목길을 살핀 뒤 자신을 끌어당긴 그 집 앞에 섰다. 볼품없이 오래된 철 대문을 조심스레 미는 데도 삐그덕 하는 소리가 크게 울렸다. 호 낭자는 자신의 몸이 들어갈 수 있을 만큼 문을 밀치는 동안 문짝 위아래에서 금속성 마찰음이 계속 나오자 이맛살을 찌푸린다. 그리고 조심스레 대문 안으로 들어가자 누렇게 색이 바래버린 차양을 쳐버려 햇빛이 들어오지 못하는 어두컴컴한 마당이 눈에 들어왔다. 그것은 마당이라기보다 한쪽에 수도꼭지가 하수도 구멍과 같이 자리 잡고 있는 ㄷ자로 된 4칸짜리 집의 방들이 마주보고 있는 공간에 불과했다. 부엌이 딸린 큰 방은 비어있고, 그 맞은 편 작은 방에 병든 할머니가 누워 있었다. 집안 다른 식구들은 다 외출한 듯했고 할머니 혼자였다.

'안녕하세요?'

호 낭자는 웅녀의 후손과 흡사한 할머니의 방문을 열고 맘속으로 인사말을 한다. 할머니는 힘없는 눈초리로 호 낭자를 바라만 보실 뿐 아무 말씀도 안 하신다. 호 낭자는 안타까운 시선으로 할머니를 한동안 바라보다가 눈인사를 하고 문을 조용히 닫았다. 그리고 돌아서려는데 문득 아까 할머니 옆에 누군가가 버티고 앉아있다는 생각이 들었다. 그는 호 낭자의 시선을 피하는 눈치였고 방안의 가구 뒤로 몸을 숨기려 했던 것으로 기억이 됐다.

'누구였지? 분명 이 집 식구는 아닌데 왜 할머니 방에 있지?

들어가서 만나볼까?'

호 낭자는 살며시 할머니 방으로 들어가 가구 뒤를 살펴보았다. 거기에 그가 있었다. 그는 자세히 살피면 눈에 띄지 않는 수증기나 엷은 안개처럼 보였다. 어찌 보면 벽 위에 그 윤곽만 희미하게 들어나 있는 그림 같기도 했다.

"당신 뉘시오?"

호 낭자가 그 존재에게 물었다. 그러자 인간 형상을 한 투명한 그 존재가 되물었다.

"당신 호랑이 귀신이구만, 한데 대낮에 뭐 하러 이곳에 왔우? 이 근방에 뼈라도 묻혀 있소?"

호 낭자가 간략하게 이곳에 오게 된 경위를 말해줬더니 그 존재가 투박하게 말했다.

"난 6.25 한국전쟁 때 이곳에 죽어 묻혀버린 북조선 인민군 해방 전사의 혼백입네다. 전투 중에 포탄이 내 옆에서 터지는 통에 말 그대로 장렬하게 산화했수다. 내 뼈는 지금 이 할머니가 누워있는 방 밑에 있어요."

"그럼 할머니가 아픈 것은 당신 탓이오?"

호 낭자는 원귀가 이승을 떠나지 못하면 사람을 해친다는 옛말이 생각나서 물었다. 그랬더니 인민군 병사귀신이 발끈하며 말했다.

"원 별 말씀도 막 하십네다. 내가 그렇게 속 좁게 보입네까?

아니 삼천 리 금수강산에 사람 뼈 안 묻혀 있는 데가 있나요? 사람이란 흙에서 와서 흙으로 돌아가는 것이고 그것이 자연의 섭리 아닙니까? 죽은 사람이 산 사람을 해코지 하다니 말도 안 되는 소리죠. 그런 말하면 난 억울하오."

"아, 그래요? 미안합니다. 내가 괜한 말을 했네요. 내가 사과 드리지요."

호 낭자가 당황해서 사과 겸 변명을 늘어놓는데도 인민군 병사귀신이 화난 표정을 풀지 않는다. 호 낭자가 거듭 사과하며 달래자 인민군 병사귀신은 굳었던 표정을 풀면서 말했다.

"됐습니다. 그렇게 사과를 하니 받아드리겠습니다. 한데 야단 났습니다. 이 산동네가 재개발이 된다 하지 않소. 그래서 걱정입네다. 포크 레인이다 뭐다 하는 중장비들이 동원돼서 이곳을 파헤칠 터인데 그러면 제 뼈가 어디 메로 가게 될지. 만약 고층 아파트 지하 콘크리트 밑에 내가 묻힌다면 난 영영 잊혀질 게 아니겠어요? 그걸 생각하면 정말 끔찍합니다. 하루 한시도 맘 편한 날이 없어요. 오늘도 마찬가지 입네다. 난 이 불쌍한 할머니 옆에 앉아서 사실은 내 신세타령을 하고 있었어요."

호 낭자는 그 말을 듣고 보니 딱한 생각이 들어 위로의 말을 들려주었다.

"너무 상심하지 마시오. 지상에서 삶을 마감했으면 세상일을 잊어버리고 영면할 방법을 찾는 것이 순리가 아니겠오? 그러다

보면 잘되지 않겠어요?"

"어떻게 뭐가 잘된다 말이요? 내가 불안한 이유가 재개발되는 것만이 아닙니다. 진짜 심각한 게 하나 더 있어요. 내가. 이곳에서 얼마 떨어지지 않는 곳의 굴뚝 밑에 묻혀 있는 남쪽 국군병사하고 통일이 되면 누가 더 잘되는지 내기를 했는데 서로 별 볼 일 없게 된 점이야요. 그 친구도 내가 죽어 묻힐 때와 비슷한 시기에 국군으로 복무하다 죽어 아무도 모르게 혼자 묻혀 세월을 보내지 않았겠소. 그 친구와 나는 이 산등성이에 묻혀 있는 뼈다귀 귀신 중에 제때 제삿밥을 못 받아먹는 불쌍한 처지라고 서로 놀리기도 하고 동정도 했었는데, 언제 이런 신세를 면할 수 있을련지 모르겠습네다. 후유."

"너무 낙담하지 마세요. 언젠가 좋은 날이 있을 겁니다."

호 낭자가 그를 열심히 위로하고 있을 때 누군가 방안으로 들어오는 기척이 느껴졌다. 하얀 연기 같기도 하고 수증기 같은 존재가 들어온다. 그러자 인민군 병사귀신이 반색을 한다.

"야. 국군 병사동무, 마침 잘 왔다. 여기 웬 호랑이 귀신이 찾아왔다. 너도 할 말 있으면 해보우다."

"아, 반갑습니다. 호랑이 귀신은 내 처음 만납니다."

국군 병사귀신은 호 낭자를 신기한 눈초리로 바라보며 말했다. 호 낭자도 인사를 건넨다. 그러자 국군 병사 귀신이 인민군 귀신을 가리키며 소리를 지른다.

"지난 번 우리 토론하다 중단된 것 계속하자. 북한은 한반도 통일문제나 비핵화 문제에서 왜 미국하고만 대화하겠다고 고집하는 거야? 남한이 배제된 한반도 문제 해결방식은 존재할 수 없다니까. 북한의 그런 태도는 남한 내의 남남갈등을 부추기고 한미 간을 이간질하려는 짓이라는 비판을 피할 수 없다니까."

그 말을 들은 인민군 병사귀신이 웃긴다는 표정으로 맞받는다.

"그래? 그럼 그것을 국제사회에 물어볼까? 남한이 군사주권도 없는 상태인데 주권독립국가라고 말할 수가 있는지? 그런 국가와 통일 문제나 비핵화 같은 군사 문제 등을 협상할 수 있는지도 말이야."

"말씀을 삼가하라구. 북한이 6.25전쟁을 일으킬 때 중공이나 옛 소련에서 사전 승인을 받은 것은 인정하지? 자주성을 강조하시는데 북한의 전쟁 당시 태도는 자주적인 것인가? 북한이 강대국에 사전 동의를 받고 전쟁을 일으킨 것이 비밀자료를 통해 입증되고 있는데 그것은 어떻게 변명할 작정인가? 그 동기가 무엇이었든 간에 동족끼리 죽이고 죽임을 당하는 무서운 참극의 책임은 반드시 져야 한다니까."

"6.25전쟁을 누가 먼저 일으켰다고? 그럼 따져 보잔 말이다. 당시 이승만은 북진통일, 멸공통일을 맨 날 외치는 상황이었고 당시 휴전선에서 크고 작은 군사적 충돌이 계속 벌어졌잖나? 6.25전쟁은 6월 25일 이전에 벌써 시작되고 있었지."

"웃기는 소리하고 계시네. 6.25전쟁 당시 북한 비밀 자료를 보면 남한의 북한 동조세력이 북한군의 남침에 즉각 호응해 순식간에 한반도 통일이 가능하다고 되어 있다니까. 그렇게 되었나? 북한군이 남침한 뒤로 남쪽 곳곳에서 북한군 만세하면서 호응했나? 없었지. 어떻게 그런 오판을 할 수 있었을까? 그리고 유엔군이 참전할 것도 예상했나? 한반도 정세는 물론 국제정세에 깜깜한 상태에서 전쟁을 일으켜 수백 만 명이 죽고 다쳤으니 책임져야 하는 거야."

"하나는 알고 둘은 모르는 소리하고 있네. 역사를 직시 하시라구요, 이 양반아. 해방 후 남한에서 친일세력들이 득세하면서 독립 운동가들이 핍박받는 등 실질적인 일본의 지배가 지속되고 있지 않았나? 역사의 시계 바늘이 거꾸로 돌아가는 반민족적 상황은 누군가 반드시 응징하고 청산했어야 했다고."

"궤변을 늘어놓지 마. 동족상쟁을 야기한 행위는 어떤 이유로도 정당화될 수 없어. 그리고 남한의 군사주권을 비판하시는데 중국과 러시아 같은 강대국들이 머리맡에 있는데 세계 최강국가와 손을 잡는 것이 당연한 것 아닐까? 주한미군이 없으면 중국과 러시아가 어떻게 나올 것인가는 과거 역사를 보면 뻔한 거 아닌가 말이야."

"헛소리 말고 북조선을 보라고. 북조선은 중국, 러시아와 국경을 접하고 있지만 필요하면 언제나 맞장 뜨는 자주 국가로서 지내왔고 지금도 마찬가지인 것 모르나? 한반도 반만년 역사에 주변 강대국에 대해 북조선만큼 큰소리치면서 떳떳한 외교관계를 맺어온 경우가 있으면 한번 나와 보라고 해. 중국과 러시아가 북조선의 핵실험, 미사일 발사에 대해 제재를 가하지만 우린 눈도 깜짝 안했다니까."

남북한 병사귀신들의 설전은 한없이 이어지고 있었다. 반백년이 넘게 분단 갈등을 겪으면서 서로 쌓인 감정이나 사연이니 그것은 풀어도, 풀어도 끝이 없을 것 같았다. 국군 병사 귀신이 아랫배에 잔뜩 힘을 주면서 외쳤다.

"이봐, 북한에서는 주민들이 다 배고파 굶주려 죽어 가는 판에 무슨 핵무기나 대륙간탄도미사일을 만드느냔 말이냐. 주민들이 먹을 것도 없어 영양실조라는데 새 무기를 만드는 바보짓은 그만 해야지. 북한과 혈맹이라던 중국과 러시아도 등을 돌리고 경제는 파탄지경이니 무기는 그만 만들어야지."

"웃기지 마라. 국방이 튼튼해야 자주권이 보장되는 거야. 북조선은 남조선과 달라. 남한은 미국 군대를 안방에 모셔다 놓고 제 나라 군대 지휘권도 제대로 행사 못하는 허수아비 아니냐. 세계 어느 나라도 자국 군대의 자주권을 남의 나라의 손에 쥐여주지 않는다. 창피해서 땅에 대가리를 처박고 죽을 노릇이다."

두 귀신의 말싸움은 한동안 더 이어졌는데 싸우는데 지쳤는지 잠시 침묵했다. 그러다가 국군병사 귀신이 자신의 처지를 한탄하며 신세타령을 시작했다.

"난 북진통일이 빨리 될 줄 알고 지하에서 쉬고 있는데 영 소식이 없어 답답합니다. 군에 있을 때 상관들이 멸공통일만이 유일한 목표라고 말했거든요. 북한에는 악마가 있어서 그것을 깨부수고 자유민주주의 체제로 통일하는 것이 민족이 선택할 수 있는 최상의 미래라고 배웠어요."

국군 병사 귀신의 말이 끝나기도 전에 인민군 병사귀신이 입을 열었다.

"너 국군 병사동무, 웃기고 있네. 나도 북남통일이 되는 날을 학수고대하면서 지내고 있어서 네가 하는 말은 들어주기 힘들다, 야. 그게 말이 되나? 사회주의가 자본주의보다 더 진보된 사상인데 당연히 그 방향으로 미래를 설계했어야 한다고."

"사회주의가 진보된 사상이라고? 그것 독재 아니냐. 프롤레타리아 독재 말이야."

"진보와 발전을 위해서 깨어난 사람들이 앞장서는 독재는 불가피한 거야. 항상 평등할 수는 없다고. 어느 정도 사회 발전이 되기까지는 의식화된 소수 인민이 독재를 해야 해."

인민군과 국군 병사 귀신이 다투기 시작하자 호 낭자가 말리려 했으나 둘은 말을 듣지 않고 자기들끼리 삿대질을 하면서 목청을 높였다.

"인류의 역사를 보라우. 전체 인민의 역사라기보다 소수 영웅의 역사야. 전체 인민은 영웅의 각성된 사상과 이념을 뒤쫓으며 따라하는 것에 불과했어야. 이러니 사회주의를 위해 전체 인민의 영웅과 같은 역할을 하는 세력이 있어야 한다고. 그게 중국에서 말하는 인민독재 아니냐고."

호 낭자는 둘의 논쟁을 귀담아 들으면서 인민군 병사귀신이 북한 사투리를 조금 밖에 쓰지 않는 것을 느꼈다. 서울에서 오래 머물다 보니 저렇게 말투도 변했나 하는 생각을 하는데 국군 병사 귀신의 말소리가 들렸다.

"웃기는 소리 말아. 소련이 인민독재를 한다고 했지만 결국 해체됐잖아. 전체 인민을 대표하는 영웅이라고 하지만 결국 일인 독재체제 아니냐 말이야."

"그렇게만 말할 수 없다니까. 인민독재가 잘되기 위해서는 전체 인민의 적극적인 호응과 나라 밖 국제 정세가 정상적이야 하지. 그런데 소련의 경우 그렇지 못했지. 전체 인민들이 자본주의 물질 경제에 현혹되어 버렸고 국제 정세도 좋지 않았다고. 미국이 소련과 군비경쟁을 하면서 결국 소련의 국가 재정을 파탄 나게 만든 것이잖아."

"그것만이 아니지. 인민독재를 한다고 나선 세력이 독선적이 되거나 부패했잖아. 소수의 인민독재 세력이 전체 대중과 거리가 멀어지면서 자연 붕괴된 거라고 봐야지."

"자본주의는 그래 잘 되고 있나? 소수가 부자가 되고 다수가 빈곤층이 되는 자유경쟁이라는 것이 결국 지구촌을 거지촌으로 만들고 있잖아. 이런 이념과 사상이 무슨 미래가 있다는 거야? 다시 사회주의 사상이 실천되어야 한다고."

"역사는 거꾸로 돌아가지 않아. 자본주의, 사회주의를 대체할 새로운 사상, 이념이 반드시 개발될 거야."

호 낭자는 두 병사귀신의 이야기를 듣고만 있었다. 할머니는 병사귀신들이 떠드는데도 눈을 감고 계속 주무신다. 국군 병사와 인민군 병사귀신의 말싸움은 끝없이 이어질 기세다. 두 병사귀신은 흥분을 삭이려는지 심호흡을 몇 차례씩 해댔다. 그러자 호 낭자가 "두 분은 좋은 말씀을 많이 하시는데 서로 반말로 하지 말고 존댓말로 하세요. 그러면 서로 상대방을 존경하는 마음이 생기고 서로 경청하게 돼서 좋은 결론을 맺을 수도 있을 겁니다."라고 말해 주었다. 두 귀신은 그 말에 "그도 그렇겠군. 우리 존댓말로 하자."라면서 악수를 하며 진지한 표정을 짓는다. 호 낭자가 흐뭇한 표정으로 바라보고 있자 인민군 병사귀신이 먼저 입을 여는데 말투가 존댓말이었다.

"한반도에서 지구 3차 대전이 벌어지는 것은 반대합네다. 왜 우리 강토가 강대국들의 싸움터가 되어야 하느냐 이 말입니다. 우주 절대자에게 호소할 수 있다면 그렇게 하고 싶어요. 그런데 잘 되는 것 같지 않아 걱정입네다. 우주 절대자는 귀가 먹고 눈이 멀었나 봐요. 난 사실 우주 절대자에게 밤낮 울고불고 기도했는데 아직 아무 반응이 없잖아요. 아휴 신경질 나, 정말."

인민군 병사 귀신이 말을 멈추자 국군 병사 귀신이 입을 연다.

"그러게 말입니다. 이놈의 우주는 어떻게 돌아가는지 알 수가 없어요. 한반도를 보면 정의라는 게 살아 있는 것인지 의심이 들어요. 우주 절대자는 낮잠이나 퍼 자빠져 자는가 봐요. 술 처먹느라 정신이 없는 건지, 어휴 속상해. 이럴 거면 우주 절대자 자리를 내놓던가."

"그래요. 우주 절대자가 있다면 한반도 분단을 그냥 지켜보면 안 되죠. 그런데 한반도가 지구에서 전쟁 발생 가능성이 가장 높은 지역이라고 하는 건 순 억지 아네요? 한반도에서 휴전협정이 60년 넘게 유지되는 것만 보아도 그곳이 전쟁 위험 지역이 아니라는 명백한 증거죠."

"같은 생각입니다. 전쟁 위험 지역이라면 벌써 휴전협정이 깨지고 또 난리 났겠죠. 휴전협정이 평화협정으로 전환이 안 된 것이 지극히 비정상이라면서 욕들 하지만 그렇게만 볼 것은 아니라니까요. 휴전협정이 깨져서 전쟁이 나지 않고 그렇게 오래 유지된 것도 큰 기록이예요. 완전한 평화는 아니라 해도 절반의 평화지역이다, 이렇게 한반도를 평가하는 것이 정당하다고 봐요. 어쨌든 그렇다면 빨리 평화협정을 맺어서 전쟁 위협이 완전히 사라지도록 만들어야죠."

"전쟁이 안 날 거면, 군비경쟁이 없어져야 하는데, 그렇지 않잖아요. 세계에서 가장 군사대치 밀도가 높다는 것 아닙니까. 전쟁이 났다 하면 몇백만 명이 죽거나 다친다는데 세계에 이런 곳이 또 있나요? 없지요. 난 한반도가 이런 상태인 것이 정말 화가 납니다."

"그럼 어떻게 해야 하나요? 우리가 지난 수십 년 동안 만나면 똑 같은 이야기를 했는데 다시 정리해 보기로 해요. 우선 남북한, 어느 한쪽이 백기를 들고 상대방에게 날 잡아 잡수세요 하며 무릎 꿇는 일은 결코 없을 것이구요. 그렇다면 양쪽이 아무 불만 없이 평화적으로 평화통일하자고 합의하는 게 최선인데 이 방법이 무엇이 있느냐면..."

"제가 말해 볼게요. 하루아침에 평화통일은 어려울 테니까 단계적으로, 차근차근 통일을 하자고 제안하자는 것이예요. 지금처럼 한꺼번에 다 해치우자면서 실제 아무것도 못하고 으르렁거리면서 매일 싸우거나 싸울 준비만 하는 것은 일단 피해보자니까요. 그러자면 서로 군인이나 무기를 줄여야 합니다. 군비감축을 해야 해요. 그러기 위해 자주 만나 대화를 해야 해요."

"그게 말은 쉽지만, 남북이 전쟁을 하는 적대국 사이인데 무엇을 믿고 군축을 해요? 속이면 어떻게 하는 것이죠? 설마 상대가 우리를 공격하지 않겠지 하고 무력을 감축하다가 어느 날 갑자기 공격을 당하면 어떻게 해요? 평화적으로 문제를 해결한다는 것이 말이 쉽지 실제 그렇지 않습니다."

두 병사 귀신은 청산유수처럼 평화통일에 대한 견해를 쏟아 놓는다. 그들은 흥분한 탓인지 얼굴이 발갛게 물들어 있다. 호 낭자에게 그 모습이 가슴 뭉클하면서 신기하게 느껴졌다. 어떻게 저렇게 깊이, 폭넓게 생각하고 있었는지 놀라울 따름이었다. 호 낭자 자신이 한반도 평화통일을 위해 뭔가 기여해서 인간이 되고 싶어 한반도에 왔지만 별로 한 일도 없었다. 그런데 남북한 병사 귀신들은 청산유수로 분단 청산과 평화통일의 방안을 이야기하고 있는 것이다. 호 낭자가 눈을 동그랗게 뜨고 바라보는데 인민군 병사귀신이 몸을 앞으로 숙이면서 열정적으로 말했다.

"우선 서로 믿어야 한다니까요. 남북한이 서로 갈라지기 전에는 같은 민족이었잖아요. 원래 한 핏줄이라는 것보다 더 찐한 담보가 또 있나요? 민족이 정치 이념에 우선한다는 원칙에만 합의한다면 문제는 풀리는 것이겠죠."

국군 병사 귀신도 뒤질세라 매우 진지한 태도로 말했다.

"그렇다니까요. 아무리 죽기 살기로 싸운다 해도 서로가 진솔한 감정이 통할만한 공통점을 찾아야 해요. 그렇게 서로 접근하다 보면 해결책이 생길 겁니다. 우리가 서로 믿지 못하고 불신만 해서는 싸움질밖에 할 것이 없어요. 여기가 출발선이라고 봐요. 서로 믿는다, 믿을 것이다 하는 점에서 시작해봅시다. 서로 이익을 보면서 공존 공영하는 원칙만 합의하면 안 될 일이 없어요."

"좋습니다. 그렇다면 일단 서로 믿는다, 공동의 이익을 챙기고 공존하면서 문제를 푼다는 원칙에 합의하는 것이 제일 중요하다고 봐요."

호 낭자는 두 병사 귀신이 무슨 말을 하는지 이해할 수 있었다. 그들은 중간세계 한반도의 통일을 평화적으로 끝낼 방법을 이야기하고 있었다. 두 병사 귀신의 진지한 모습을 지켜보던 호 낭자는 자기가 찾아서 노력할 일이 무엇인가 하는 것을 두 병사 귀신이 말하는 것을 들으면서 고맙기도 하면서 안타까웠다. 말은 쉽지만 실제 실천하는 것은 매우 힘든 일이라 여겨졌기 때문이다. 호 낭자는 두 병사 귀신이 너무 소중한 존재란 생각이 들어 그들에게 위로의 말을 찾아 건넸다.

"두 분은 정말 자랑스럽고 진정한 웅녀의 후손이라고 생각해요. 두 분이 지하에서 이토록 열심히 분단 해소를 염원하고 계시니 통일이 머잖아 될 겁니다. 저도 노력할 겁니다. 두 분은 너무 신경 쓰지 마시고 편안한 마음을 지니세요. 그리고 재개발이 된다는 것도 그냥 웃어넘기세요. 인간은 죽어 그 뼈가 어차피 흙으로 돌아가게 되는데, 흙이 되는 과정에서 그 뼈가 재개발 아파트 지하에 있으면 어떻고 또 다른데 묻힌다 해도 무슨 차이가 있습니까?"

두 병사 귀신은 호 낭자의 간절한 위로에 '호랑이 귀신이 사람 귀신보다 낫다'는 표정을 짓는다. 그러나 거기까지였다. 그들은 호 낭자의 말을 귀담아 듣는 것 같지는 않았다. 호 낭자가 더 위로와 격려의 말을 하려 했더니 두 병사 귀신은 바람이나 쐬겠다며 일어선다. 그리고 호 낭자에게 한목소리로 말했다.

"시험에 통과해서 꼭 인간이 되기 바랍니다."

두 병사 귀신은 호 낭자가 고맙다고 말하자 휭 하니 방을 나가 버렸다. 호 낭자는 두 병사 귀신이 앞으로 지하에서 편안히 쉴 것을 기원하고 이어 할머니의 쾌유를 빌며 그 집을 뒤로했다. 산동네 상공으로 올라온 호 낭자는 그곳을 몇 바퀴 돌아본 뒤 서울 구경을 더 해야 하겠다고 번화가 쪽으로 날아간다. 번화가에는 산동네 보다 높이 솟은 빌딩들이 즐비했다. 호 낭자에게 그 빌딩들은 하늘을 향한 도전처럼 느껴지면서 허공을 찌르는 송곳처럼 보이기도 했다. 그런데 빌딩 가운데 매우 높은 빌딩의 꼭대기 위에는 정체를 알 수 없는 존재들이 움직이고 있는 것이 눈에 띄었다.

'저게 뭘까?"

호 낭자는 기이한 생각이 들어 한 빌딩의 꼭대기로 다가갔다. 거기에는 누추한 옷을 걸친 뚱보 귀신 하나가 앉아서 불안한 몸짓을 하고 있었다. 눈은 벌겋게 충혈된 채 입으로는 뭐라고 계속 중얼거리고 있다. 호 낭자가 다가가자 살펴보니 그 존재는 돈방석 위에 앉아서 자기가 입고 있는 누추한 옷의 호주머니를 계속 뒤지며 "돈이 다 어디 갔지?"라고 안타까운 표정으로 말했다. 호 낭자는 그런 모습이 기이해서 물었다.

"당신, 지금 뭐 하는 거요?"

그 존재는 호 낭자의 위아래를 뜯어보더니 대답했다.

"난 내 옷의 호주머니에서 돈이 자꾸 없어지고 있어 그걸 찾고 있는 거야. 호주머니에 구멍이 났는지 돈이 자꾸 없어져. 누가 도둑질해갔는지도 몰라. 이봐, 당신 돈 가진 것 있어?"

호 낭자는 그 말에 멍한 표정을 지으며 "난 호랑이라 돈이 없는데."라고 말꼬리를 흐린다. 그러자 그 존재가 사나운 눈초리로 외쳤다.

"그러면 여기서 꺼져. 난 돈이 더 필요하단 말이야. 돈, 돈이 없으면 난 죽은 목숨이야. 난 돈을 먹어야 지금 체중을 유지할 수 있어. 그래서 내 옷의 호주머니를 뒤지고 있는 거야. 혹시 돈이 남아 있나 해서 말이지."

"…"

"그런 눈으로 날 보지 마. 난 정상이야. 난 최선을 다해서 돈을 벌었지. 남들 돈은 다 내 것이라고 생각하니 그 돈이 다 내 옷의 호주머니로 들어오더라니까. 이 빌딩도 먹고 남은 돈으로 만든 거야. 그러나 호주머니에 돈이 남아 있지를 않아, 미치겠어. 돈을 더 먹어서 내 체중을 불려야 하는데 그리고 내 빌딩은 다른 빌딩보다 높지 않아. 다른 빌딩보다 더 높아야 하는데, 돈이 더 필요해."

호 낭자가 그 존재의 말을 듣고 보니 그 존재가 꼭대기에 앉아 있는 빌딩은 돈을 쌓아 올려 만든 것이었다.

"어, 돈으로 빌딩을 만들었네?"

호 낭자가 놀라서 혼잣말을 하자 존재가 버럭 고함을 친다.

"이 멍청한 호랑이 귀신아, 난 돈으로 이 빌딩을 더 높이 세워 하늘나라에 가서 돈을 벌려고 하는 거야. 거긴 엄청 돈을 벌 수 있는 신천지야. 돈이 널려 있는 황무지라고. 빨리 남들보다 먼저 그곳에 가야 해. 그래야 몽땅 챙길 수 있거든. 그런데 하늘나라에 가려면 이 빌딩이 더 높아져야 해. 그러니 돈, 돈이 더 필요해."

호 낭자는 그 말을 듣고 자신이 이곳에 온 연유를 말하면서 돈으로 분단 해소와 평화통일이 가능하냐고 묻는다. 존재는 그 말을 듣더니 입가에 야릇한 미소를 띠면서 퉁명스럽게 말했다.

"돈 가져와. 그럼 알려줄게. 공짜로는 안 돼."

그 말이 솔깃해서 호 낭자는 신통력으로 존재가 가지고 있는 것과 같은 돈을 뭉텅이로 만들어 존재에게 준다. 존재는 그 돈을 세어보더니 입속에 구겨 넣고 게걸스럽게 먹는다. 다 먹은 다음에 만족한 표정으로 입을 열었다.

"돈으로 평화통일이 가능하지. 네가 돈을 몽땅 만들어서 군사분계선 양쪽에 마구 뿌려봐. 그럼 통일은 자동적으로 되는 거야. 먹고 살고 사치하고 남에게 선심 쓰는 데 돈만 한 게 없다니까. 내가 더 할 말은 없어. 이제 가봐."

존재는 또 자신의 호주머니를 마구 뒤진다. 한 호주머니에서 작은 동전이 나오자 존재는 엄청 기뻐하면서 그것을 챙겨 입속에 넣는다. 그런데 주변에 있는 여러 빌딩 꼭대기에서 "야, 그 돈 내꺼야. 이리 내놔!"라고 외치는 소리가 들린다. 호 낭자 눈앞에 있는 존재와 흡사한 모습의 존재들이 아우성을 치더니 벌떼처럼 호 낭자가 있는 쪽으로 달려온다. 호 낭자가 놀라 뒤로 물러서자 비슷한 모습의 존재들이 뒤엉켜 큰 싸움이 벌어진다. 그때 빌딩이 뒤뚱거리더니 무너지기 시작하면서 돈이 사방으로 날리기 시작한다. 호 낭자는 혀를 끌끌 차면서 '이 자들이 돈에 환장해서 게걸거리다가 죽은 자들의 귀신이로구먼.'이라고 중얼거리며 등을 돌려 다른 곳으로 날아간다.

7
남북 친일파 귀신들

밤이 깊어가고 있었다. 호 낭자가 서울 중심부와 한강 부근 번화가를 돌아보면서 그 모습을 구경하고 다닌다. 호화롭고 기름진 크고 작은 건물, 빌딩들이 들어 서 있고 소비자들이 흥청거린다. 그런데 그곳에서 얼마 떨어지지 않은 곳에는 판자촌이 빼곡히 들어선 빈민가가 보인다. 호 낭자는 '이곳은 양극화가 심한가 봐.'라는 생각을 하면서 무거운 마음으로 이곳저곳을 둘러보다 보니 날이 저물었다. 호 낭자는 중간세계 서울을 살펴보고 나서 착잡한 마음이 생기면서 피곤해졌다.

'어디 조용한 데 가서 휴식을 취할까?'

호 낭자는 적당한 곳을 찾아 살피는데 도시 가운데에 빼어난 산이 보였다. 그 산은 어둠 속에서도 그 자태가 나무랄 데 없이 우아한 모습이었다. 호 낭자는 그 산의 푸근해 보이는 장소에서 있는 커다란 소나무 밑에 자리를 잡는다. 휴식을 취하기에 적절한 곳이었다. 호 낭자는 하늘을 보고 벌렁 누워 소나무 잎 사이로 허공을 올려다보았다. 하지만 뿌연 초승달만 보일뿐 별은 눈에 띄지 않았다.

'달이 뜬 걸 보니 구름이 낀 것은 아닌데.... 내 눈이 이렇게 나빠졌나?'

호 낭자는 전에는 잘 보이던 밤하늘의 초롱초롱한 별들이 안 보이자 눈을 비비고 깜박여 보았지만 마찬가지였다. 호 낭자는 공해로 찌든 대기 때문에 별이 안 보이는 것을 알지 못했다.

'인간 세상에서는 육신이 빨리 상하는 것인지도 몰라.'

이런 생각을 하고 있는데 저만큼 떨어진 곳에서 시끄러운 음악 소리와 함께 형형색색의 귀신들이 잔치를 하고 있는 모습이 보였다. 호 낭자가 살금살금 다가가 살펴보니 그것은 코가 큰 미군 부대 귀신, 긴 칼을 찬 옛 일본군 부대 귀신 등이었다. 한민족 귀신들은 한결같이 미군 부대 귀신이나 옛 일본군 부대 귀신과 비슷한 모습으로 치장하고 있었다. 또한 미군기나 일장기를 손에 들거나 그것이 그려진 옷을 입고 있었다. 어떤 한민족 귀신은 코를 길게 만들어 붙이거나 머리를 노랗게 물들이기도 했고, 키가 크게 보이려고 굽이 높은 구두를 신고 있었다. 다른 한민족 귀신은 머리를 짧게 깎거나 콧수염을 기르고, 키를 낮추어 작게 보이려 애를 썼다.

'가장 무도회인가?'

호 낭자는 머리를 갸우뚱하면서, 그 기이한 잔치 모습을 더 지켜보았다. 미국과 일본 음악처럼 부르는 한겨레 음악 등에 맞춰 돌아가던 춤판이 잠시 멈추고 코쟁이 귀신과 왜놈 귀신이 각각 제 나라 말로 떠들어대기 시작했다. 그러나 한민족 귀신이 얼른 한국말로 번역해 큰 소리로 말했다. 그 말소리는 코쟁이 귀신과 왜놈 귀신의 억양을 흉내 내고 있었다.

"에또, 여러분 민족과 국가의 벽을 뛰어넘어 손에 손 잡고 큰 잔치를 벌이게 된 것을 진심으로 기쁘게 생각하므니이다. 역사가 증명하듯 개인이나 국가가 홀로 존재할 수는 없습니다. 일본과 한국의 근대사 관계가 그러하듯이 말입니다."

"옳소, 옳소므니이다!"

"분단시대 이전에는 일본이, 분단 고정과 그 이후에는 미국이 한반도에서 엄청난 희생을 무릅쓰거나 감수하면서 막강한 군사력을 보내 이곳 남산 기슭에 자리 잡게 해 한민족을 도왔던 것입니다. 우리 외국군이 낯선 이국땅 한반도에 와서 업적을 남길 수 있었던 것은 국제적 감각을 가진 조선인들의 덕분이므니이다."

"옳소므니이다."

"그들은 태평양보다 더 넓은 아량을 가지고 조선 민족의 구속을 탈탈 털어버리고 일본인의 품에 안긴 초역사적 결단을 내린 것입니다. 그들의 기여는 조선이 아쉽게도 일본의 품에서 벗어나 이른바 해방이 된 뒤에도 그치지 않고 있습니다. 그들은 일본의 한반도 식민지 지배가 한반도 근대화에 결정적 기여를 했으며, 일본 제국주의 군대가 동아시아 지역에서 구미의 식민지 지배를 타파하고 아시아 제 민족의 해방을 위해 대동아 전쟁을 벌일 때 조선 위안부 등이 물심양면으로 협조, 봉사한 것을 기억하고 찬양하고 있는 것입니다."

"당연하므니이다."

"그러나 일부 몰지각한 자들은 대일본 제국주의 군대의 사기를 고양시키는데 기여한 위안부를 성노예라고 부르는 폭거를 저지르고 있는 것이므니다."

"그들은 빠가야로이므니다."

"이 자리에 왕림하신 조선인들, 국제주의 감각을 뼛속까지 지니고 계신 조선인들은 편협한 민족주의를 일찌감치 걷어차 버리셨던 선각자적 공로가 지대합니다. 이분들은 파괴적이고, 적대적이며 배타적인 민족적 이익에 매몰되거나 연연하지 않고 대국적 견지에서 동북아, 나아가 세계 제 민족의 공동 번영을 위해 온갖 희생을 마다하지 않았스므니이다. 여러분 이 분들을 위해 뜨거운 박수를 보냅시다!"

"옳소, 옳소!"

요란한 박수갈채 소리가 터져 나와 한참 동안 지속된 뒤 코쟁이 귀신이 등장해 목소리를 높였다.

"미국과 남한은 혈맹의 동지였습니다. 남북이 한민족이지만 남한은 북한을 원수로 여긴 반면 미국은 영원한 동반자로 여겼습니다. 반면 북한은 세계에서 가장 강력하게 그것도 장기간 미국을 괴롭혔습니다. 세계 역사에서 북미 적대 관계와 같은 경우는 없을 것입니다. 세계에서 가장 강한 미국과 세계에서 가장 빈곤한 북한이 맞장을 뜬 것은 미국에게는 치욕이지만 북한에게는 역사적 쾌거였다고 하겠지요."

"옳소, 생큐 배리마치."

"같은 한민족이면서 남북한이 어떻게 그렇게 다를 수가 있는지 이것 또한 세계적인 연구 사례입니다. 남한은 미국과 한 몸이 되어 북한에 대항했습니다. 미국이 아니면 남한이 존재할 능력이 없어서 그랬을까요? 남한은 미국이 무슨 짓을 해도 왜 그러느냐고 항의한 적이 거의 없었습니다. 이 얼마나 감격스런 동맹관계이겠습니까? 이런 기적과 같은 일이 가능했던 것은 여기 계신 남한 귀신 덕분입니다. 여러분 그들에게 힘찬 박수를 주세요."

"짝짝짝짝!!"

"남한은 일본이 물러간 뒤 미국이 들어가 점령하자 여기 계신 친일파 분들을 중심으로 열렬히 미국을 환영하고 미군이 남한에 영원히 주둔해달라고 모든 편의를 제공했습니다. 미군이 남한에 주둔하는 것을 미국의 권리로 인정한 한미상호방위조

약에 의해 미국은 미군을 미 본토보다 더 저렴한 비용으로 남한에서 주둔시킬 수 있었습니다. 세계 군사 동맹 사상 이런 사례는 처음이자 마지막일 것입니다. 이런 파격적인 조건을 미국에 제시한 친일, 친미파 인물 귀신들은 정말 간도 쓸개도 빼놓고 사는 너그럽고 통이 큰 분들입니다."

"옳소, 옳소."

"남한은 미국이 중국과 러시아를 견제하기 위해 주한미군을 주둔시키는데도 그에 대한 대가를 요구한 적이 없습니다. 남한은 미군이 북한을 견제해주는 것만으로도 대만족이었고 그것을 너무 고마워했습니다. 그리고 역사적으로 볼 때 일본이 조선반도를 강탈했을 때 미국이 이를 용인해주고 대신 미국의 필리핀 점령을 일본이 눈감아 준 거래를 했는데도 남한은 이를 문제 삼은 적이 없습니다. 세계 역사상 이처럼 통이 큰 민족은 없을 것입니다."

"옳소, 옳소."

"그런데 북한은 어땠습니까? 사사건건 미국에 삿대질을 하거나 대들고 항의했지요. 미국이 핵무기로 위협하니까 자기들도 핵무장을 해서 미국에 맞장 뜨지 않았습니까? 북한은 중국과 러시아와도 대등한 외교관계를 유지했지요. 미국이 중국과 러시아에게 북한을 견제해달라고 그렇게 사정하고 압박했지만 성공한 적이 없습니다. 중국과 러시아는 항상 북한이 외국의 간섭은 철저히 배격하기 때문에 자기들이 어찌해볼 도리가 없다고 징징댈 정도였으니까요. 북한의 이런 점과 남한의 대미종속은 너무 차이가 있지 않나요. 이건 정말 세계적인 희귀 사례로 연구해야 할 대상인 것입니다."

"…"

코쟁이 귀신이 북한을 칭찬하자 친미, 친일파 귀신들은 입을 삐죽거리면서 침묵했다. 조금 전까지 박수치면서 환호하던 모습과는 너무 달랐다. 그 모습을 바라보던 코쟁이 귀신이 다시 입을 열었다.

"여기 계신 친미, 친일파 귀신들은 몸은 조선인이었지만 정신은 세계인이었습니다. 이들은 자신들의 고유한 문화보다 미국과 일본 문화를 한반도에서 꽃피우기 위해 얼마나 애를 썼는지 모릅니다. 같은 민족이지만 북한을 철저히 적대시하면서 미국, 일본과 한 형제처럼 지내려 했던 지독한 범세계 동포주의자였던 그들의 위업은 역사에 길이 남을 것입니다."

호 낭자는 코쟁이 귀신과 왜놈 귀신이 하는 말이 처음에는 무슨 뜻인지 헷갈렸지만 가만 듣고 보니 남한의 친일, 친미파를 찬양하고 있다는 것을 깨달았다. 그러자 화가 치밀어 올라 씨근덕거리기 시작했다.

'저런 잡귀들하고 내 민족 팔아먹는 쓸개 빠진 매국노 귀신들이 거들먹거리면 인간 세상이 어떻게 되지? 통일이 제대로 될

까? 신통력을 발휘해 이 잔치판을 쓸어버려야 하지 않나?'

호 낭자는 정신을 한 곳으로 집중시키면서 주문을 외기 시작했다.

"수리수리 마하수리... 이얍!"

호 낭자가 기합 소리와 함께 세차게 앞발을 뻗었다. 그런데 이게 웬일인가? 아무 일도 일어나지 않았다. 천지가 진동하는 굉음이 나면서 신통력이 작동해야 했다. 그러나 아무 소리도 나지 않고 두 발에서 기가 발사되지도 않았다.

'혹시 주문이 잘못되었나?'

호 낭자는 주문을 처음부터 끝까지 되풀이 해보았다. 역시 마찬가지였다. 아무 소용이 없었다.

'이럴 리가 없는데.'

호 낭자는 당황해서 뒷걸음질 쳐 그 댄스 파티장이 보이지 않는 곳까지 비실비실 물러나왔다. 그리고 곰곰이 생각하다가 퍼뜩 머릿속에 짚이는 게 있었다.

'아하, 그렇지. 환웅천왕님이 내게 내리신 신통력은 한반도 안에서만 발휘되고 외국에서는 안 되듯, 바다 건너온 귀신에게는 통하지 않는구나.'

호 낭자는 자신의 신통력이 통하지 않는 것이 원망스러웠다. 그러면서 한반도에 처음 내려와서 만났던 백두산 산신령이 한복과 중국 옷을 입은 우스꽝스런 모습이 생각났다.

'백두산 산신령의 마음이 얼마나 괴로웠을까.'

호 낭자는 외국 잡귀들이 한민족의 완전한 통일을 훼방하고 민족 내부의 분열까지 조장할지 모른다는 생각이 들면서 매우 걱정스러워졌다. 눈앞에서 코쟁이 귀신과 왜놈 귀신들이 하던 말이나 조선 귀신들이 맞장구치는 모습을 볼 때 인간 세상에 그들의 영향이 미칠지 모른다는 생각도 들었다. 하지만 자신이 그걸 막을 수 있는 아무런 힘도 없다는 사실이 가슴 아팠다. 이래저래 속이 상해 씩씩거리고 있는데 밑에서 두 귀신이 두런두런 다투는 소리가 들려왔다. 아마 댄스파티에 초대된 조선 귀신들 같았다. 기분이 상했던 호 낭자는 그냥 지켜보지 못하고 짜증스럽게 외쳤다.

"여보슈들, 거기서 왜 그리 다퉈?"

두 귀신은 화들짝 놀란 듯 바위틈에 몸을 숨긴 뒤 조심스럽게 주위를 살핀다. 그들은 호 낭자의 모습을 확인한 뒤 비실거리며 나타났다. 한 귀신이 거만한 목소리로 말했다.

"호랑이 귀신이구만. 이 산에선 주워 먹을 것도 없을 텐데 뭐 하러 왔어??"

"난 사연이 있어 하늘나라에서 내려왔는데, 당신들 저 아래서 잘 놀다가 집에 가지 뭐 하러 이곳까지 올라와 시끄럽게 하고 있어?"

"응, 우린 이른바 친일파로 한때 날렸지. 이 친구는 남한 지역 친일파였고 난 북한 지역 친일파였댔지. 지금 소피 누러 가는 길이야."

"일본 놈들한테 붙어먹어 죽어서도 그렇게 혈색이 좋구만. 오줌이나 싸고 내려갈 일이지 뭘 그리 다퉈?"

호 낭자의 말이 떨어지자마자 북한 쪽 친일파 귀신이 큰소리로 호통을 쳤다.

"무슨 소릴 하고 있소? 호랑이 귀신이라 무식하기 짝이 없군. 나 억울해서 그래."

"뭐가 그리 억울해?"

"내가 뭐, 친일파 하고 싶어 했겠나? 다 때를 잘못 타고 태어난 탓이니 조상님 탓이지. 호랑이 귀신, 자네도 일제 때 한반도에서 태어났으면 친일파 안 했겠어?"

"친일파로 굴러먹다 세상이 바뀌었으면 죗값을 치르고 반성이나 할 일이지 뭐가 그리 억울해?"

"친일파로 동족을 괴롭혔으니 벌이야 달게 받아야지. 그런데 억울한 것은 같은 친일파였다면 일제 패망 후 남북한 어느 쪽에 있었느냐에 따라 그 처벌이나 그 이후 상황이 너무 달랐다는 거야. 호랑이 귀신 자네가 그걸 알기나 하면서 끼어드나?"

"그런 일이 있었나? 얘기 한번 들어볼까?"

"그럼 귓구멍 후비고 잘 들어보게. 일제가 한반도를 강점한 뒤 일제에 붙어먹었던 것은 북한 쪽 친일파나 남한 쪽 친일파나 다 마찬가지였는데, 일제가 항복하고 물러간 뒤 친일 행위에 대한 심판은 너무 차이가 있었댔어. 세상에 이런 불공평한 일이 또 어디 있겠는가? 북한 쪽에서는 친일분자에게 선거권과 피선거권을 박탈하고 토지까지 몰수했지. 그런데 남한 쪽에서는 어땠는가? 일제 청산을 위해 만들었던 반민족행위특별조사위원회를 만들어가지고 뭐 하는 척 하다가 흐지부지 끝난 것은 물론, 북한 쪽에서 넘어온 친일분자나 남한 쪽 친일분자 모두 한통속이 되어 잘해 먹으면서 떵떵거리고 살았지. 하지만 난 북한 쪽에 있다가 신세 조졌잖아. 내 자다가도 벌떡 일어날 일이고 지금도 이가 갈려."

북한 쪽 친일파의 말이 끝나자마자 남한 쪽 친일파가 고함을 치듯 말을 시작했다.

"젠장, 우리라고 맘 편하게 그냥 지낸 줄 알아? 맘고생이 얼마나 심했는데. 잊혀질 만하면 일제 잔재를 청산해야 한다고 여기저기서 들고 나오질 않나, 일제 때 만들어진 총독부 자료가 반세기 만에 갑자기 튀어나와 간담을 서늘하게 만들지 않나. 하여튼 당해보지 않고는 이해를 못한다니까. 다 지난 얘기지만 그때, 그러니까 해방 직후지, 친일행위에 대해 깡그리 속죄할 기회가 있었다면 그토록 두고두고 가슴앓이를 하지 않았을 텐데."

남한 쪽 친일파가 말하자 북한 쪽 친일파가 화를 벌컥 내면서 외쳤다.

"에끼, 이 나쁜 남한 쪽 친일파 놈아, 그것도 말이라고 해? 네 친일파 놈들이 그때 미군정이나 이승만 정권에 빌붙어 친일파 처단을 저지했지? 네 친일파 놈들이 친미세력으로 옷을 갈아입고 해방정국에서 떵떵거린 것 다 알고 있다고. 그때 친일청산하자고 주장하면 공산당이라고 몰아 때려잡았지. 네놈들이 친일 대신 친미를 앞세우면서 미국을 제 민족보다 더 챙기면서 반미를 친북으로 몰아 처벌했잖아. 네놈들이 민족정기를 짓밟고 사회 정의 확립을 저지한 범죄는 친일했던 것 못지않아. 이 친일, 친미파야."

"뭐라고? 이 북한 친일파야, 말조심해라. 우리가 친일파 처단을 저지했다고? 당시 사회적 공감대가 그랬단 말이다. 여론이 친일파 처단을 원치 않았어요. 다수 국민이 원치 않는데 일부 극단적 세력들이 부르짖는다고 억지로 친일 청산이 될 수 있었는가 말이다, 빌어먹을."

"다수 국민이 원했다고? 엉터리 소리 하고 있네. 해방 직전부터 미국 놈들이 소련의 공산주의가 동북아에 확산될까 봐 중국에서 모택동 군대를 상대로 군사작전을 폈고 해방 이후에 남한에서도 마찬가지였지. 그러다가 제주 4.3 사태가 나니까 미군정과 이승만 정권은 빨갱이 사냥을 한다면서 당시 제주도 전체 인구의 10분의 1에 해당하는 2만 5천~3만 명에 달하는 주민이 토벌대에 의해 희생되게 만들었잖아. 6.25 전쟁 때는 어땠고? 그때도 미 군사고문단이 보는 앞에서 민간인 1백여만 명이 학살당했잖아."

두 친일파 귀신의 논쟁은 점점 더 뜨겁고 격렬해졌다. 보다 못한 호 낭자가 끼어들었다.

"여보슈, 이제 세월도 많이 흘렀고 통일을 위해 노력할 때인데 그런 문제로 뭘 그리 심각하게 떠들어? 그만 두슈. 그만 둬!"

호 낭자 말에 북한 쪽 친일파가 더욱 화가 나서 외쳤다.

"야, 이 호랑이 귀신아! 바로 그거다. 내 말 할 테니 귓구멍을 후비고 들어라. 지금 내로라하고 거들먹거리는 정부나 재계의 거물급 중에 제 조상이 친일파였던 것을 감쪽같이 숨기고 있는 자가 얼마나 많은 줄 알아? 내가 귀신만 아니면 나서서 확 불어버리는 건데, 더 괘씸한 것은 그자들이 일제 침략 시대의 고통스러운 역사는 묻어버리자고, 잊어버리자고 큰 소리로 말하다가 그것을 미화하기도 하는 거야."

"미화요? 어떻게요?"

"일제가 식민지통치를 하면서 교육과 기술 도입 등을 통해 한반도의 근대화에 기여했다는 거야. 이런 쓸개 빠진 논리가 있냐고, 세상에. 일제가 36년간 실시한 교육과 기술은 식민지 지배에 필요한 것이었지 한민족을 위한 것은 아니었다고. 그리고 강탈해간 자원이 얼마이고, 강제 징용 등으로 끌려가 죽고 다친 사람은 또 얼마나 많았느냐 이 말씀이야. 게다가 일본 놈들이 나라를 빼앗아 조선인을 탄압하면서 괴롭히는 등 정신적, 물질적 피해를 준 게 얼마냐고? 이런 것은 심각하게 생각을 하지 않는 두뇌 구조가 이상해. 그들은 일제 잔재 청산문제가 나올 때면 언제나 그렇게 나오는데, 그게 그런대로 통해요. 그리고 또 세월이 가면서 그자들은 잘 먹고 잘 누리고 지낸단 말이야. 남조선 쪽 친일파 귀신들은 제 후손들이 조상들의 비상한 처세술을 본받아 거들먹거리는 팔자라서 제삿날만 되면 상다리 부러지게 차려놓는데, 나 같은 신세는 뭐냐 말이요? 북조선 쪽에서 일제 주구로 몰려 망하다 보니 제삿밥 제대로 먹어본 적이 없으니 이런 억울할 데가 있냐고?"

그러자 남한 쪽 친일파가 은근한 어조로 말했다.

"이봐, 괜한 소리 말라니까. 자네 제사상 걱정 말고 내 제삿날 같이 먹자고. 그리고 반성 좀 하잔 말이다. 자네 그때 북한 쪽에서 친일분자를 타도한다고 할 때 왜 남쪽으로 피신하지 않았느냐 말이다. 그건 네가 실수한 거야. 그때 남한 쪽으로 넘어온 북한 쪽 친일파로 잘된 사람 엄청 많지. 한번 생각을 잘못 먹으면 자손대대로 고생한다는 것을 깨달았으면 이제라도 점잖아져야 해. 사람이란 처세에 능해야지. 일본 놈이건, 미국 놈이건 간에 힘센 놈이 오면 우선 그 국기에 정중히 절하고 섬기는 게야. 그래야 자신과 가족, 그리고 주변이 두루두루 편해진다니까. 살아

남아야 언젠가는 애국자도 되고, 그리고 통일 시대도 보고 즐길 수 있는 거야. 알아듣겠어?"

"야, 이 기회주의자 쓸개 빠진 귀신아. 그따위로 추잡하게 사느니 차라리 혀를 깨물고 자결하겠다. 너의 더러운 말을 들은 내 귀를 물로 씻어내야 하겠단 말이다."

"뭐야? 너 그따위로 말할 거야?"

"그래, 어쩔래!"

두 귀신이 다투는 소리는 끝없이 이어졌다. 호 낭자는 그들의 얘기가 듣기 싫어졌다. 웅녀의 후손이라는 인간들이 너무 한심한 모습이어서 인간 자체에 정나미가 떨어지기 시작했다. 인간의 이런 추한 면을 보고 있자니 자기가 애써 인간이 되려한 것이 맘에 걸리기도 했다. 그러다가 속으로 아차 했다. 인간에게는 다양한 측면이 있는데 친일파 두어 명을 보고 인간 전체에 대해 부정적인 생각을 하는 것은 잘못이라는 생각이 든 것이다. 인간은 역시 총체적으로 볼 때 선과 악, 정의와 불의 등 상반된 유전적 자질이 뒤범벅이 된 기이한 면이 있지만 선택하는 능력, 진실과 거짓 등을 분별할 수 있어 신비하다고 할 만한 존재이고 기적과도 같은 좋고 훌륭한 일을 하는 존재로 판단한다는 기준은 꼭 지키기로 했다. 웅녀와 환웅천왕을 생각할 때 인간은 역시 우주에서 박수갈채를 받아야 할 그런 고귀한 존재인 것은 틀림없었다. 하지만 눈앞에 보이는 친일파 때문에 화가 나는 것은 어쩔 수 없었다. 외국 잡귀들에게 신통력이 먹히지 않았던 일도 생각이 나서면서 부아가 치민다. 더욱이 밤공기가 저 산 아래 밤거리에서 올라오는 자동차 배기가스 등으로 상쾌하지 않아 머릿속이 지끈거렸다. 혈압이 올라버린 호 낭자는 두 친일파에게 고함을 냅다 질렀다.

"어흥, 시끄럽다. 이 친일파 잡귀들아! 너희들이 웅녀의 핏줄을 이어받아 태어났다면서 다른 민족에게 붙어 제 민족을 팔아먹는 짓을 해? 그러고도 반성은커녕 도토리 키 재는 식으로 다투고만 있으니, 내가 환웅천왕님으로부터 받은 신통력으로 너희들을 영원히 지옥 불 속에 떨어뜨려 버리겠다. 어흐흥!"

호 낭자가 호통을 친 뒤 신통력을 발휘하기 위해 주문을 외자 두 눈에서 무서운 광채가 뿜어나 오면서 몸뚱이에서도 오색구름이 회오리쳤다. 두 친일파 귀신은 호 낭자를 여느 호랑이 귀신으로 보았다가 그 신령스런 모습을 보자 혼비백산했다.

"어이쿠, 잘못했습니다."

두 친일파 귀신은 자지러지는 듯한 몸짓으로 호 낭자에게 매달리며 애원했다.

"호랑이 귀신님, 진정하십시오. 우리가 잘못했습니다. 그렇지만 이 세상에는 저희들보다 더 나쁜 놈들이 얼마든지 있습니다. 제발, 제발, 노여움을 거두십시오. 저희처럼 비천하고 불쌍한 것들은 먹고 살려고 이민족의 앞잡이 짓을 했습니다다만,

더 잘 먹고 더 잘 살려고 제 동족을 팔아먹은 놈이 얼마나 많습니까? 수많은 매국노 나쁜 놈 중에 저희는 피라미 아니겠습니까?"

"…"

두 친일파 귀신이 호 낭자의 자비를 구하며 애절하게 호소하자 마음이 여린 호 낭자는 외던 주문을 멈추고 말았다. 환웅천왕님이 주신 귀한 신통력을 이런 비천한 귀신들을 혼내 주는데 써먹었다고 핀잔을 들을지 모른다는 생각도 들었다. 호 낭자는 큰소리로 헛기침을 하면서 말했다.

"그래, 이번은 내 그냥 용서해 주겠다. 다음부터는 생전에 친일 행각을 벌인 것을 후회하고 속죄하는 태도를 갖도록 해라."

호 낭자의 말에 두 친일파 귀신은 연신 "고맙습니다."라고 허리를 조아리며 고마워했다. 호 낭자는 덜덜 떨면서 힐끔힐끔 눈치를 살피는 두 귀신에게 "빨리 꺼져라."라고 호통을 쳤다. 두 친일파 귀신이 꽁무니를 빼자 호 낭자는 몸을 솟구쳐 허공으로 뛰어올랐다. 물 건너온 귀신이나 쓰레기 같은 친일파 귀신들이 득시글대는 산을 떠나고 싶었다. 호 낭자는 검은 하늘을 날면서 사방을 살핀다. 서울의 야경은 네온사인이 현란하게 깜박거리지만 왠지 시들하고 생기가 없게 느껴졌다.

'코쟁이, 왜놈 귀신을 혼내주지 못해서 이런가.'

호 낭자는 제 기분 탓인가 싶어 머리를 흔들며 기분전환을 하려 시도했다. 그러나 여전히 서울의 밤은 썩 좋아 보이지 않았다. 처음 왔을 때 느꼈던 신선한 생명력이 허약해진 듯 느껴졌다. 호 낭자는 그래도 열심히 서울의 밤거리 위를 날아다니면서 높은 건물과 도심의 번화한 모습 등을 살핀다. 얼마나 그렇게 했을까. 호 낭자는 문득 눈을 들어 동녘을 바라보니 새벽이 가까운 듯 짙은 어둠이 엷어지고 있었다. 그때 어떤 느낌이 강하게 들었다. 그것은 매우 강렬해서 깜짝 놀랄 지경이었다.

8
다시 침묵 속으로

'이게 뭐지?'

호 낭자는 어안이 벙벙하다가 문득 깨달았다. 한반도를 하직할 시간을 알려주는 그런 신호라는 생각이 들었다. 왠지 그렇게 느껴졌다. 이런 느낌이 드는 것은 분명 누군가 그런 신호를 보내고 있기 때문이라는 것을 깨달았다.

'이제 여행을 마칠 때가 된 모양이지?'

한반도를 떠나면 하늘나라로 가야 한다. 그런데 그렇게 해야 한다고 생각하면서도 두렵고 피하고 싶은 마음이 들었다. 환웅천왕의 시험에 합격해 인간이 될 것인지 그것은 알 수가 없었고 잘 안될지 모른다는 불안감이 강하게 밀려온 것이다.

'이번에 또?'

호 낭자는 몇천 년 전 그 처참했던 순간이 불쑥 떠오르면서 뒤 머리털이 쭈뼛 곤두서는 것을 느낀다. 환웅천왕이 내린 시험에 불합격했을 때의 그 아팠던 기억이 되살아났다. 전신이 오그라드는 것 같은 생각이 들었다.

'나는 어떻게 되는 거지? 시험에 통과할 수 있을까? 만약 그렇지 못하다면?'

생각이 꼬리에 꼬리를 물수록 마음은 더욱 불안해진다. 한반도 이곳저곳을 여행한 것이 주마등처럼 눈앞을 스쳐간다.

'이번에는 인간이 될 수 있을까?'

그렇게 바라고 바라던 소원이 이번에 이뤄질 수 있을 것인가. 바람이 간절할수록 호 낭자의 가슴 속은 바짝바짝 타들어 간다. 그런데 만약 인간이 안 되면 어떻게 하지? 다시 그 굴로 돌아가야 하나? 그렇기는 정말 싫은데. 이번은 꼭 인간이 되고 싶다. 웅녀 앞에 떳떳이 서고 싶다. 그토록 부러웠던 웅녀 앞에서 뽐내고 싶다. 환웅천왕님 앞에서 자랑스러운 한 여인으로 서 있고 싶다. 온갖 생각이 머릿속에서 들끓으면서 호 낭자는 호흡이 거칠어진다. 그러다가 세차게 머리를 흔들면서 자신을 부축이며 타이른다.

'아니야. 아니야. 그렇지 않을 거야.'

호 낭자는 자신이 괜히 비관적인 생각을 하는 것 같아서 긍정적인 생각을 갖자고 스스로를 달랜다. 한반도에 온 뒤 경험한 모든 상황에서 최선을 다하려 했고 또 크게 잘못된 것은 없는 것 같았다. 호 낭자는 인간이 되는 기대를 갖고 환웅천왕의 판정이 내려질 때까지 평온한 마음을 먹자고 다짐한다. 그러고 나니 기분이 조금 가벼워졌다. 호 낭자는 서울 상공을 몇 번 더 돌아본 뒤 머지않은 군사분계선 쪽으로 내달렸다.

"꼬끼오~"

어스름이 짙은 저 아래 어디에선가 닭 우는 소리가 난다. 새벽이 다가오고 있었다. 중간세계 한반도에서 허용된 시간이 다 끝나가고 있었다. 열심히 돌아다니면서 해야 할 일은 다 했다고 생각한다. 그러나 다시 불안해진다. 제대로 했을까를 생각하면 가슴이 졸아든다.

"꼬끼오오오."

어디선가 닭 우는 소리가 또 들렸다. 동녘 하늘이 점차 밝아지고 있었다. 태양이 곧 떠오를 것 같다. 호 낭자는 어스름이 걷히는 것이 두려웠다. 날이 새지 않았으면 좋겠다는 생각을 한다. 환웅천왕이 결정을 내리는 순간이 오지 않았으면 좋겠다는 마음이 생긴다. 호 낭자는 극도로 초조해지고 있었다. 눈앞이 캄캄해지면서 현기증이 난다. 전신에서 힘이 빠져 나간다. 호 낭자는 눈을 꽉 감으면서 어쩔 줄을 모른다.

'아, 아 정말 난 어찌 되는 거야?'

한반도에 와서 보낸 시간들을 회상해 본다. 가능한 한 최선을 다해 열심히 돌아다녔다. 군사분계선의 여러 지역, 남북한의 산과 들, 도시의 이 거리 저 거리가 눈앞에 선했다. 신통력을 발휘해 잘못된 것을 바로 잡으려 애도 썼다. 이번에는 꼭 인간이 되어야 하겠다는 생각만 하면서 동분서주했었다. 환웅천왕님의 시험에 통과되고 싶었다. 오래전 겪었던 그 쓰라린 경험을 다시 하고 싶지는 않았다. 하지만 생각할수록 더 열심히 할 걸 하는 후회가 앞선다. 더 잘하지 못한 자신이 원망스러워졌다.

'더 잘할 수 있었는데, 정말 더 잘했어야 했는데.'

호 낭자는 돌아보면 볼수록 제대로 한 것이 없는 것 같았다. 환웅천왕께 무얼 내세울 수 있단 말인가. 호 낭자는 전신에 진땀을 흘리고 있었다. 환웅천왕님이 잘했다면서 인간이 되라는 판정을 하실 것 같지 않았다. 그런 생각이 들수록 죽고만 싶었다. 웅녀가 인간이 되어 굴을 떠난 뒤 얼마나 가슴 아픈 긴 세월이 흘렀던가 말이다. 통곡을 멈출 수 없었던 회한의 세월은 얼마나 길었던가. 다시 그런 고통을 겪고 싶지 않다. 이번에는 꼭 인간이 되고 싶다. 그 어두운 굴속으로 다시는 돌아가고 싶지 않았다.

'아, 아. 나는 어떻게 해야 하나?'

호 낭자는 가슴 속으로만 외치면서 두 손으로 가슴을 내려친다. 호 낭자는 불안감이 커지면서 울고 있었다. 두 눈에서 뜨거운 눈물이 줄줄 흘러내리고 있었다. 닭 우는 소리가 또 들렸다. 그러면서 동녘은 더욱 밝아진다. 아침이 오고 있었다. 호 낭자는 소리 내어 엉엉 운다. 군사분계선 하늘을 빙빙 돌면서 눈물을 뿌린다. 얼마나 그렇게 울었을까. 호 낭자는 요동치던 가슴이 조금 진정되는 것을 느꼈다. 그러면서 정신을 차려야 하겠다고 생각했다.

'지금 가야 하나?'

호 낭자는 머릿속으로는 출발할 시간이라고 생각하고 있었지만 몸뚱이는 여전히 군사분계선 상공을 맴도는 행동을 하고 있을 뿐이었다. 호 낭자의 눈앞에는 쑥과 마늘을 먹으며 지내야 했던 동굴 생활을 견디지 못하고 뛰쳐나올 때 자신을 비웃던 주변의 얼굴들이 떠올랐다. 그 얼굴들이 너무 생생하고 적나라하게 보이면서 그들의 조롱하는 소리가 들리는 것 같았다. 아, 안 돼. 호 낭자는 가슴 속에서 외마디 고함을 지르면서 눈을 꼭 감는다. 이번에 또 실패하면 하늘나라에서는 살 수 없을 것 같았다.

'환웅천왕님이 내게 인간이 될 기회를 두 번이나 주신 것을 하늘나라에서 다 알고 있는데 어떻게 하지?'

호 낭자의 가슴은 납덩이처럼 무거워졌다. 하지만 더 이상 군사분계선 상공에 머물 수도 없었다. 호 낭자는 동녘이 밝아오는 것이 한없이 원망스러웠다. 군사분계선 이곳저곳의 군 진지에서 군인들의 소리가 점차 크게 들려오기 시작했다. 호각소리, 나팔소리와 함께 병사들이 하루 일과를 시작하는 부산한 소리가 커진다. 더 지체할 수 없었다. 환웅천왕에게 돌아갈 시간이었다. 호 낭자는 천근만근 무거운 몸을 추슬러 허공을 향해 솟구쳐 올랐다.

'또다시 한반도를 볼 수 있으려나.'

호 낭자는 북쪽으로 날아가면서 아래쪽을 내려다보았다. 군사분계선이 점차 멀어지면서 구월산이 보인다. 호 낭자의 몸뚱이에 가속도가 붙으면서 평양을 지나고 이어 수많은 산봉우리들이 이어진 산악지대가 어슴푸레 보였다.

'저기쯤 백두산이 있었지?'

동북아의 명산 백두산의 산봉우리가 한눈에 들어올 때 호 낭자는 허공에 잠시 멈추어 섰다. 이곳을 지나면 한반도 땅은 끝난다. 백두산 산신령의 얼굴을 떠올리면서 저 아래 하얀 봉우리들과 천지를 아쉬운 마음으로 바라본다. 백두산 상공을 떠나기 싫었다. 그냥 백두산에 내려가 그 산신령을 모시고 살고 싶었다. 환웅천왕을 뵙고 두 번째 시험의 판정을 받을 시간이 가까워 오는 것이 두려웠다. 그것을 피하고 싶었다.

'이제 가면 영영 못 올지도 모르지.'

웅녀의 후손들이면서 자신이 되고 싶은 인간들이 살고 있는 한반도를 벗어나고 싶지 않았다. 그래서 백두산 위로 높이 올라갔다가 내려오는 식의 비행을 여러 번 반복한다. 그러면서도 언제까지 하늘나라로 가는 것을 회피할 수 없다는 생각도 들었다. 그래, 가기는 가야 한다. 난 그것을 피할 수 없다. 호 낭자는 가야 한다는 쪽으로 맘을 정한 다음 마지막으로 백두산 상공의 가장 높은 곳까지 치솟아 올라간다. 그리고 까마득히 올라간 곳에서 백두산을 내려다보았다. 그랬더니 한반도 전체가 다 보였다. 아니, 백두산을 중심으로 한반도와 만주 전역이 또렷하게 그 모습을 드러냈다.

'잘 보고 가자. 머릿속에 영원히 기억하자.'

호 낭자가 드높은 허공에 멈춰 서서 숙연한 마음으로 한반도를 내려다본다. 3면이 바라로 둘러싸인 한반도는 금수강산이라 불리는데 손색이 없을 만큼 그 아름다움이 빼어났다. 그런데 기이했다. 방향에 따라 한반도가 다르게 보였다. 어느 방향에서 토끼 같기도 하고 다른 방향에서 보면 호랑이 모양 같았다.

'응, 같은 한반도인데 왜 저러지?'

호 낭자는 기이한 생각이 들어 눈을 왕방울처럼 크게 뜨고 한반도를 찬찬히 살피며 훑어본다. 그러자 시선을 어느 쪽에 두느냐에 따라 한반도의 느낌이 크게 달랐다. 호 낭자는 아래를 내려다보면서 '어허라. 너무 다르게 보인다.'라고 중얼거린다. 사실 그랬다. 태평양 쪽으로 시선을 두면서 한반도를 보면 한반도는 대륙에서 망망대해 태평양으로 뻗어가는 출발점처럼 보였다. 그런데 대륙 쪽으로 시선을 두고 한반도를 보면 대륙의 끝자락, 끄트머리 같은 느낌을 받았다.

'똑같은 것이라 해도 어느 방향으로 보느냐에 따라 전체적인 인상이 달라지는구나. 하늘나라나 인간 세상도 이런 것인가? 어느 방향으로 보느냐? 그러니까 긍정적으로 보느냐, 부정적으로 보느냐에 따라 느낌이 달라지는 것이로구나.'

이런 생각을 한 호 낭자는 무릎을 탁 치며 깨달았다. 자신도 환웅천왕이 긍정적으로 판정하실 가능성도 크다고 맘을 먹기로 한 것이다. 그러자 맘이 한결 가벼워지고 기분도 좋아지는 것 같았다.

"야호"

호 낭자는 큰소리로 고함을 치며 전신에 힘을 불어넣는다. 그리고 가벼운 마음으로 하늘나라 쪽으로 빛처럼 날아갔다. 은하수 몇 개를 넘고 넘자 하늘나라가 눈앞에 펼쳐졌다. 저만큼 환웅천왕이 사는 궁궐이 보였다. 궁궐 가까이 갈수록 호 낭자는 또 가슴 속에서 쿵쾅쿵쾅 하는 소리가 들리면서 긴장하기 시작했다. 그런데 이상했다. 조금 전에는 희망적으로 생각하기로 맘 먹고 목적지까지 왔는데 다시 비관적인 생각이 머리를 짓누른다. 그러면서 발걸음이 점점 무거워졌다. 가슴이 콱 막히면서 다리가 후들후들 떨렸다. 환웅천왕이 노한 얼굴로 자신에게 고함치는 모습이 어른거려 호 낭자는 도저히 궁궐로 갈 수가 없었다.

'아, 안 되겠다.'

호 낭자는 순간 몸을 홱 돌렸다. 그리고 다른 데로 가야 하겠다고 생각하며 마구 내달았다. 무작정 달린다. 귀에서 씽씽 소리가 나도록 달렸다. 얼마쯤 왔을까, 호 낭자가 정신을 가다듬고 주위를 둘러보았다. 낯익은 곳이었다. 동굴이 눈에 보였다.

'아니, 내가 이곳에 와 있네.'

호 낭자는 자신이 긴 세월 가슴을 쥐어뜯으며 지낸 그 동굴 앞에 와 있었다. 호 낭자는 멈칫 하다가 후닥닥 동굴 안으로 뛰어 들어갔다. 마치 무엇엔가 쫓기듯 동굴 속으로 급히 들어간다. 그리고 동굴 한구석에 있는 침소에 몸을 던지듯 엎드려 버린다. 웅녀와 함께 들어온 이래 오랜 세월 잠을 자거나 쉬던 장소라 그런가, 몸과 마음이 편안해졌다. 평화롭고 아늑한 기분도 들었다.

'아, 편안하구나.'

호 낭자는 몸을 편하게 길게 뉘면서 오랜만에 자신의 처소에 돌아온 것 같은 기분이 들었다. 그러나 몸에 전해져 오는 느낌은 그게 아니었다. 침소의 이부자리에는 자신이 한반도로 떠나기 전의 따뜻했던 온기가 남아 있었다. 순간 호 낭자는 퍼뜩 깨달았다. 지구에서의 백 년이 하늘나라의 하루라는 사실을 기억해냈다. 호 낭자가 한반도에서 보낸 며칠은 하늘나라에서는 짧은 한순간에 지나지 않았던 것이다. 호 낭자는 굴 밖을 내다보았다. 그곳은 자신이 한반도로 떠나기 이전과 같은 모습이었다. 평화스럽다. 그러나 호 낭자 마음은 그렇지 않았다.

'어떻게 하지?'

호 낭자는 맘속에서는 환웅천왕을 찾아뵙고 판정을 받아야 한다는 생각과 가 보나 마나 뻔한 것 아니냐 하는 생각이 서로 다투고 있었다. 그래서 그런지 몸은 천근만근 무겁게 느껴지고 꼼짝도 하기 싫었다. 호 낭자는 자신의 몸뚱어리가 늘어져 움직여지지 않자 어찌할 바를 모른 채 시간만 보내고 있었다. 시간은 자꾸 흘러갔다. 그럴수록 호 낭자는 판정은 받아보나 뻔한 것이고 그렇게 된 마당에 환웅천왕을 찾아갈 필요가 없을 것이란 생각이 들었다. 하늘나라로 돌아온 즉시 궁궐로 환웅천왕을 찾아가지 않고 동굴 속으로 돌아온 일도 꾸중을 들을까 두려워졌다. 걱정은 또 다른 걱정을 몰고 오면서 호 낭자는 자꾸 움츠러들었다.

'아 몰라, 아무렇게 되어도 좋아.'

호 낭자는 자포자기 심정이 되어 굴속에 처박힌 채 침소에서 움직이지 않았다. 혼자서 끙끙 앓으며 어찌할 바를 모르고 있었다. 그러면서 어쩌다 선잠이 들었다가 깜짝 놀라 깨기도 했다. 어두운 굴속에서 호 낭자는 숨죽인 채 숨어 있듯 처박혀 지내고 있었다. 그러면서 얼마나 시간이 흘렀는지 모른다. 잠이 들었는지 깨어있는지 모를 시간이 지나고 있었다. 그러다 어느 순간 오래 감고 있었던 눈을 뜨자 무슨 물체가 굴 밖에서 어른거리는 것을 느꼈다. 호 낭자는 무엇일까 하고 눈을 크게 뜨고 바라보고는 자지러질 듯 놀랐다. 환웅천왕이었다. 그가 굴 안으로 뚜벅뚜벅 걸어 들어오고 있었다.

"아앗!"

호 낭자는 외마디 고함을 지른 뒤 용수철이 튀듯 처소에서 벌떡 일어나 굴 입구로 달려가 엎드렸다.

"잘못했습니다. 환웅천왕님. 용서하십시오."

호 낭자는 머리를 땅에 처박고 사시나무 떨듯 벌벌 떤다. 어떤 벼락이 떨어질지 모르는 초긴장 상황이었다. 호 낭자가 제 발로 걸어가서 환웅천왕을 뵈었어야 하는데 반대로 된 것이다. 환웅천왕이 얼마나 화가 났으면 이렇게 몸소 호 낭자를 찾아왔을까. 이건 보통 일이 아니었다. 어떤 불벼락이 떨어질지 모를 무서운 상황이었다. 호 낭자는 오들오들 떨면서 환웅천왕의 불호령이 떨어지기를 기다렸다.

"죽여주십시오."

호 낭자가 땅바닥으로 기어들어 갈 것처럼 몸을 낮추면서 신음소리를 내듯 웅얼거렸다. 그러나 천둥처럼 울릴 환웅천왕의 목소리가 들리지 않는다. 얼마나 화가 크게 났으면 저러실까 하고 생각한 호 낭자가 더욱 겁에 질려 벌벌 떤다. 그때였다. 호 낭자는 자신의 머리를 어루만지는 것 같은 느낌을 받았다. 불호령이 내리면서 불벼락이 떨어져야 할 순간이었는데 너무 의외였다. 그것은 부드럽고 따뜻한 손길이었다. 호 낭자는 깜짝 놀라 눈을 들어 환웅천왕을 바라보고 다시 소스라치듯 몸을 떨었다. 환웅천왕이 자신의 머리를 쓰다듬어 주고 있는 것이 아닌가. 그것은 너무 놀라운 일이었다. 자신이 각오하고 상상했던 것과 너무 거리가 멀었다. 호 낭자는 온몸이 전기에 감전된 듯 놀라 어쩔 줄을 모른다. 그 순간 환웅천왕의 부드러운 목소리가 들렸다.

"수고 많았다. 호 낭자."

호 낭자는 그 소리에 감격해 몸 둘 바를 모르고 "아니, 제가 잘못했습니다."라고 우물거린다. 환웅천왕은 엎드린 호 낭자를 부축해 일으켜 앉도록 한 뒤 조용히 말했다.

"아니다. 그렇지 않다."

환웅천왕의 말에 호 낭자는 너무 부끄럽고 죄송해 쥐구멍이 있으면 기어들어 가고 싶은 마음뿐이었다. 그런 호 낭자를 지긋이 바라보던 환웅천왕이 무거운 어조로 입을 열었다.

"네가 한반도 외출 기간 동안 나의 가르침에 맞게 지침도 잘 따르고, 군사분계선 지역 등을 방문한 것도 썩 잘한 일이다. 내가 그것을 알고 있었느니라."

"하오나 저는 신통력 발휘에도 여러 번 실수를 하고.."

호 낭자가 더듬거리며 말하자 환웅천왕이 "아니다. 그렇지 않다."라고 하면서 호 낭자에게 따뜻한 시선을 보낸다. 호 낭자가 생각지도 않은 말을 듣고 감격에 겨워 침묵하자 환웅천왕이 말했다.

"잘했느니라. 네 신통력이 발휘되지 못한 것은 결과적으로 잘된 일이다. 왜냐하면 중간세계나 인간세계의 질서를 하늘나라의 뜻에 따라 갑자기 뒤바꾸거나 뒤집는 것은 하늘의 계율에 어긋나는 것이기 때문이다."

환웅천왕의 말에 호 낭자는 뛸 듯이 기뻤다. 성공한 것이다. 이 정도 말씀이면 호 낭자는 시험을 통과한 것이나 다름없었다. 드디어 인간이 될 기회가 생긴 것이다. 지난번 시험에서는 웅녀에게 졌지만 이번 두 번째 시험은 성공한 셈이다. 호 낭자는 가슴 속에서 용솟음치는 기쁨을 억누를 수 없어 부들부들 떨면서 더듬거렸다.

"그러면 제가..."

호 낭자는 차마 제 입으로 나머지 말을 다 할 수가 없었다. 인간이 된다는 말은 환웅천왕의 입을 통해 듣고 싶었다. 그런데 환웅천왕은 입을 다문 채 호 낭자를 물끄러미 바라만 본다. 그 표정이 심상치 않았다. 호 낭자에게 좋은 소식을 들려주는 표정이 아니었다. 호 낭자는 갑자기 불안해졌다.

"휴우~."

환웅천왕이 깊은 한숨을 쉰다. 그 소리를 듣고 호 낭자는 가슴이 덜컥 내려앉는 듯한 충격을 받았다. 뭔가 잘못되는가 보다. 천당에서 지옥으로 떨어지는 순간 같았다. 큰 기대를 했는데 그것이 아닌 것이 분명했다. 호 낭자는 가슴이 턱 막히면서 불안감에 숨을 제대로 쉬지 못한다. 환웅천왕이 호 낭자의 모습을 더 바라보지 못하고 등을 돌린다. 그리고 낮은 목소리로 말했다.

"나는 이번에 네가 인간이 되기를 바랐다. 그런데 조금 전 옥황상제께서 나를 급히 부르시더구나."

"…"

"무슨 일인가 해서 가서 만나 뵙자 말씀하시더구나. 호 낭자 네가 한반도에 내려간 것을 뒤늦게 알고 급히 연락했다고 하시더라."

"…"

"내가 네게 내렸던 지침 중에 잘못이 있다는구나. 너에게 신통력을 부릴 수 있도록 내가 허용한 것이 잘못되었다는 것이다. 그러니 이 일을 어쩌면 좋단 말이냐. 결국 네가 인간이 되기 위해 치른 이번 시험은 원인 무효라는구나."

"예, 옛?"

환웅천왕의 말을 듣는 순간 호 낭자는 자신의 귀를 의심했다. 머리를 번쩍 들어 환웅천왕을 올려다보았다. 하지만 가슴이 꽉 막혀 입이 열리지 않았다. 호 낭자는 눈이 왕방울처럼 커져 환웅천왕을 바라만 볼 뿐 조형물처럼 움직이지 못했다.

"미안하게 됐구나. 어쩌면 좋으냐?"

호 낭자는 굴이 한 바퀴 빙그르르 도는 것처럼 느껴졌다. 환웅천왕이 거꾸로 보인다고 생각한 순간 정신을 잃었다. 얼마쯤 지났을까. 호 낭자가 눈을 뜬다. 그리고 동굴 안을 돌아본다. 자신은 바닥에 누워 있었지만 동굴 안은 텅 비어 있었다. 굴 밖을 살펴도 아무도 보이지 않았다.

'내가 꿈을 꾸었었나?'

호 낭자는 몸을 추슬러 일어나면서 생각했다. 환웅천왕이 분명 이 굴로 오신 것 같은데, 혹시 꿈을 꾼 것인가. 아니면 실제 이곳에 오셨던 것일까. 호 낭자는 어느 것이 진짜인지 알 수가 없었다. 차라리 꿈이었으면 좋겠다는 생각이 들었다.

'그래, 내가 환웅천왕님 꿈을 꾼 것일 거야. 단지 꿈이었을 뿐인 거라고.'

호 낭자는 그래도 혹시나 하면서 한반도로 떠날 때 환웅천왕이 주셨던 그 빨간 복주머니를 찾아보았다. 없었다. 주변을 아무리 살펴도 그것은 보이지 않았다. 중간세계 한반도 군사분계선 지역을 떠날 때 확실히 챙겼고, 조금 전 동굴 안에 들어온 뒤에도 품속에 간수되어 있는 것을 확인했었다. 그런데 그것이 없어졌다.

'그 주머니가 어디로 갔지?'

호 낭자는 벌떡 자리에서 일어나 동굴 안 바닥을 샅샅이 뒤졌다. 그러나 찾을 수가 없었다. 호 낭자는 애가 타서 밖으로 뛰어나갔다. 혹시 밖에 떨어뜨렸을까 살피고 싶었다. 호 낭자가 허겁지겁 굴 밖으로 나갔을 때 저 멀리 어깨를 축 늘어뜨린 채 걸어가고 있는 환웅천왕의 모습이 보였다.

'아, 꿈이 아니었구나.'

호 낭자는 그 자리에 털썩 주저앉아 통곡하기 시작했다.

"어허엉, 어허엉엉."

호 낭자의 뼈아픈 울음소리가 하늘나라 멀리멀리 퍼져나갔다. 동굴 주변에는 어느 누구도 얼씬하지 않았고 호 낭자의 울음소리는 그치지 않았다.

"엉엉엉, 어허엉~"

호 낭자의 뼈아픈 통곡 소리 때문인지, 하늘나라에서 매일 그치지 않고 흘러나오던 노랫소리가 들리지 않았다. 호 낭자의 설움을 알고 그러는지 몰랐다. 천지가 조용하다 보니 호 낭자의 통곡 소리가 더 크게 들렸고 멀리멀리 퍼져나갔다. 호 낭자의 서글픈 울음소리는 한동안 그치지 않았다. 그러다가 어느 날 마침내 그 소리가 들리지 않았다. 그날 새벽 웅녀가 동굴을 찾아 호 낭자를 위로한 뒤로 울음소리가 그쳤다는 말이 떠돌았다. 호 낭자는 그 후 동굴 밖에 모습을 드러내지 않았다. 홀로 시름의 나날을 보낸다고 한다. 하늘나라 아무도 동굴 근처를 얼씬거리지 않았다. 호 낭자의 동굴은 기원전 2333년의 침묵 속으로 다시 돌아갔다.

작가의 말

한반도 분단과 평화통일, 국방자주권 문제 등은 헌법에 보장된 주권자인 국민의 필수 선택 사항이다. 국가보안법 등으로 입틀막하는 것은 국민을 개돼지로 보는 행태이다. 전체 사회에 체질화된 자기검열의 굴레에서 해방되어야 한다. K-팝, 한류에서 이들 민족적 과제가 다뤄질 경우 지구촌 차원의 집단지성에 의한 해결방안이 제시될 것이다. 자랑스런 금수강산을 후손에게 물려주기 위해 모두 고민해야 한다. 더 늦기 전에.

4천 3백여 년 만의 외출

2024년 07월 26일 1판 1쇄 찍음
2024년 08월 09일 1판 1쇄 펴냄

지은이 고승우
펴낸이·편집장 윤한룡
디자인 윤려하
관리·영업 이소연
홍보 고 우

펴낸곳 (주)실천문학
등록 10-1221호(1995.10.26)
주소 남양주시 퇴계원읍 퇴계원로 52 405호
전화 02-322-2161~3
팩스 02-322-2166
홈페이지 www.silcheon.com

ISBN 978-89-392-3156-6 03810